재가 불자 한 사람이 스님의 책을 내밀며 "스님, 가슴에 새길
수 있는 좋은 말씀 하나만 써 주세요."라고 부탁했다. 스님은
책 한 귀퉁이에 친필로 '좋은 말씀'이라고 썼다. 동석한
이들이 그 글귀를 보고는 큰 소리로 웃었다.

○

좋은 말씀

○

법정 스님 법문집

좋은 말씀

맑고 향기롭게 엮음

시공사

가끔은
고독 속에 나를 버려두라

본래의 나로 돌아가는 길

•

대지는
다음 생의 내가 살아갈 공간

생태계와 지구의 미래를 생각하다

•

불교
수업

부처와 보살, 성현들이 남긴 삶의 비결

•

청정한 마음이 머무는
그곳이 곧 청정한 도량

길상사 그리고 맑고 향기롭게

•

본래의 나로

돌아가는 길

가끔은

고독
속에

나를 버려두라

사랑하지 않으면

사랑할 수
없습니다

산골에서 바람소리, 물소리만 듣다가 오랜만에 직접 생음악을 들으니 마음이 탁 트입니다. 한 해가 저물어 가는 길목에서 맑고 향기로운 음악을 함께 들을 수 있게 된 인연에 감사드립니다.

『도덕경』에 이런 말이 나옵니다.

있음과 없음은 서로를 낳아 주고,

쉬움과 어려움은 서로를 이루어 주며,

길고 짧음은 상대를 드러내 주고,

높고 낮음은 서로를 다하게 하며,

음과 소리는 서로 화답하고,

앞과 뒤는 서로 뒤따른다.

사물의 상관관계를 설명해 주는 가르침입니다. 존재는 독립된 개체로서가 아니라 상호 의존하고 보완하면서 비로소 존재 의미를 가진다는 얘기입니다. 현상과 사물을 인식하는 전통적인 동양의 지혜가 돋보이는 말씀입니다.

우리는 눈에 보이는 세계만이 아니라 눈에 보이지 않는 세계에 대해서도 인식의 영역을 넓힐 필요가 있습니다. 눈에 보이는 세계는 빙산의 일각처럼 전체의 한 부분에 지나지 않습니다. 그 배후에는 무한히 텅 빈 공空의 세계가 자리하고 있습니다.

말과 침묵의 상관관계도 마찬가지입니다. 한마디 말이 나오기 위해서는 그 배후에 깊은 침묵이 깔려 있어야 합니다. 침묵을 배경으로 하지 않는 말은 인간의 말이라고 할 수 없습니다. 요즘 시끄러운 소음들이 말을 가장해 난무하는 것도 그 이면을 침묵이 받쳐 주지 않기 때문입니다. 침묵이 깔려 있지 않은 말은 그때뿐, 메아리가 없습니다. 『반야심경』의 유명한 구절, '색즉시공 공즉시색' 역시 같은 의미입니다. 논리적 비약이 심하기는 하나 현상과 본질이 다르지 않다는 말입니다.

밝음의 배후는 어둠입니다. 어둠은 밝음의 뒷모습일 뿐입니다. 다시 말해서 어둠과 밝음이 단절된 것이 아니라 상호 보완하고 서로 받쳐 주는 작용을 하고 있음을 우리는 알아야 합니다. 그런데 우리는 어둠만을 보려 하거나 밝음만을 보려고 합니다. 생과 사도 마찬가지입니다. 개체와 전체의 상관관계 역시 같은 이치입니다. 삶은 죽음의 표면이고, 죽음은 삶의 이면입니다. 중생이 있기에 부처도 존재할 수 있습니다. 우리 개개인은 바다 저 멀리에 홀로 떨어져 있는 섬과 같은 존재들이 아닙니다. 나무의 가지들처럼 서로 떨어져 있지만 뿌리에서는 하나로 이어져 있는 광대한 대지의 한 부분들입니다. 이것이 우주의 균형적인 리듬이고, 음양의 조화입니다.

더러 사람들이 제게 어디에 사느냐고 묻습니다. 그럼 저는 "저기, 저기 산다."라고 답합니다. 사람들은 제가 강원도 어디쯤에 사는지 궁금한 모양입니다만, 저뿐 아니라 우리 모두는 거기, 그렇게들 제자리에서 살고 있습니다. 하지만 나 혼자 동떨어져 사는 것이 아닙니다. 사람들과의 관계 속에서 살아갑니다.

그러나 시간적으로, 공간적으로 함께 있다고 해서 이웃이 되는 것은 아닙니다. 그저 '몇 호 집 누구'로 통하는 사이라면 진정한 이웃이라 할 수 없습니다. 뜻이 같을 때, 고통이든 기쁨이든 나누어 가지는 그때, 비로소 이웃이 되는 것입니다.

한 개인이 살다가 돌아갈 곳도 바로 그 생명의 뿌리입니다. 우리는 이렇게 모두가 연결된 전체의 한 부분입니다. 우리가 의식하든 하지 못하든 근원적으로 인간들은 하나의 밧줄과도 같은 존재들인 것입니다. 가령 어떤 끔찍한 소식을 듣게 되면 누구나 '사람이 어떻게 그런 일을 할 수 있나?'라고 생각합니다. 이런 생각은 바로 우리가 한 대지에 굳게 맺어져 있고, 인간이란 하나의 밧줄로 맺어져 있기 때문에 일어난 것입니다. 만일 우리가 하나가 아니라면 그런 생각을 할 필요가 없습니다. 이제 우리가 이웃으로서 해야 할 도리는 따뜻한 마음을 나눔으로써 뿔뿔이 흩어져 있는 개인들을 하나로 이루는 일입니다.

알베르 카뮈의 『전락』이라는 소설이 있습니다. 이 소설의 주인공은 장 바티스트 끌라망이라는 변호사입니다. 어느 날 밤, 바티스트가 강 위의 다리를 건너다가 우연히 강으로 뛰어들어 자살을 기도하는 여인을 보게 되었습니다. 하지만 그는 그 여자를 구할 생각을 하지 않고 그냥 지나가 버립니다. 그날 이후 바티스트는 까닭 모를 여인의 웃음소리에 시달리게 됩니다. 소설은 그 웃음소리로 인해 주인공이 전락해 가는 과정을 고백의 형식으로 엮어 가고 있습니다. 그리고 소설의 끝머리에서 그는 이런 대사를 읊조립니다. '오, 여인이여! 우리 두 사람을 함께 구원할 수 있게 다시 한 번 물속에 몸을 던져 다오.' 참으로 안타까운 독백입니다만, 기회는 두 번 다시 오지 않습니다. 이미 강물에 투신한 사람이 어떻게 다시 같은 광경을 재현할 수 있겠습니까?

인생이란 되풀이되지 않습니다. 매일매일이 반복되는 것 같지만 분명코 그것은 일회로 끝이 납니다. 어제와 내일을 이야기할 수는 있을지라도 예측할 수는 없습니다. 우리는 늘 '지금'을 살고 있을 뿐입니다. 지금 내가 내 삶을 어떻게 살고 있느냐 이것이 문제입니다.

만일 한 아이가 서럽게 울고 있는 것을 보고도 그냥 지나쳤다면 그 아이는 내 가슴속에서 계속 울음을 울게 됩니다. 내가 그 아이를 달래지 않았기 때문입니다. 내 둘레에 어려운 이웃이 있다면 내 삶 자체도 그만큼 위축됩니다. 나와 이웃은 한 뿌리이기 때문에, 이웃이 곧 나의 분신이기 때문입니다. 몸무게가 얼마, 키가 얼마, 머리색은 어떻고 하는 것은 나의 현상에 지나지 않습니다. 그 현상의 배후에는 복합적인 여러 요소들이 있습니다. 그 요소들이 서로 관계를 맺은 것이 바로 '나'라는 존재입니다. 그리고 우리가 세상에 살고 있다는 것은 원하든 원하지 않든 모두와 함께 있는 겁니다.

이 세상에는 불행한 사람이 헤아릴 수 없이 많습니다. 그들의 불행은 물질이나 신체적인 부자유로 인해서보다는 가슴에 따뜻한 사랑이 없어서 야기된 경우가 허다합니다. 그런데 우리에게는 그 따뜻한 가슴이 본래부터 갖추어져 있습니다. 불성, 영성이 있다는 말이 바로 그것입니다. 부처님, 예수님의 마음과 우리의 마음이 전혀 별개의 것이 아닙니다. 다 똑같은 마음이지만 중생들의 마음이 열려 있지 않을 뿐입니다. 그러므로 이제 우리가 해야 할 일은 단 하나입니다. 이웃들에게는 물론 내 집에서 기르는 가축에게, 나무며 꽃들에게 혹은 강물, 구름, 산들바람, 저녁노을, 우리 둘레의 살아 있는 모든 것들에게 우리의 가슴을 활짝 열어 놓는 것입니다. 마음이 열려 있지 않으면 사실 내가 편할 수 없습니다. 그 불편함은 그대로 가족에게, 친지에게, 이웃에게 전해집니다.

흔히들 우리 사회의 어두운 구석이 하루빨리 없어져야 한다고 말합니다. 그러자면 먼저 가정이, 어머니들이 달라져야 한다고 저는 기회가 있을 때마다 지적합니다. 가정은 사회를 구성하는 가장 기초적인 단위이고, 그 가정의 기둥은 어머니이기 때문입니다. 어머니들이 어머니답게 살지 않고는 이 사회가 지금과 같은 수렁에서 헤어날 기약이 없습니다. 옛날에도 살인을 하는 이들이 있었습니다만 대개 그들에게는 그럴 만한 이유가 있었습니다. 하지만 요즘은 아무 이유 없이 불특정 다수를 상대로 살인을 하고, 또 우리는 그런 범죄에 점점 무감각해져 가고 있습니다. 우리 사회의 범죄 행위들이 갈수록 흉포해지는 데에는 물론 다른 이유도 있습니다만, 가장 근본적인 문제는 우리의 가정이 병들고 있기 때문입니다.

가정이 건강하지 않을 때 여러 가지 문제들이 파생됩니다. 얼마 전 일어났던 지존파 사건에서도 결손 가정 문제가 대두되었습니다. 저도 그 불행한 청년들의 얼굴에서 사랑을 받아 보지 못한 이들이라는 느낌을 받았습니다. 사랑을 받아 보지 못했기에 그 청년들은 남을 사랑할 줄도, 사랑을 주는 방법도 알지 못한 것입니다.

비단 우리나라뿐 아니라 이 시대의 어머니들이 먼저 진정한 어머니가 되지 않는 한 인류의 미래는 암담합니다. 바겐세일이라면 열 일 제치고 찾아다니고, 남이 가진 것은 나도 가져야만 하고, 텔레비전 연속극은 놓치지 않고 보지만 학교만 졸업하고 나면 책과는 담을 쌓고 지내는 어머니들에게서는 아무런 희망도 얻어낼 수가 없습니다. 자식을 육체적으로만 탄생시키는 어머니가 되어서는 안 됩니다. 이웃을 사랑할 줄 아는 따뜻한 마음을 자식의 가슴에 싹 틔우는, 그래서 진정한 탄생을 맛보게 하는 어머니가 되어야만 합니다.

우리가 종교를 갖는 이유도 여기에 있습니다. 강물처럼 살아서 끝없이 흐르는 자비심을 갖는 것, 그것이 바로 종교를 믿는 목적입니다. 몇 해 전 동남아 불교 국가들을 여행하면서 새삼스럽게 종교의 본질에 대해 고민한 적이 있습니다. 그때 다시 얻은 해답이 '사랑의 실천, 사랑을 나누는 것'이었습니다. 출가를 하고 홀로 산속에서 살아가는 것, 그것도 수행입니다. 하지만 그것은 기초 단계에 불과합니다. 따뜻한 가슴을 이웃과 나누는 일, 이것이 바로 종교의 본질입니다. 이 해답을 얻고 나서 저는 몹시 부끄러웠습니다. 그래서 '맑고 향기롭게 살아가기 운동'을 통해 저 자신부터 이웃들과 사랑 나누기를 실천해 나가려고 애를 쓰게 된 겁니다.

사랑에 대한 말들이 우리 주변에는 무수히 많습니다. 기막히게 아름답고 의미심장하게 표현된 종교적이고 철학적인 말들도 있습니다. 하지만 그것에 현혹되어서는 안 됩니다. 사랑은 실천할 때 비로소 빛을 발합니다. 말로써, 관념으로써 이루어질 수 있는 것이 아닙니다. 종교가 자비의 실현이라면 왜 우리 사회가 이렇게 메말라 있겠습니까? 제대로, 바르게 실천하고 있지 못하기 때문입니다. 여러 종교계에서 애를 쓰고 있기는 합니다만 아직도 부족함이 많고 또 종교를 표방하면서 비종교적인 작태를 보이는 경우도 많습니다.

이 사회가 정화되자면 우선 각자가 자기 정화부터 해야 합니다. 특히 종교인들부터 참회하는 태도로 정화해야 합니다. 스스로 참회하고, 자기 정화를 위해 애쓰는 이들이 하나둘 늘어 갈 때 이 사회도 새롭게 변화될 수 있습니다. 새 생명이 탄생하듯 새 움이 틀 수 있습니다. 자기 정화를 이룬 후에는 순간순간, 하루하루 자비심을 이웃에 실천해 가야 합니다. 그것이 신앙인의 과제요, 화두요, 정진입니다.

이 세상에서 살아가면서 우리는 많은 은혜를 입습니다. 가깝게는 부모 형제부터 멀게는 많은 이웃들, 공기, 물과 흙과 바람, 자연으로부터 무한한 은혜를 입으며 살아가고 있습니다. 이같은 은혜는 우리의 삶을 이어 가는 데 필수불가결한 것들입니다. 하지만 우리는 그 은혜들을 무상으로, 무한하게 받기만 하고 있습니다. 아니, 오히려 더럽히고 짓밟고 군림하면서 은혜를 받고 있습니다. 감사하는 마음으로 소중하게 받아 써야 할 그 은혜들을 오히려 배반하고 있는 겁니다.

우리가 입은 은혜는 반드시 되돌려져야 합니다. 그래야 우리의 자손들이 다시 그 은혜를 입으며 삶을 이어 갈 수 있습니다. 우리 조상들이 그렇게 대대로 자기들이 입은 은혜들을 되돌렸기에 오늘의 우리가 있을 수 있는 것입니다. 이것이 바로 생명의 현상입니다. 불교에서는 이것을 '회향回向'이라고 합니다. 내가 받을 공덕이 혹시 있다면 그것을 모두 이웃에게 되돌린다는 의미입니다.

달포 전에 편지를 한 장 받았습니다. 부산의 한 어머니가 보낸 편지였는데 저로서는 생면부지의 분이었습니다. 글씨나 맞춤법으로 봐서 교육을 많이 받았거나 경제적으로 넉넉한 형편의 어머니는 아닌 것 같았습니다. 이 어머니가 제게 주신 편지 내용을 잠깐 소개하겠습니다.

모든 사람은 다 행복한데 나만 그렇지 못하다고 생각해 왔습니다. 그러나 이 시간만은 무척 행복하고 즐거운 마음입니다. 저도 늘 보시라는 것에 동참을 하고 싶었는데 이제야 뜻을 이루게 됐습니다.
21개월 전에 계를 하나 들었는데 오늘 탔습니다. 돈이란 보면 쓸 곳도 많지만 절약이 얼마나 좋은 건지 기분이 좋군요. 부처님과 한 약속이었고 제 자신과도 한 약속을 지키게 돼 무척 즐겁습니다.

편지 말미에는 이런 구절도 있습니다.

저희 집 두 남매는 학교에서 공부는 하위권이지만 세상을 살아갈 때 꿋꿋하게 그리고 즐거운 마음으로 살아갈 수 있도록 늘 기도합니다.
돌아오는 겨울에도 건강하십시오. 저는 스님께 날마다 감사드립니다.

부처님께 감사를 드려야 할 텐데 제게 감사한다 하셨습니다. 아마 수행 잘하라는 경계의 말씀이 아닌가 싶습니다. 그리고 이 어머니가 500만 원짜리 수표를 보내오셨습니다. 어디다 써 달라는 말도 없이 그저 어려운 이웃을 돕는 일에 보태라고 하셨습니다. 그래서 전 이 돈을 맑고 향기롭게 사무실에 기탁했습니다.

평화는 우리 한 사람 한 사람의 내부에서 싹이 틉니다. 밖에서 오지 않습니다. 막강한 위력을 자랑하는 핵무기에서, 군사력에서 오는 것도 아닙니다. 우리 가슴속에 이웃에 대한 사랑이 싹트면 그 마음이 메아리 되어 나와 이웃과 우리를 평화롭게 해 줍니다. 한 마음이 청정하면 온 법계가 청정한 법입니다.

불교에서는 생사윤회의 근본 원인을 탐욕이라고 합니다. 고통스러운 생사윤회가 일어나는 원인은 바로 분수 밖의 욕심을 내기 때문이라는 것입니다. 이 탐욕에서 벗어나기 위해서는 나누어 가질 줄 알아야 합니다. 나누어 가지면 가질수록 우리는 보다 넉넉한 내면의 세계를 지닐 수 있습니다. 또 거기에서 자비의 꽃이 피어납니다. 보시바라밀을 강조하는 이유도 바로 여기에 있습니다. 세상을 살아 나가는 가장 요긴한 덕목이라는 육바라밀 중 첫째가 바로 보시, 나누어 가지는 바라밀이라는 사실을 우리는 명심해야만 합니다. 나누어 갖지 않으면 이웃이 될 수 없으며, 인간이 될 수도 없습니다.

마지막으로 레바논의 시인 칼릴 지브란의 『예언자』 중에서 한 구절을 소개하겠습니다.

그대들이 가진 것을 베풀 때 그것은 베푸는 것이 아니다.
참으로 베푸는 것은 그대들 자신을 내주는 일이다.
그대들이 가진 것이란 무엇인가.
이다음에 혹시 필요할까 봐 미리 간직하고 싶은 것일 뿐.
세상에는 기쁨으로 베푸는 이들이 있다. 이 기쁨이 바로 그
들의 보상이다.
고통으로 마지못해 베푸는 사람들도 있다. 이 고통이 바로

그들의 보상이다.

그러나 베풀되 고통도 모르고 기쁨도 찾지 않으며 덕을 행
한다는 생각도 없이 무심히 베푸는 이들이 있다.

그들은 마치 저 골짜기의 향나무가 허공에 향기를 풍기듯
그렇게 베푼다.

사람의 얼굴은

어떻게
만들어지는가?

세월에도 얼굴이 있습니다. 올해에는 올해만의 얼굴이 있어요. 계절에도 얼굴이 있습니다. 봄의 얼굴은 꽃이에요. 여름에 잎을 무성히 피웠다가 가을이면 열매를 맺지 않았습니까? 가을의 얼굴은 열매입니다. 오늘은 저마다 지니고 있는 얼굴에 대해서, 또 사람의 얼굴에 대해서 말씀드리려고 합니다.

사람의 얼굴은 하나의 풍경이라는 말이 있습니다. 한 폭의 풍경화와 다름없어요. 또 사람의 얼굴은 한 권의 책이다, 라는 이야기도 있습니다. 사람의 얼굴은 결코 거짓말을 하지 않습니다. 뻔뻔하고 낯이 두꺼운 사람들은 시치미를 뚝 떼고 거짓을 일삼지만 이 자리에 모인 지극히 선량하고 정상적인 사람들의 얼굴은 거짓말을 하지 않습니다.

부끄러운 일 앞에서 우리는 흔히 얼굴을 붉힙니다. 창피한 일을 당했을 때 쥐구멍에라도 숨고 싶은 이유는 얼굴이 있기 때문입니다. 얼굴이 없다면, 얼굴을 지니지 않았다면, 누가 뭐라 하든 조금도 거리낄 것이 없습니다. 저마다 자기의 얼굴을 지니고 있기에 떳떳하지 못한 일 앞에서는 얼굴을 붉히고 얼굴을 들 수 없는 것입니다. 얼굴은 양심이나 속생각과 같은 내면세계를 그대로 드러냅니다. 그것은 속일 수가 없습니다. 기쁨에 넘칠 때는 밝은 얼굴과 미소로 속을 드러냅니다. 언짢을 때, 슬플 때, 외롭고 괴로울 때는 우수에 젖은 얼굴로 자신의 내면세계를 노출시킵니다.

저마다 자기 얼굴을 지니고 있고, 또 저마다 얼굴 생김새가 다른 것은 저마다의 내면세계가 다르기 때문입니다. 어떤 의미에서 사람은 가장 소중하게 감추어야 할 얼굴을 만인 앞에 공개하고 다닌다고 할 수 있어요. 팔뚝이라든가 다리는 대단치 않아요. 진짜 얼굴, 자기 내면을 그대로 드러내고 다닌다는 것은 어떤 의미에서는 굉장히 큰 모험입니다. '나는 이런 속을 지니고 있습니다.', '나는 이런 생각을 하고 있습니다.'라는 것을 그대로 어깨 위에 올려놓고 다니는 거예요.

흔히 남자들의 얼굴을 가리켜 삶의 이력서라고 합니다. 세상을 살아가면서 얼굴에 표정이 생기고 세월의 금이 그어집니다. 예전에는 여자의 얼굴을 청구서라고 했어요. 살림살이해야 되고, 사야 할 것도 많고, 장에도 가야 되고, 아이들 등록금도 내야 하고, 과외비도 내야 해서 자꾸 남편에게 달라고 보채잖아요? 그래서 엄마들의 얼굴을 청구서라고 했습니다. 하지만 요즘에는 여성들의 사회 활동이 활발해지면서 오히려 엄마들의 얼굴이 이력서일 수 있습니다. 남자, 여자 가릴 것 없이 얼굴에는 그 사람이 지나온 삶의 흔적이 남게 됩니다.

얼굴은 얼의 꼴입니다. 내면세계의 형태가 얼굴이에요. 내면과 정신세계, 그 사람의 속이 얼굴이라는 모양으로 드러나는 거예요. 사람들의 얼굴이 다르다는 사실이 얼마나 다행스러운지 몰라요. 만약 사람의 얼굴이 두부모나 양화점에서 만든 신발처럼 똑같다면 굉장히 혼란스러울 겁니다. 만약 그렇다면 이마에다 일련번호를 붙이고 다녀야 할지도 모릅니다. 차번호만이 아니라 이마나 등에 사람 번호를 써 붙이고 다녀야 할지도 모르는데, 다행히 사람마다 얼굴이 다르기 때문에 그럴 필요가 없어요.

사람은 누구나 자기 나름의 특성을 지니고 있습니다. 저마다 나름의 특성과 개성을 지니고 있기에 자기만의 특색을 지닌 모습으로 살아가는 것입니다. 불교적으로 표현을 하자면, 저마다 업業이 다르기 때문에, 순간순간 하루하루 행하는 것이 다르기 때문에 다른 얼굴을 지니고 있는 겁니다. 사람은 누구나 이 세상에서 하나밖에 없는 얼굴을 지니고 있어요. 설령 쌍둥이라 하더라도 그래요. 어딘가는 달라요. 비슷할 수는 있어도 똑같지는 않습니다. 그렇기 때문에 쌍둥이를 낳은 엄마는 자식을 구분하는 거예요.

사람이 세상에 하나밖에 없는 얼굴을 지니고 있다는 것은, 우리가 자기의 특색을 실현하고 일깨우며 자기만의 특성을 내보이라고 이 지구상에 불려 나온 존재라는 사실을 의미합니다. 그렇기 때문에 각자는 자기 분수와 자기 틀, 자기 자리에 맞게끔 행동해야 합니다. 그렇지 않고 남의 자리를 탐내거나 남의 모습을 띠려 한다면 이것도 저것도 아닌, 시쳇말로 죽도 밥도 아닌 상황에 처하게 됩니다. 저마다 특색을 지닌 얼굴이 있기에 남의 얼굴을 닮으려 해서는 안 됩니다.

사람은 자기의 얼굴을 지닐 수 있어야 됩니다. 그런데 자의식이 강하지 못한 사람들은 TV에 나오는 연예인이나 유명 인사를 흉내 내려 합니다. 그것은 자기 모습을 망각하는 행위입니다. 자신만의 특색을 스스로 희생하는 거예요.

자기 얼굴을 지니려면 자기답게 살 수 있어야 됩니다. 자기답게 살아야 자기 얼굴이 만들어집니다. 엄마한테서 물려받은, 이 세상에 처음 나올 때의 얼굴은 아직 반죽이 덜 굳은 상태예요. 세상을 살아가면서 스스로 자기 얼굴을 형성해 가는 거예요. 자기답게 살아야 자기 얼굴을 갖출 수 있지, 자기답게 살지 못하고 남을 닮으려고 한다면 자기 얼굴을 지닐 수가 없습니다. 자기 얼굴은 그 누구도 아닌 자기 자신이 만드는 것입니다. 사람의 얼굴을 가리켜 삶의 이력서라고 하는 데에는 그런 의미가 있습니다.

한때 유행했던 유행가 중에 사랑을 하면 예뻐진다는 노래가 있었습니다. 곰곰이 듣고 보니 그 말이 진리를 담고 있어요. 사랑을 한다는 것은 자기가 지니고 있는 가장 지극하고 가장 착하고 가장 아름답고 가장 복스러운 내면을 내뿜는 현상이기 때문에 그러한 정신의 꼴, 얼의 꼴이 나타난 얼굴은 아름답지 않을 수가 없는 거죠. 당연한 거예요.

『인과경』이라는 경전에 법당 청소를 하는 시자의 아름다운 얼굴을 닮는다는 내용이 있습니다. 청소를 한다는 것은 마루라든가 방의 먼지만 닦는 것이 아니라 마음을 닦는 일입니다. 조그만 티 하나도 용납하지 않겠다는 그런 마음으로 청소를 할 때, 하물며 법당을 청소할 때는 얼마나 간절하겠어요? 그런 마음으로 산다면 그 마음의 표현인 얼굴이 아름다워지지 않을 수 없는 거지요. 물론 그것은 하루아침에 갑자기 되지는 않습니다. 매일 매일 쌓아 갈 때 그렇게 되는 거예요.

법당은 절에만 있는 것이 아닙니다. 각자의 집에도 법당이 있습니다. 우리의 마음이 가는 곳, 그곳이 바로 법당입니다. 그런 마음으로 집에서 유리창을 닦건 마루를 닦건 정결하고 간절한 마음으로, 티 하나를 용납하지 않으려는 마음으로 부지런히 청소를 할 때 그 마음의 표현인 얼굴이 정결해지지 않을 수 없는 거지요. 그런데 모처럼 그런 좋은 기회가 찾아왔는데도 다른 사람한테 시켜 버리지는 않으세요? 그러고서 아름다워지겠다고 헬스클럽에 다니고, 외모를 가꾸는 데 도움이 된다는 음식을 기를 쓰고 먹지는 않습니까? 지극히 일상적인 일 속에서도 얼마든지 아름다워질 수 있는데, 왜 그것을 돈을 들이면서 할까요?

우리 마음이 가는 곳이면 그곳이 바로 법당입니다. 눈에 보이지 않지만, 다들 부처님을 마음속에 모시고 있어요. 우리의 그때 묻지 않은, 청결하고 정결한 마음이 바로 부처님 마음과 조금도 다를 게 없습니다.

사람의 얼굴은 자비와 사랑으로 채워지지 않으면 추해지기 마련이에요. 그것은 누구나 마찬가지입니다. 사람 또한 동물입니다. 동물적인 속성이 누구에게나 있습니다. 그런데 집안 식구를 보살피고 친구를 위하는 그러한 자비심으로, 사랑의 마음으로 사람은 순간순간 자신의 얼굴을 만들어 가는 거예요. 만약 사랑이 깃들지 않는다면 사람의 얼굴은 단순한 하나의 소재에 지나지 않습니다. 사랑스럽고 덕스러우며 희생적인 행을 통해서 자기다운 얼굴을 갖추게 되는 겁니다.

맑은 영혼이 빠져나간 얼굴, 그것은 껍데기예요. 혼이 없는 얼굴은 빈껍데기에 불과합니다. 맑은 영혼이 깃들지 않은 미모는 마치 유리로 만든 눈과 같습니다. 유리로 어떻게 사물을 판별합니까?

제가 중학교 2~3학년 때 영어를 가르치는 선생님이 계셨어요. 이분은 학교 관사에서 살았는데, 일반적으로 표현하자면 못생긴 분이었어요. 키도 작고 고수머리에다 낯은 붉고 눈은 뱁새 눈처럼 찢어졌어요. 그런데 사모님은 그렇게 예쁠 수가 없었어요. 소위 평양 미인이라고 하는, 어린 우리가 보기에도 아주 시원하고 늘씬한 그런 아름다운 분이었습니다. 그때 우리는 이렇게 생각했어요. 못생긴 우리 선생님에게 어떻게 저처럼 예쁜 분이 짝을 맞추었을까? 친구들도 수군거렸고, 나 역시 그것이 의문이었습니다. 하지만 조금 자란 뒤에 그 뜻을 알 수 있었어요. 사모님은 우리 선생님이 지니고 있는 속사람, 가장 선량하고 사나이다우며 매력적인 면을 발견해 낸 것이었어요. 사랑하기 때문에 찾아낸 거예요. 관심을 갖지 않을 때 사람의 외모는 하나의 소재에 지나지 않아요. 그런데 지극히 사랑했기 때문에 속에 감추어져 있는 보석을 캐낼 수 있었던 겁니다.

예술가들이, 특히 조각가들이 하는 얘기가 있습니다. 그들은 돌덩어리나 소재에 아름다움을 쪼아 넣는 게 아니라고 해요. 소재가 지니고 있는, 돌이 지니고 있는 아름다움을 하나하나 쪼아서 캐내는 거라고 합니다. 이것은 생각이 전혀 다른 거예요. 아름다움을 칠하고 바르고 갖다 붙이는 것이 아니라, 그 돌덩어리가 지니고 있는 아름다움을 캐내는 거예요.

우리도 마찬가지입니다. 우리가 서로를 길들이기 전에는 아무런 상관도 없는 사람들이에요. 그런데 같은 절에 다니고, 오가며 인사도 하다 보니까 표정이 없던 얼굴에 미소가 피어나고 또 친절이 피어납니다. 그리고 서로가 서로에게서 그것들을 찾아냅니다. 그렇게 함으로써 좋은 친구가 되고 이웃이 되고 도반이 되는 거예요.

그러면 어떻게 해야 자기다운 얼굴을 만들 수 있을까요? 얼마 전 부산의 고속도로 터미널에 딸린 백화점에서 어떤 이들이 사람들을 모아 놓고 한창 무얼 가르치고 있어요. 무슨 소리를 하는가 했더니, 화장품 회사에서 나온 사원들이 화장하는 법을 가르쳐 주고 있었어요. 물론 화장도 해야 되겠죠. 하지만 한국 여성들은 해방과 한국 전쟁 이후 거세게 밀어닥친 바깥의 물결에 휩쓸린 나머지 서양 사람들이 하는 걸 무분별하게 받아들인 것은 아닌지 생각해 보아야 합니다.

제가 봉은사에 있을 때였어요. 전쟁 때 피난 와서 남쪽에 자리 잡은 오누이가 찾아왔어요. 둘이서 살다가 여동생이 시집을 가게 되었어요. 이런저런 이야기를 하면서 울기도 했어요. 그 다음 날 아침에 청소를 하는데, 웬 벌레가 나와요. 이게 무슨 벌레인가 싶어서 보다가 그냥 쓸어서 버렸어요. 그런데 그 다음 날 오누이의 여동생에게서 전화가 와서는 방에서 무언가를 보지 않았느냐고 물어요. 내가 아무것도 없더라고 했더니, 울다가 눈썹을 하나 떨어뜨렸대요. 그러니까 내가 전날 모르고 쓸어 냈던 것이 눈썹이었던 거예요. 그제야 여자들이 눈썹까지 달고 다니는 걸 처음 알았습니다.

직업에 따라서는 화장을 짙게 하고 눈썹을 과장해야 하는 경우도 있을 것입니다. 그렇게 해야 카메라를 제대로 받는다든지 하는 경우 말이에요. 그때 그 여동생은 노스웨스트 항공사의 승무원이었어요. 서양 사람들을 많이 상대하기 때문에 눈썹을 길게 하고 다닐 필요가 있었나 봐요. 그런데 하나가 빠져 버렸으니. 절에서 돌아갈 때가 밤이었기에 망정이지 대낮이었으면 어쩔 뻔했어요?

우리 여성들도 옛날하고는 달라서 화장을 그렇게 짙게 하지 않을 수 없겠지만, 우리의 분수를 생각해 봐야 합니다. 어떻게 하는 것이 나다운 얼굴을 가꾸는 일인가, 이런 것도 한 번씩 생각해 보아야 해요.

요즘의 화장은 드러내려고만 하지 감추지를 않아요. 그런데 예술의 비밀은 감추는 데 있습니다. 감출수록 드러나는 거예요. 적당히 감추어야 거기에 신비한 아름다움이 깃드는데, 그저 드러내려고만 해요. 칠하고 바르면서 드러내려고만 하지 감추는 법을 모릅니다.

물론 거기에는 그럴 만한 이유가 있습니다. 화장이 짙어지는 데에는 이유가 있어요. 시골에 가면 그렇게 화장이 짙어지지 않습니다. 도시에 올수록 더욱 그래요. 그것은 도시의 강렬한 빛깔과 어지러운 네온사인, 혼잡과 소음에 사람들이 묻히면서 거기에 반항하려는 심리가 발동하기 때문입니다. 혼돈 속에서, 또 도시의 화려함 속에서 자신을 강조하고 싶고 과시하고 싶은 마음이 강해지는 거예요. 하지만 화장을 진하게 하다 보면 중독되지 않습니까? 자꾸 더 진하게 해야 돼요. 그렇지 않으면 성에 차지 않습니다.

과장하고 남용하면 본래의 아름다움이 소멸됩니다. 아름다운 것은 좋습니다. 화장도 해야 됩니다. 다만 조화를 갖추어야지 지나치면 알맹이는 없이 빈껍데기만 돌아다니는 격이에요. 살 빼는 학원 같은 데도 다니고 좋다는 음식도 먹을 수 있어요. 그런 것을 하지 말라는 이야기가 아닙니다. 하지만 진짜 아름다워지려면, 진짜 선한 얼굴을 지니려면, 자기 얼굴을 지니려면 영혼을 맑고 아름답게 가꿀 수 있어야 합니다. 얼굴이란 무엇입니까? 얼의 꼴이에요. 얼을 아름답게 가꾸면 내가 원했건 원하지 않았건 저절로 아름다움이 드러나게 마련입니다.

우리에게 웃음과 눈물이 있다는 것은 그 자체가 하나의 구원입니다. 몹시 괴롭고 슬플 때 울 수 없다면 사람은 미칩니다. 즐거운 때는 당연히 웃음이 나오지요. 또 어처구니가 없을 때는 너털웃음이라도 터뜨려야 됩니다. 울고 싶을 때 울 수 있고 웃고 싶을 때 웃을 수 있어야 돼요. 눈물과 웃음은 얼굴에 환기 작용을 합니다. 늘 찌푸리고 있거나 무표정하게 있다면 곁에 있는 사람까지 징그럽게 만들어요. 온화하고 잔잔한 미소를 볼 때 얼마나 신선합니까? 그렇게 이웃에게 신선감을 주는 거예요. 같은 값이라면 그렇게 신선한 모습을 보이도록 노력해야 됩니다.

물론 세상을 살아가면서 좋은 일만 있는 건 아닙니다. 언짢은 일도 있고 참기 어려운 일도 있게 마련이에요. 그게 사람의 구조입니다. 그것을 그때그때 민감한 신호처럼 얼굴에 나타낼 때 얼굴이 굳어져 버리는 거예요. 그런 일들을 극복할 수 있어야 됩니다. 물론 인내가 필요하죠.

역사상 독재자들의 얼굴은 하나같이 웃음이 없어요. 잔뜩 찌푸리고 있어요. 언제 어디서 누가 자기를 해칠지 몰라서 늘 불안하잖아요. 경호 없이는 꼼짝 못해요. 또 어디서 데모가 일어나지 않는지 전전긍긍해서 잠이나 온전히 자겠어요?

영혼을 아름답게 가꾸려면 첫째, 맑은 생활 습관을 익혀야 됩니다. 불자들에게는 공통적인 생활 규범이 있어요. 그것이 다섯 가지 계, 오계五戒예요. 산목숨을 죽이지 않겠다는 것, 주지 않는 남의 것을 훔치지 않겠다는 것, 자기 가정을 이탈해서 한눈 팔지 않겠다는 것, 진실한 말만 하겠다는 것, 취하지 않고 맑은 정신을 가지겠다는 것, 이것이 부처님이 말씀한 다섯 가지 생활 규범입니다. 살도음망주殺盜淫妄酒, 다섯 가지 계율이에요. 원래 계戒라는 것은 무엇무엇 하지 말라는 것이 아닙니다. 무엇무엇 하겠다는 다짐이에요. 내가 어떻게 살겠다는 다짐입니다. 다만 율律은 규정입니다. 그래서 계와 율을 합해서 계율이라고 해요. 하나의 생활 습관이에요.

『천수경』에 '도량청정무하예道場清淨無瑕穢 삼보천룡강차지三寶天龍降此地'라는 법문이 나옵니다. 도량道場은 마당이 아님니다. 우리가 몸담고 사는 곳이 다 도량이에요. 마당 장자를 쓰면서도 도량이라고 읽습니다. 도량이 청정해서 때와 먼지가 없다면 삼보천룡三寶天龍, 불법승 삼보와 천룡팔부가 그곳에 강림한다는 거예요. 늘 그런 정신으로 살아야 됩니다. 내 마음이 맑고 청정할 때, 내 영혼이 정결할 때 거기에 부처님이 찾아오신다는 거예요.

그때그때 정리정돈을 잘하세요. 그것은 습관이에요. 생활 습관도 습관이지만, 정신 상태가 그대로 드러나는 겁니다. 저는 그래요. 이틀이 됐건 사흘이 됐건 집을 비우고 나올 때 휴지통을 늘 비워요. 아궁이에 넣고 태워 버립니다. 거기에 거창한 비밀이 있어서가 아닙니다. 그냥 휴지 조각이에요. 글 쓰다가 남은 쪼가리 같은 건데, 일단 불에 태워 버리고 집을 나서요. 왜냐하면 내가 집을 떠났다가 다시 돌아가지 못했을 때 그 나머지 물건들로 인해 추한 꼴 보이기 싫어서 그때그때 정리를 해 버려요. 그것이 괴팍한 생활 습관이 되어서 어디 가다가도 그게 안 됐으면 다시 돌아가서 정리정돈을 하고 나옵니다.

조금 있으면 나무들이 잎을 다 떨어뜨립니다. 계절의 변화를 보면서 '아, 세상이 덧없구나. 벌써 가을이구나. 아이고, 올해도 두 달밖에 안 남았네.' 이렇게 한탄하지 마세요. 이 계절이 우리에게 주는 의미가 어디에 있는가, 우리 눈에 보이는 낙엽이라든가 열매라든가 하는 것이 하루하루 살아가는 내 인생에 어떤 의미를 가지고 있는가, 이런 것도 생각할 수 있어야 됩니다.

비본질적인 것, 불필요한 것은 다 버리세요. 털어 버리세요. 그래야 홀가분해집니다. 나뭇잎이 다 떨어져야 새해에 새 움을 틔울 수 있어요. 만약 나무가 묵은 잎을 그대로 지니고 있다면 새 움이 트지 않습니다. 사람도 마찬가지예요. 가졌던 어떤 생각, 불필요한 소유들, 계절의 변화 앞에서 정리할 수 있어야 돼요. 그렇게 하면 새로워져요. 맑은 바람이 돕니다. 그렇지 않으면 고정적인 틀에서 벗어날 기약이 없어요. 그런 것이 생활 습관이 되어야 해요.

도배를 하려고 하건 이사를 하건 짐을 챙기다 보면, 두자니 짐스럽고 남 주자니 아까운 그런 짐들이 많이 나와요. 처음에는 다 필요해서 사들이고 구해 놓은 것이지만, 살다 보니까 시들하고 짐스럽고 그런 물건이 얼마나 많아요? 생활에 꼭 필요한 것도 있지만, 없어도 좋을 것들이 얼마나 많습니까? 그런 것은 들어내야 됩니다. 덜어 버리세요. 그러면 마음이 훨씬 가벼워져요. 신경이 덜 분산됩니다. 그리고 생활이 단순해져요. 단순해지면 마음이 맑아집니다.

아까울 게 뭐예요? 언젠가 이 몸뚱이마저 다 버리고 갈 텐데. 그런 연습을 해야 됩니다. 버리는 연습을 하지 않으면 숨넘어갈 때 눈을 못 감아요. 숨 쉬다가 못 쉬게 되면 끝나는 거지 별 것 있습니까? 사람이 산다는 게 뭡니까?

순간순간 새롭게 피어날 수 있어야 돼요. 꽃처럼 순간순간 새롭게 피어날 수 있어야 사람이지, 똑같이 되풀이하고 틀에 박혀서 벗어날 줄 모르면 사람이라고 할 수 없어요. 낡은 것으로부터, 묵은 것으로부터, 비본질적인 것으로부터 거듭거듭 털고 일어설 수 있어야 됩니다. 그래야 자기가 지니고 있는 새로운 가능성을 개발할 수 있어요.

새롭게 피어나려는 노력이 없을 때 어떤 결과가 오는가? 늙음과 질병과 죽음이 옵니다. 그런 노력이 있어야 늙음과 질병과 죽음이 가까이 오지 못합니다. 흔히 그런 얘기를 합니다. 가난하게 그냥저냥 살 때는 몸에 병이 나지 않다가 살 만해지니까 집에 재난이 생기고 쑤시고 결리고 아프고 그렇다고요. 편해진다는 건 노력을 하지 않는다는 거예요. 창조적인 노력이 없을 때 늙음과 질병과 죽음이 찾아오는 겁니다. 그러다 끝나는 거죠.

순간순간 사람은 날마다 새롭게 피어날 수 있어야 됩니다. 꽃도 그렇게 피어나고 날마다 새로운 향기를 내뿜는데, 사람이 제자리걸음을 해서야 되겠습니까? 여러분은 왜 절에 오세요? 부처님 앞에서 무언가 새로운 다짐을 하기 위해서 오는 겁니다.

『법구경』에 이런 부처님 말씀이 있습니다. 영혼을 맑히고 아름답게 가꾸는 방법 가운데 하나예요.

온화한 마음으로 성냄을 이겨라.
착한 일로써 악을 이겨라.
베푸는 일로써 인색함을 이겨라.
진실로써 거짓을 이겨라.

누구에게나 그런 약점이 있습니다. 걸핏하면 화를 내잖아요. 저도 그중 하나예요. 하지만 화내 보았자 나한테 득 될 것 하나 없습니다. 그러면 무엇으로 화를 이길 수 있는가? 온화한 마음이에요. 화는 화로써 이길 수 없습니다. 더 큰 화를 불러일으키죠. 악을 어떻게 이깁니까? 악을 새로운 악으로 이깁니까? 안 됩니다. 그러면 더 큰 악이 자꾸 불어나요. 악은 선으로써 이기는 겁니다. 착한 일로 이기는 거예요.

억울한 일을 당하더라도 분해하지 마세요. 시간이 지나면 다 해소가 됩니다. 적어도 겉은 상처를 입더라도 속까지 입지는 마세요. 그건 큰 손해예요. 복잡한 세상을 살다 보면 겉은 상처를 입게 마련입니다. 본의 아니게 남에게 상처를 입히기도 해요. 그러나 속까지 상처를 입혀서는 안 되고, 내 속도 상처를 입어서는 안 됩니다. 착한 일로써 악을 이겨야 되지, 새로운 악으로 묵은 악을 극복할 수는 없는 겁니다.

또 우리에게는 누구나 인색한 요소가 있어요. 정도의 차이가 있을 뿐이지, 남에게 무엇을 주면서 줄까 말까, 이것을 주면 저쪽에서 고마워할까 아닐까, 이런 것을 따지잖아요. 베풀 때는 선뜻 내줌으로써 그런 마음에서 벗어나는 겁니다.

또 거짓을 어떻게 이길 수 있습니까? 거짓을 거짓으로 대하면 새로운 거짓이 자꾸 생겨나요. 진실로써 거짓을 이기는 겁니다. 누가 되지도 않는 소리, 듣기 싫은 소리를 할 때 거기에 동요되지 마세요. 그러면 속까지 흐려지는 거예요.

남이 나를 어떻게 이해합니까? 또 내가 어떻게 남을 다 이해할 수 있어요? 피상적인 관찰이고 피상적인 판단이에요. 그렇기 때문에 이웃 간에, 친구 간에 듣기 싫은 소리를 듣더라도 거기에 파르르 타서 재가 되지 마세요. '내가 지금까지 남한테 듣기 싫은 소리를 많이 한 탓에 듣기 싫은 소리 한번 들어 보아라, 하고 울려오는 메아리구나.' 이렇게 생각해야 돼요. 또 '내가 절에 다니니까 내 인내의 덕이 얼마나 되는지 시험하기 위해서 관세음보살이 저런 소리를 듣게 하는구나.' 하고 생각하세요. 그러면 거기에 동요되지 않습니다.

『무량수경』에는 이런 부처님 법문이 나옵니다. '항상 온화한 얼굴과 부드러운 말로써 대해야 한다.' 우리가 이웃을 대할 때, 세상을 살아갈 때 항상 온화한 얼굴과 부드러운 말로써 대해야 합니다. 이것을 화안애어和顏愛語라고 해요. 화안和顏, 화평한 얼굴. 애어愛語, 사랑스럽고 부드러운 말.

'마음속에 남을 미워하는 생각을 지니면, 지금은 비록 사소한 말다툼이라 할지라도 이다음에 가서는 그것이 큰 원수로 변할 수 있다.' 본래부터 원수가 어디 있습니까? 사소한 일로 서로 다투고 만나지 않고 제삼자를 통해서 자꾸 듣기 싫은 소리를 하다 보니까 결국에는 원수가 되는 거지요. '마음속에 남을 미워하는 생각을 지니면, 지금은 비록 사소한 말다툼이라 할지라도 이다음에 가서는 그것이 큰 원수로 변할 수 있다. 왜냐하면 당장에는 충돌이 일어나지 않는다 할지라도 마음속으로는 깊은 원한을 품게 되기 때문이다. 그래서 생사를 되풀이하면서 서로 앙갚음을 하게 된다.'

모든 것이 마음의 메아리입니다. 원망스러운 일이 있더라도 절에 나온 계기로, 또 가을을 맞은 계기로 해서 치워 버려야 됩니다. 조금이라도 서운한 생각을 지니고 있으면 그것이 꼬투리가 되어서 자꾸 새로운 가지를 치고 줄기를 치다가 마지막에 가서는 자기 자신도 거기에 얽혀서 어떻게 해보지 못하는 그런 결과를 가져옵니다. 『법구경』에는 또 이런 법문이 있습니다. '원한은 원한에 의해서는 결코 풀어지지 않는다. 원한을 버릴 때에만 풀리나니 이것은 변치 않을 영원한 진리라.' 개인 간에, 공동체 간에, 국가 간에 원한이 있을 수 있습니다. 하지만 원한을 원한으로 갚으려고 하지 말라는 거예요. 그것은 더 큰 원한을 불러일으킵니다. 그런 생각을 치워 버리라는 거예요. 손뼉도 마주쳐야 소리가 나요. 한쪽으로는 소리가 나지 않습니다. 한쪽에서 치워 버리면, 다른 쪽에서도 치워 버리게 마련입니다. 원한을 버릴 때만 원한을 극복할 수 있어요. 원한을 갖게 되면 두고두고 몇 곱의 두터운 원한에 얽혀서 괴로움만 더 커집니다.

사람은 살 만큼 살다가 다 죽습니다. 제명대로 살다가 가는 것도 아니고 비명에 가는 수도 얼마든지 있어요. 죽음 앞에서는 모든 것이 흩어지고 말아요. 이것이 인간의 한계 상황입니다. 죽지 않는 사람은 없어요. 어떤 성인이라 할지라도 다 죽어요. 때가 되면, 시절인연時節因緣이 다하면 모두 떠나게 마련입니다. 이런 것을 생각하며 모진 마음을 먹지 마세요. 그냥 치워 버리세요. 그러면 편해집니다. 새롭게 시작됩니다.

영혼을 아름답게 가꾸려면 둘째, 마음의 안정을 갖도록 노력해야 됩니다. 절에 오신 모든 분들이 마음의 안정을 갖기 위해서 하는 정진이 여러 가지 있지 않습니까? 염불, 독경, 주력, 참선은 모두 마음의 안정을 이루기 위해서 하는 정진입니다. 저마다 자기 기질에 맞게 염불할 사람은 염불하고, 독경할 사람은 독경하고, 참선할 사람은 참선하고, 주력할 사람은 주력을 해요. 골라잡으면 되는 거예요. 자기가 하는 것만이 가장 바른 것이고 남이 하는 것은 대단치 않은 것으로 생각해서는 안 됩니다. 참선이 됐건 염불이 됐건 문제는 어떻게 하느냐 하는 것입니다. 참선을 하면 목적지에 빨리 도달하고 염불이나 주력을 하면 더디게 도달한다는 따위의 소리는 부처님 말씀이 아닙니다. 다 부처님 법이고, 다 진리예요. 마음의 안정을 위해서 무엇이 가장 자기한테 적합한 방법인지 택하면 되는 거예요. 그러면서도 두루 갖출 수 있어야 됩니다. 염불만 하고 참선할 줄 모르면 불교 신자가 아니에요. 또 참선만 하고 경을 읽지 않으면 그 역시 불교 신자가 아닙니다. 자기의 기질에 따라 한 가지를 선택해서 정진하더라도 보편적인 수행이 따라야 됩니다. 그래야 전체를 이해할 수 있어요.

안정된 마음이야말로 본래의 자기입니다. 자기 본마음이에요. 집안에 무슨 걱정거리가 있어서 이럴까 저럴까 망설일 때 절에 다니는 분들도 운명 담당 보좌관이나 자문위원을 찾아요. 관상이나 사주를 보는 이들한테 가지 않아요? 우리 집안에 무슨 일이 있는데 어떻게 할지, 고등학교 3학년짜리가 있는데 이번에는 붙겠느냐, 떨어지겠느냐 이런 것 묻잖아요? 왜 돈 주고 그 짓을 해요? 그 답은 스스로 자기한테서 찾아야 됩니다. 조용히 참선을 하거나 염불을 하면 대개 마음의 바다에 떠오르잖아요. 내가 해야 할 일은 마음이 내킬 것이고, 내가 해서는 안 될 일이라면 마음이 내키지 않을 거예요. 그게 가장 정확한 겁니다. 괜히 어디의 누가 용하다고 하면 귀가 솔깃해서 따라 나서잖아요. 오늘 여기 법회 끝나고 나서도 그런 데 가는 사람이 있을지도 몰라요. 그런 것에 한두 번은 지나온 전과들이 있겠지만, 이제는 손 씻으세요. 전과자 리스트에서 벗어나세요. 그런 데 습관을 들이면 자꾸 그런 데 가고 싶어지잖아요. 절에 몇 십 년 다니더라도 그런 데 드나드는 사람은 불자 자격 없는 겁니다. 절 법에 귀의하세요. 바른 법에 귀의하세요.

절도 마찬가지예요. 절도 종류가 많아요. 태고종, 조계종 등등. 조계종 안에서도 예불 안 하는 절이 얼마나 많아요? 신도들은 절에 와서 조석으로 예불에 참례하는데, 그 절에 사는 스님들은 예불을 하지 않는 절이 허다합니다. 서울만 그런 것 아니에요. 시골도 마찬가지고, 산중도 마찬가지예요. 그것은 청정한 도량이 아닙니다. 그런 데 가서 배울 것 하나 없어요. 불자들이 절에 갈 때는 가려서 다녀야 됩니다. 내가 과연 바른 법을 배울 수 있는 도량인지 아닌지 그것을 무엇으로 알 수 있는가? 거기서 사는 사람들을 보면 알아요. 그 도량이 정리되어 있는가, 아닌가를 보면 알 수 있습니다. 왜냐하면 거기에서 정신 상태가 그대로 드러나기 때문입니다.

집안도 마찬가지예요. 선을 볼 때 다방 같은 데서 보지 마세요. 목욕하고 미장원 다녀오면 누구나 깨끗하고 보기 좋죠. 그 집에 한번 가 봐요. 그 집에 가서 어떻게 하고 사는지 보아야 가풍을 알 수 있어요. 내 아들을, 우리 딸을 보내도 괜찮은 집안인지 아닌지, 하고 사는 것을 보면 알 수 있어요. 친선 게임을 하듯 서로 왔다 갔다 해 보세요.

안정적인 마음을 지니려면 될 수 있는 한 적게 보세요. 많은 것을 보게 되면 마음의 안정을 찾을 수 없습니다. 안 보는 것도 있어야 되고, 안 볼 수 있어야 돼요. TV 얘기만이 아닙니다. 뭐든지 그래요. 적게 봐야 마음이 덜 물듭니다. 덜 흩어져요.

그리고 적게 말하세요. 말수가 적어야 됩니다. 절에 다니는 신도들도 그래요. 절에 좀 다녀서 신도들끼리 알 만하고 친할 만하면 도마 위에 올려서 이리 요리하고 저리 요리하고 지지고 볶고 그러잖아요. 할 수 있는 한 적게 말하세요. 한 마디로 충분할 때는 두 마디가 필요 없어요. 또 남의 허물을 보는 그런 버릇들을 고쳐야 됩니다. 절에 다니고 교회 다니면서 남이 갖지 않은 신앙을 가졌다면, 말하는 습관부터 고쳐야 됩니다. 그래야 자기 영혼을 맑힐 수 있어요. 그래야 자기 얼굴을 지닐 수 있는 겁니다.

또한 될 수 있으면 적게 들으세요. 바깥의 소리를 적게 들어야 자기 안에서 울려 나오는 소리를 감지할 수 있습니다.

또 적게 다니세요. 시장 한 번 가서 좋을 것, 두 번 갈 필요가 없어요. 그러면서 시간을 적절하게, 자기 영혼을 가꾸고 맑히는 데 쓸 수 있어야 됩니다.

산다는 건 기약할 수 없습니다. 내일 일을 누가 압니까? 순간순간의 일을 누가 알 수 있습니까? 순간순간을 꽃처럼 그렇게 새롭게 피어나는 습관을 들이세요.

무슨 일이나 그것이 자기 자신에게 덕이 되고 가정에도 덕이 되며 사회에 덕이 되는 일이라면 순수하게 집중하고 몰입하세요. 염불이나 참선만이 아닙니다. 살림살이가 되었건 청소가 되었건 집중하고 몰입하세요. 이게 정진입니다. 선방이나 절에 가서 관세음보살 부르는 것만 정진이 아닙니다. 청소든 빨래든 어떤 살림살이든 아무 생각 없이, 무심히 순수하게 집중하는 노력을 하세요. 그러면 그게 정진입니다. 그런 일을 통해서 맑고 새롭게 자기 얼굴이 탄생하는 겁니다.

요즘은 그런 일이 별로 없지만, 옛날에는 엄마들이 버스를 타거나 기차를 타면 뜨개질을 많이 했어요. 뜨개질하고 있는, 혹은 바느질하고 있는 엄마들 보세요. 얼마나 맑고 정결합니까? 얼마나 믿음직해요? 순수하게 몰입하는 일을 통해서 마음이 안정됩니다. 마음이 안정되어야 하는 일마다 온전해집니다. 마음이 불안정하면 하는 일마다 불안정한 결과를 초래합니다.

영혼을 맑게 가꾸려면 셋째, 어리석지 않아야 됩니다. 그래야 지혜로운 얼굴이 드러납니다. 책 읽는 습관을 들이세요. 아이들한테 공부하라고 몇 마디 하는 것보다 엄마가 책 읽고 있는 모습을 보이는 것이 훨씬 설득력을 지닙니다. 누구한테 보이기 위해서가 아니라, 내 삶의 질과 밀도를 높이기 위해서 책을 읽으세요. 두고두고 읽어도 좋을, 온 가족이 읽어도 좋을, 내가 늙어서 읽어도 좋을 그런 책을 가려서 읽으십시오. 그래서 삶의 의미를 거듭거듭 새롭게 캐낼 수 있어야 됩니다.

사람이 지니고 있는 최고의 덕이 무엇입니까? 사랑입니다. 사랑의 덕은 지혜에서 나오지 지식에서 나오지 않습니다. 유식해지기 위해 절에 다니는 것이 아닙니다. 많이 알 필요 없습니다. 몰라도 돼요. 바르게 살 수 있으면 됩니다. 자기답게 살 수 있으면 되는 겁니다.

지금까지 우리가 보고 듣고 외운 것만 가지고도 이 금생에 써먹고 남습니다. 문제는 행行입니다. 그렇게 살지 못하면서 지식만 많다는 것은 부끄러운 일이에요. 안타깝게도 아는 것이 많은 사람은 행이 따르지 않습니다. 아는 것에 걸려서 그래요. 분별이 많아서 그렇습니다. 너무 많이 알려고 하지 마세요. 덜 알

더라도 많이 행하세요.

사랑과 덕은 지혜에서 나오지, 지식에서 나오지 않습니다. 사람을 편하게 해 주고 포근하게 감싸 주는 것은 지혜이지 결코 지식이 아닙니다. 지식은 사람을 성급하게 하고 참을성 없게 만들어요. 요즘 아이들이 성급한 건 학교에서 지식과 정보만 익히기 때문이에요. 아이들뿐인가요? 성인들도 마찬가지고, 정치하는 사람들, 경제하는 사람들도 마찬가지입니다.

지혜는 참고 견딜 줄 알게 합니다. 지혜로운 사람은 밖으로 쳐다보려고만 하지 않고 안을 들여다볼 여유를 가지고 있습니다. 지혜로운 사람은 무언가를 가득 채우려고 하지 않고 텅텅 비우려는 노력을 기울입니다.

제가 이 자리에서 말씀드린 것이 부처님이 말씀한 계戒 정定 혜慧, 삼학三學입니다. 청정하고 맑은 생활 규범 혹은 생활 습관을 '계'라고 하고, 마음의 안정을 이루기 위해서 일에 순수하게 집중하고 몰입하는 것을 '정'이라 하며, 지혜롭게 사는 것을 '혜'라고 합니다. 이 바탕 위에서 우리 안에 지니고 있는 빛나는 요소가 저절로 드러나는 거예요.

미국 흑인 노예를 해방시킨 링컨이 막 대통령이 되었을 때입니다. 새로운 내각을 조직하던 중에 링컨과 가장 친하게 지낸 친구가 사람을 한 명 천거했어요. 하지만 링컨은 친구가 천거한 사람을 만나고는 대번에 거절해 버렸어요. 당연히 친구는 서운했죠. 모처럼 사람을 천거했는데, 링컨이 단박에 거절해 버렸으니까요. 그래서 이삼일 뒤에 대통령을 사석에서 만나 그런 얘기를 합니다. 내가 소개한 사람이 어디가 마음에 들지 않아서 거절한 거냐고 말이에요. 이때 링컨이 말합니다. "얼굴이 마음에 들지 않아서라네." 얼굴이 마음에 들지 않아서 그 사람을 쓰고 싶지 않았다는 거예요. 그래서 친구가 항의를 해요. 아니, 얼굴이야 부모가 만들어 준 것인데 그게 그 사람 책임은 아니지 않느냐고, 얼굴이 마음에 들지 않는다고 그처럼 유능한 사람을 쓰지 않으려고 하느냐고 따져요. 그랬더니 링컨이 말해요. "어릴 적에는 부모가 만들어 준 얼굴로 통하지만, 사람이 사십을 넘어서면 자기 얼굴에 대해서 책임을 지지 않으면 안 된다네." 어릴 적에는 부모가 낳아 준 얼굴만으로도 통한다는 거예요. 그런 것은 흠잡을 수 없다는 거죠. 그렇지만 적어도 인간이 사십 년을 살았으면 자기 얼굴에 대해서 책임을 지지 않을 수 없다는 거예요. 이게 무슨 말인가 하면, 저마다 자기 얼굴을 스스로 만들어 간다는 뜻입니다.

얼굴에 어떤 표준이 있는 게 아닙니다. 저마다 자기 얼굴을 지닐 수 있으면 됩니다. 아름답고 씩씩한 얼굴에 무슨 표준이 있는 게 아니잖아요. 자기다운 삶, 자기다운 생활 규범을 지니고 마음의 안정을 이루어 즐겁게 산다면, 스스로 자기의 얼굴, 얼의 꼴을 이루게 마련입니다. 자기답게 살지 못해서, 생활 규범이 없어서, 마음의 안정을 이루지 못한 채 늘 흐트러지기 때문에 자기가 지니고 있는 무한한 잠재력과 지혜를 일깨우지 못하고 늘 허둥지둥 사는 거예요.

처음에 말씀드렸습니다. 얼굴은 이력서라고. 자기 얼굴은 자기가 만들어 가야 하고, 동시에 자기 얼굴에 책임을 져야 합니다.

아름다운 얼굴에 어떤 모델이 있는 게 아닙니다. 선량한 얼굴에도 어떤 표준이 있는 게 아니에요. 광대뼈가 튀어나왔다고 해서 그게 무슨 허물이 됩니까? 얼굴에 기미가 끼었다 해서 흉될 것 하나 없습니다. 자기다운 생활을 통해서 자기 얼굴을 지닐 수 있으면 그것만으로 좋은 겁니다. 내가 제일 불쾌하게 여기는 소리가, 스님 누구 닮았다는 소리예요. 누구 닮았다 그러면 영 기분이 나빠요. 나는 나답게 살면 되는데, 누구를 닮아요?

아름다운 얼굴은 굳어 있지 않습니다. 항상 미소를 머금고 온화함을 지니고 있어요. 닫혀 있는 얼굴이 아니라 활짝 열린 얼굴입니다. 아름다운 얼굴이란 탐욕에 들뜬 얼굴이 아니라 너그럽고 덕스러운 얼굴입니다. 사람은 덕스러워야 돼요. 너그럽고 덕스러운 얼굴이 아름다운 얼굴입니다. 지혜로 빛나는 얼굴입니다. 이와 같이 자기 얼굴을 만드는 일이야말로 인생에서 가장 보람 있는 일이 아닐 수 없습니다.

오늘 이 자리에 모인 인연으로 해서 우리 모두가 자기다운 모습을 지니고, 자기 인생을 거듭거듭 새롭게 꽃피울 수 있기를 바랍니다.

침묵하라,

그리고

말하라

더위에 수련하시느라 고생이 많으십니다. 그런데 이게 누가 시켜서 하는 일이 아니고 스스로 마음을 내어서 하는 일입니다. 거기에는 다 나름의 의미가 있어요. 휴가철에 여기저기 피서 가는 사람도 많은데, 나는 왜 이런 데 와서 힘겹게 수련하는 걸 선택했을까? 수련하시는 동안 순간순간 그 의미를 스스로 느낄 수 있을 것입니다.

사람은 고정되어 있지 않습니다. 늘 살아서 움직여요. 똑같은 일상이 반복되면 아주 지겨워요. 아마 여기 오신 분들 대개 그럴 거예요. 스님들도 마찬가지입니다. 똑같이 반복되는 일상에서 탈출하고 싶어서 이런 곳에 찾아오는 거예요. 입산 출가하는 것도 그런 뜻입니다. 여기 오신 수련생들은 평생 그렇게 살 수는 없기 때문에 3박 4일이라는 한정된 기간 동안 일상성에서 떠나 무언가 새로운 삶을 이루어 보겠다는 그런 의지에서 여기에 오신 겁니다.

여기에 오면 우선 가족으로부터 떠나요. 직장 동료로부터 떠나고, 눈만 뜨면 마주하는 TV와 신문, 뉴스, 이런 것들로부터 자유로워집니다. 그런데 여기 계신 동안 세상에서 일어나고 있는 일들에 대해서 한번 생각해 보세요. 우리가 동시대를 살기 때문에 전혀 어두워서도 안 되겠지만, 불필요한 정보와 뉴스가 얼마나 우리를 괴롭힙니까? 맑고 깨끗하게 살고자 하는 우리의 삶을 끝없이 어지럽히는 것들이 얼마나 많습니까? 아침에 일어나면 습관적으로 신문을 들고, 또 저녁이 되면 9시 뉴스를 보고……. 마약 중독자들처럼 그러잖아요. 그런데 과연 그것이 우리가 살아가는 데 꼭 필요한 것인가? 물론 필요한 정보도 있겠지만, 없어도 좋을 것, 듣지 않아도 좋을 그런 뉴스와 정보 때문에 우리의 맑은 삶이 오염되고 있지는 않은지 생각해 보아야 합니다.

저 개인적으로는 그렇습니다. 요즘 제가 신문에 글을 쓰지 않으니까, 그렇게 편할 수가 없어요. 신문에 글을 기고할 때는 자연히 사회 현상에 관심을 안 가질 수 없어요. 신문이라는 게 그런 역할을 하는 거니까요. 그런데 신문에 글을 쓰지 않은 뒤로 는 신문을 사 볼 필요가 없고, 정치권에서 이러쿵저러쿵하는 소 리를 들을 필요도 없습니다. 이게 그렇게 편할 수 없어요.

적어도 여기 와서 계시는 3박 4일 동안 수련생 여러분에게 도 그런 덕이 있을 것입니다. 그런 불필요한, 우리가 살아가는 데 크게 도움 되지 않는, 어떤 의미에서는 우리의 맑은 삶을 끝 없이 어지럽히는 그런 정보로부터 벗어나 있는 동안 맑은 기운 이 우리 안에서 솟을 것입니다. 꼭 이런 수련 기간만이 아니라 자기 삶의 투철한 질서를 갖고서 듣지 않아도 좋을 것, 보지 않 아도 좋을 것, 먹지 않아도 좋을 것, 말하지 않아도 좋을 것들로 부터 벗어나야 됩니다.

•

사람은 그렇습니다. 지금 현재의 나는 이미 이루어진 나 자 신이 아닙니다. 우리는 무엇이 되어 가는 과정 속에 있습니다. 그러면 누가 이루어 주는가? 누가 이루어지는가? 그것은 자신 의 노력에 의해서, 자기의 의지에 의해서 자기 삶을 선택하면서 자기를 만들어 가는 거예요. 그런 자각이 없으면, 둘레의 흐름과 시대의 흐름, 이웃의 흐름에 그냥 동화되고 맙니다. 그렇게 되면 자기의 빛깔이 사라져요. 자기 나름의 삶에 대한 의지가 희미해집니다.

수련생 여러분이 여기 와 있는 3박 4일 동안 대단한 일이 일어나는 건 아니지만, 이 짧은 기간에 새로운 업을 일으키는 좋은 인연을 맺으시고, 수련 마치고 세상에서 살아가는 데 필요한 새로운 각오를 다지며, 자기 삶을 거듭거듭 가다듬는 좋은 기회로 삼기를 바랍니다. 거듭거듭 새롭게 만들어 가야 해요. 그렇지 않으면 일상성에 매몰되어 그저 그렇고 그런 한 생애를 보내고 말아요.

•

실례지만, 여기에 미혼 여성 있으면 손들어 보세요. 많네요. 미혼 남성은? 그래요. 희망들을 가지세요. 사람 나름이어서 공통적인 건 아니지만, 기혼자들이 그럽니다. 어떤 유복한 가정의 나이 지긋한 보살님이 지나가는 얘기 끝에 그런 소리를 해요. 모르고나 할 일이지 알고는 못하는 게 결혼이라고. 2남 4녀나 둔 노보살님이 그런 소리를 하더라고요. 물론 절대적인 것은 아닙니다. 살다 보면 결혼에 그런 요소도 있는 거겠죠.

혼자서 살건 가정을 이루건 그것은 인연법因緣法에 따른 것입니다. 그런 것에 얽매이지 마세요. 나이 많은 총각이라고 해서, 나이 많은 미혼 여성이라고 해서 기죽을 것 없습니다. 자기 차례가 따로 있는 거예요. 가정을 이루어야만 그때부터 인생이 시작되는 것은 아닙니다. 그것은 어디까지나 인연법입니다. 만날 사람이 있으면 언젠가 만날 거고, 금생에 그런 인연이 없다면 자유롭게 사는 거예요. 그런 것에 너무 집착하지 마세요.

가정을 이루건 홀로 살건, 독야청청하건 간에 자기 삶의 질서를 가지고 진짜 자기답게 살 수 있으면 됩니다. 하지만 그렇게 되려면 노력을 해야 돼요. 우연히 되는 게 아닙니다. 그만큼 안으로 자신을 달구어야 됩니다, 마치 대장간에서 쇠를 달구듯이. 그런 과정 없이는 자기만의 뚜렷한 인생관이 형성되지 않습니다. 거창하게 얘기하자면, 인류 역사 속에서 사람답게 살다가 간 사람들은 평범하게 살지 않았습니다. 그 사람들은 자기 나름의 확고한 신념과 인생관, 세계관을 가지고 자신을 끝없이 거듭거듭 형성해 가면서 살았어요.

또 때때로 사람은 고독할 수 있어야 됩니다. 홀로, 순수하게 혼자 존재할 수 있는 시간들을 가져야 돼요. 우리는 가깝고 먼 무수한 관계 속에 있지만, 원천적으로 사람은 홀로 있을 수밖에 없습니다. 우리가 이 세상에 나올 때도 그랬고, 살 만큼 살다가 하직할 때도 그렇습니다. 아무리 금실 좋은 부부라도, 의좋은 형제라도, 친구 사이라도 대신 죽어 줄 수는 없잖아요? 그것은 사는 일도 마찬가지입니다. 그렇기 때문에 홀로 있는 시간을 가져야 됩니다.

여럿 속에 있으면서도 여러분은 지금 홀로 있는 거예요. 한두 사람으로는 수련이 안 되니까 공동체의 질서 속에서 여럿이 함께 수련을 하고 있지만, 이곳에 있으면서도 여러분은 홀로 있는 겁니다. 그런 시간을 통해서 자기 자신을 들여다보고, 자기 영혼의 무게를 헤아리고, 또 남은 생애를 어떻게 살아갈 것인가, 이런 것도 거듭거듭 다져야 합니다.

수련은 일상성에서 벗어나게 해 주기 때문에 인생을 거듭 재구성할 수 있는 좋은 기회가 됩니다. 산중에 와서 수련하다가 간 젊은 학생들 중에 출가 수도자가 된 경우가 드물지 않습니다. 그런 사람들은 이미 잠재력과 그런 씨앗을 가지고 있었는데, 어떤 계기를 통해 그 씨앗이 움터서 그렇게 되는 거지요. 그렇다고 해서 절에 들어가 머리 깎고 승복 걸친다고 해서 대단하게 되는 것은 아닙니다. 거기에 더하여 피나는 노력을 하는 가운데 자기를 형성하게 되는 거지요.

·

묵언이란 무엇입니까? 묵언하더라도 진짜 필요한 말은 해야지요. 불필요한 말을 하지 않는 것이 묵언입니다. 그동안 되는 소리, 안 되는 소리 지껄이느라 얼마나 혀와 입술을 수고시켰습니까? 그러니 이런 데서라도 충분하게 휴식 시간을 주는 거예요.

저도 이전에는 말수가 없었는데, 여러 사람들을 대하다 보니까 말을 많이 하게 되었어요. 그런데 말을 하고 나면 아주 허전해요. 진짜 할 말만 해야 되는데, 말을 하다 보면 불필요한 말을 얼마나 많이 해요? 진짜 쓸 말은 십분의 일도 안 돼요. 하지 않아도 좋을 말을 남발하잖아요.

불교에 보면, 십선十善이 있고 십악十惡이 있어요. 그중에서도 신구의身口意, 이것을 삼업三業이라고 하잖아요. 몸과 입, 마음으로 업을 짓는다는 뜻입니다.

몸으로 짓는 세 가지 업이 있어요. 살도음殺盜淫. 살생하고, 남의 것을 훔치고, 자기 짝을 두고 한눈팔아서 음란한 짓을 하는 것 세 가지입니다. 또 마음으로 업을 짓는 탐진치貪瞋癡. 자기 분수 밖의 욕심인 탐욕, 또 남을 미워하고 성내는 일, 그리고 꽉 막힌 어리석음. 이것을 삼독, 독한 마음이라고 합니다.

이렇게 몸으로 세 가지 업을 짓고, 마음으로도 세 가지 업을 지어요. 그런데 입으로는 네 가지 업을 짓습니다. 거짓말, 이 간질, 악담, 그리고 사실이 아닌 것을 번지르르하게 과장하는 행위. 말이라는 게 이렇습니다.

말을 안 하고 있으면 참 답답한데, 한동안 지내면 그게 그렇게 편할 수 없어요. 목구멍까지 올라온 말을 하고 싶어도 꾹 참으면 그게 안에서 새로운 열매를 맺게 돼요. 그런데 우리는 그냥 생각이 떠오르자마자 불쑥불쑥 수많은 말을, 무책임한 말을 뱉어 버려요. 그렇게 뱉어서 나는 한 순간 마음이 가벼워졌을지 모르지만, 그 말을 통해서 상처 입은 사람이 얼마나 많습니까? 일부러 그런 의도를 가진 것은 아니지만 상대방을 상처 입히는 말들이 얼마나 많아요?

우리가 아침저녁으로 백팔 배로 참회하는 것은 알게 모르게 지은 그런 허물을 이번 수련을 계기로 비워 버리고 새롭게 인생을 시작하기 위해서입니다. 그동안 잘못된 생활 습관 때문에 남에게 상처 주고 괴롭혔던 그 일들에 대한 보속補贖으로서 그렇게 참회를 하는 겁니다.

침묵은 금이라고 합니다. 수련이 끝나고 나면 묵언은 해제되지만, 침묵의 의미와 묵언의 미덕을 깨우쳐서 집에 가서도 될 수 있으면 불필요한 말, 남에게 상처 입히는 말을 해서는 안 됩니다.

『숫타니파타』라는 초기 경전에 보면, 사람은 태어날 때 입 안에 도끼를 가지고 나온다고 합니다. 인도 사람들의 비유예요. 그 도끼를 가지고 스스로를 찍는다고 합니다. 말이란 그런 겁니다. '구시화문口是禍門이니 필가엄수必可嚴守니라. 입은 재앙의 문이니 반드시 엄히 단속해야 된다.' 이런 법문이 있습니다. 여기서의 침묵은 강요된 침묵이 아닙니다. 수련이 강요된 것이 아니니까요. 이런 침묵의 계기를 통해서 말의 의미, 내가 일상적으로 쏟아 놓는 말의 의미에 대해서 거듭 생각할 수 있는 기회를 가져야 됩니다.

진짜 우리가 해야 할 말은 어떤 말인가? 여기에 대해서도 불교 경전에, 부처님 말씀에 나옵니다. 해야 할 말은 나 자신에게도 덕이 되고, 또 듣는 상대방에게도 덕이 되며, 그 말을 전해 듣는 제삼자에게도 덕이 되는 말입니다. 이것이 해야 할 말이에요. 내가 입 벌려 하는 말이 나 자신에게도 덕이 되지 않고, 또 그 말을 듣는 상대방에게도 덕이 되지 않고, 그 말을 전해 듣는 제삼자에게도 덕이 되지 않는 말, 그것은 말이 아니기 때문에 하지 말아야 됩니다. 우리가 무심코 불쑥불쑥 내뱉는 말은 악의를 가지고 했건 선의를 가지고 했건 간에 진짜 쓸 말은 많지 않습니다. 이번 수련하는 기간에 침묵의 의미를 익히고 돌아간다면, 자기 삶에 좋은 기운이 새롭게 생기리라 믿습니다.

절에 가면 절을 많이 합니다. 수련 과정에서 절의 의미에 대해서 알게 되었겠지만, 절을 안 해 본 사람들은 도대체 절에 무슨 의미가 있는지 모릅니다. 절을 한다고 해서 부처님을 비롯한 어떤 절의 대상이 그 절을 받는 것은 아닙니다. 하나의 매개체예요, 신앙의 매개체입니다.

불상이 되었건 불화가 되었건 하나의 매개체입니다. 그 매개체를 통해서 우리가 부처님께 귀의하는 마음으로 절을 하는 거예요. 아무것도 없으면 허전하니까. 불상과 불화는 부처님의 이미지예요. 역사적으로 실존했던 부처님의 상이고 이미지입니다. 그런 매개물을 통해서 지극하게 위의威儀할 때 자기 자신에게 귀의하게 됩니다. 그 절을 누가 받아먹는 게 아니에요. 그런 매개물을 통해서 원천적인 자기에게 귀의하게 되는 거예요. 그동안 내가 나 자신을 너무 혹사했기 때문에 스스로가 나를 부처님으로 대우하는 거예요. 그렇기 때문에 절을 하면 사람이 겸허해져요. 자기 안에 들어 있는 불성이, 부처의 성품이 꽃핍니다. 우리가 참회하고 예불하는 의미가 그것입니다. 그런 의미를 알고 나면 절 한 자리, 염불 한마디가 아주 지극해집니다. 또 그 과정을 통해서 자기가 거듭거듭 형성이 돼요.

누구를 위해서 하는 게 아닙니다. 천팔십 배가 됐건 백팔 배가 되었건 그건 누구를 위해서 하는 게 아닙니다. 스스로 하는 거예요. 늘 그런 기회가 주어지는 게 아닙니다. 이런 절호의 기회에 해 보는 겁니다. 혼자선 하기 힘들기 때문에 여러 수련생들과 함께 한정된 도량 안에서 해 보는 거예요. 거기서 평소에 자기 인생을, 삶을 어떻게 살아 왔는지가 다 드러나요. 누구에게나 그런 갈등이 있습니다. 내일 또 차 몰고 가야 할 텐데 어지간히 적당히 하고 그냥 슬슬 넘어가야겠다, 이런 생각이 들어요. 거기에 속지 마세요. 대개 절할 때 보면 건성건성 해서 남들이 열 자리 할 때 일곱 자리나 여덟 자리 하고 꽁무니 빼는 그런 경우가 있어요. 그것은 스스로 자기 삶에 그만큼 소홀해지는 거예요. 이런 기회가 늘 주어지는 것이 아니기 때문에 이런 수련장에서 전력으로 한번 해 보세요. 자기가 지니고 있는 가장 좋은 잠재력과 가능성을 충분히 쏟아 보세요. 그렇게 하면 자신도 몰랐던 좋은 잠재력이 개발돼요. 그렇게 되면 세상을 살아 나가는 일이 두렵지 않습니다. 자신감이 생깁니다.

무슨 일이든지 그것이 남한테 해가 되지 않고 폐를 끼치지 않는다면 철저히, 철저히 해야 돼요. 그렇게 철저히 매달리는 그런 정진, 그 과정을 통해서 자기 자신이 거듭거듭 형성된다는 사실을 명심하고 수련한다면, 수련의 결과가 두고두고 좋게 나타나리라 믿습니다.

날마다
피어나는 꽃처럼

 새롭게

시작되는 삶

　　이 자리에서 만나 뵙게 된 인연에 먼저 감사드립니다. 여기
오신 분들은 대개《샘터》독자인 것으로 알고 있습니다. 저도 일
찍부터《샘터》와 인연을 맺고 글을 통해서 여러분과 교류하다가
오늘 이 현장에 나와서 현품을 대조하게 되었습니다.
　　우리가 살아가고 있는 오늘은 무척 시끄럽고 복잡합니다.
제가 엊그제 고속버스를 타고 서울에 들어왔을 때도 특별시다
운 시끄러움과 어지러움이 저를 맞이했습니다. 오전에 시간이
있어서 과천에 새로 개장한 현대미술관에서 그림 구경을 하고

이 강연 시간에 늦지 않게 부랴부랴 왔습니다. 그런데 동숭동 근방에 오니까, 진을 치고 있는 전경들이 최루탄을 쏘았나 봐요. 호흡기가 민감한 사람들은 재채기도 하게 됩니다. 이런 분주함과 소란이 늘 우리가 몸담고 살아가는 하나의 상황이고 생활입니다. 이렇게 복잡하고 시끄러운 세상에서 제대로 살려면 자기 나름의 투철한 질서가 있어야 됩니다. 그렇지 않으면 시류에 편승하여 어딘지 모르게 표류하고 맙니다.

오늘날 우리에게 주어진 과제는 잡다한 정보와 지식의 홍수에 어떻게 대처할 것인가, 또 넘쳐나는 물량을 어떻게 감당할 것인가, 또 삶의 가치를 어디에 둘 것인가 하는 것입니다. 오늘은 이 세 가지를 가지고 이야기를 하려고 합니다.

•

첫째, 정보와 지식의 홍수에 어떻게 대처할 것인가? 정보와 지식은 선별해서 받아들여야 됩니다. 그렇지 않으면 그 정보와 지식의 소용돌이에 휘말리고 맙니다. 그러다 보면 자율적으로 내 인생을 사는 것이 아니라, 다른 의지에 의해서 삶을 조종당하는 그런 문제에 봉착하게 됩니다.

가정에서나 사회에서나 혹은 여행길에서도 우리는 조용히 내면을 관찰할 기회가 별로 없습니다. 그 이유는 외부의 소음 때문입니다. 정보와 지식에 중독된 나머지 늘 새로운 것을 요구하게 됩니다. 제가 산중에 있다가 밖에 나올 때마다 문득 느껴지는 것은, 오늘날 우리가 저질 문화의 홍수에 휘말려 있다는 사실입니다. 서울도, 지방도 마찬가지입니다. 우리는 이런 저질 문화의 홍수에 휘말릴 것이 아니라 투철한 자기 질서를 가지고 이러한 홍수를 극복할 수 있어야 합니다. 우리가 진정한 인간이 되기 위해서는 투철한 자기 질서를 가지고 잘못 길들여진 생활 습관부터 고쳐 나가야 됩니다. 지금까지 받아들여 왔던 것만을 받아들일 것이 아니라 우리가 참으로 받아들여야 할 것만을 가려서 받아들일 수 있어야 됩니다.

그 잡다한 정보와 지식의 소음에서 해방되려면 어떻게 해야 할까? 우선 침묵의 의미를 알아야 됩니다. 침묵의 의미를 알지 못하고서는 그와 같은 정보와 지식에서 놓여날 길이 없습니다. 스스로 침묵의 세계에 들어가 보아야 됩니다.

저 자신을 포함해서 우리는 일상 속에서 얼마나 불필요한 말을 많이 합니까? 의미 없는 말을 하루에도 수없이 남발하고 있습니다. 친구를 만나서 얘기할 때, 쓸 말보다는 하지 않아도 좋을 말들을 얼마나 남발하고 있습니까? 부득이 말을 해야 한다면 가능한 적게 해야 됩니다. 인류 역사상 사람답게 살다 간 사람들은 모두 침묵과 고독을 사랑한 사람들이었습니다. 그렇지 않아도 시끄러운 세상을 살아가면서 우리마저 소음이 되어서 시끄럽게 해서는 안 되겠지요.

많은 사람들이 무엇인가를 열심히 찾고 있지만, 침묵 속에 머무는 사람만이 그것을 발견합니다. 말이 많은 사람은 어느 누구를 막론하고 어떤 직종에 종사하는 사람이든 간에 그 내면은 비어 있습니다. 우리 속담에도 빈 수레가 요란하다고 하지 않습니까?

대인관계에서도 그렇습니다. 말수가 적은 사람에게 신뢰감이 갑니다. 초면이건 구면이건 말이 많은 사람에게는 신뢰감이 생기지 않아요. 저도 말수가 적은 사람한테는 내 마음을 활짝 열어 보이고 싶어집니다. 그런데 말이 많은 사람에게는 마음의 문이 열리지 않습니다. 사실 인간과 인간의 만남에서는 말이 그렇게 필요하지 않습니다. 꼭 필요한 말만 할 수 있어야 돼요. 그런데 안으로 말이 여물도록 인내하지 못하기 때문에 그냥 밖으로 쏟아내고 마는 겁니다.

이것은 하나의 습관이에요. 생각이 떠오른다고 해서 불쑥불쑥 말로 쏟아 버리고 나면 안에 여무는 것이 없습니다. 때문에 내면이 비어 있어요. 말의 의미가 안에서 여물도록 침묵의 여과기로 걸러 낼 수 있어야 됩니다. 불교 경전에 이런 표현이 있습니다. '말이 적으면 어리석음이 지혜로 바뀐다.' 참는 버릇을 들여야 됩니다. 생각난다고 해서 다 쏟아 내면 말의 의미가, 말의 무게가 여물지 않습니다.

　말의 무게가 없는 언어에는 메아리가 없습니다. 깊이 전달되지 않습니다. 오늘날 인간의 말이 소음으로 전락한 것도 침묵을 배경으로 하지 않기 때문입니다. 그래서 인간의 말이 소음과 다름없이 여겨지고 있는 것입니다.

　말을 안 해서 후회되는 일보다 말을 해서 후회되는 일이 얼마나 많습니까? 타인에 대한 비난도 그래요. 남에 대한 비난은 언제나 오해를 동반합니다. 왜냐하면 아무도 그 사람의 내부에서 일어나고 있는 일을 모르기 때문입니다. 어떤 사람을 비난하고 판단한다는 것은 이미 지나간 낡은 사람, 한 달 전이라든가 두 달 전 혹은 며칠 전의 그 사람을 현재의 상황으로 재려고 하는 것입니다. 그 사이 그 사람의 내부에 어떤 변화가 일어났는지 아무도 모르는 거예요. 그렇기 때문에 타인에 대한 비난은 늘 오해를 동반하게 마련입니다.

　인간은 강물처럼 흐르는 존재입니다. 우리는 이렇게 지금 이 자리에 있으면서도 끊임없이 흘러가고 있습니다. 늘 변하고 있는 거예요. 날마다 똑같은 사람일 수가 없습니다. 그렇기 때문에 함부로 남을 판단할 수가 없습니다. 심판할 수 없는 거죠. 우리가 어떤 판단을 내렸을 때 그는 이미 딴 사람이 되어 있을 수 있기 때문입니다.

　말로 비난하는 버릇을 버려야 우리 안에서 사랑의 능력이
자랍니다. 이러한 사랑의 능력을 통해서 생명과 행복의 싹이 움
트게 됩니다. 침묵은 인간의 기본적인 존재 양식입니다. 태초에
침묵이 있었어요. 침묵을 배경으로 말씀이 나오게 됩니다.

　언젠가 명동에 있는 가톨릭여학생회관에서 강연을 했는
데, 그때 나는 가벼운 기분으로 이런 말을 했습니다. 내가 만약
성서를 편찬했다면, 태초에 말씀이 계시기 전에 묵은 침묵이 있
었노라, 이렇게 시작했을 것이라고 했더니 어떤 남자 크리스천
이 벌떡 일어나더니 그게 아니래요. 태초에 말씀이 있어야 된대
요. 말이 안 통할 것 같아서 그만두어 버렸는데……. 인간의 혼
을 울릴 수 있는 말씀이라면 묵은 침묵이 배경이 되어야 합니
다. 나무건 짐승이건 사람이건 그 배경에는 늘 침묵이 있습니
다. 침묵이 고향이에요. 침묵을 바탕으로 거기에서 움이
트고 잎이 피고 꽃이 피고 열매가 맺습니다.

　　우리는 내 안에 있는 것을 늘 밖에서만
찾으려고 합니다. 침묵은 밖에만 있는 것
이 아닙니다. 어떤 특정한 시간과 공간에
침묵이 고여 있는 것도 아닙니다. 내 안에
매일 잠재되어 있습니다. 밖으로 쳐다

보려고만 해서는 안 됩니다. 안으로 들여다보는 데서 침묵을 캐낼 수 있습니다. 침묵은 자기 정화와 자기 질서로 가는 지름길입니다. 온갖 소음으로부터 우리의 영혼을 지키려면 침묵의 의미를 몸에 익혀야 됩니다.

●

둘째, 넘쳐나는 물량을 어떻게 감당할 것인가? 백화점이라든가 슈퍼마켓, 시장에 가면 물건이 얼마나 많습니까? 예전에 우리가 너무 가난하게 살았기 때문에 늘 그 앞에서 흔들리고 현혹을 당합니다. 주부들의 주머니를 털기 좋을 정도로 상품이 잔뜩 진열되어 있어요. 또 한 가지 상품이 얼마나 많은 형태를 갖추고 있습니까? 자신을 억제할 줄 모르면 그 앞에서 무릎을 꿇고 맙니다. 더구나 국제화 시대에 외국에서 미끈하게 생긴 상품들이 많이 들어와서 우리의 호기심과 구매욕을 거세게 자극합니다.

그런데 이렇게 물량이 넘치다 보니까 전에 없던 낭비벽이 생겨요. 불필요한 물건을 불필요하게 사들입니다. 또 어떤 의미에서는 남이 가지고 있으니까 나도 가져야 된다는 과시적인 소비를 하게 됩니다. 물건을 함부로 다루기 때문에 물건에 대한 고마움을 모릅니다. 새로 사면 되니까. 옛날 같으면 양말도 꿰매서

신을 것을 지금은 그냥 내던져 버리지 않습니까? 그래서 검소하고 소소한 인간의 기품이 자꾸만 허물어져 갑니다.

또 물량이 넘치다 보니까 모든 가치 척도를 돈에 두어요. 그러니까 모두들 한탕에 빠져서 정신을 못 차립니다. 워낙 큰 도둑들이 설치다 보니까 좀도둑들은 양심의 가책도 느끼지 못합니다.

현대의 자본주의 경제 구조에서 소비자의 요구는 소비자 자신에 의해서가 아니라 생산자에 의해서 만들어집니다. 똑같은 상품을 자꾸 대형화시키고 가격을 올립니다. 소비자에게는 값싸고 유익한 물건이라도 기업에서는 이윤이 적기 때문에 생산하지 않습니다. 자꾸만 새로운 상품이 쏟아져 나오고, 새로운 유행과 새로운 모델이 만들어지는 것도 같은 이치입니다. 정신 똑바로 차리지 않으면 그런 바람에 놀아나고 맙니다.

요 근래 들어서 우리가 소비 지향적인 인간으로 타락하게 된 것은, 물론 개개인의 탐욕에도 허물이 있습니다만, 대기업과 정책 당국의 책임이 큽니다. 그들은 물량의 생산량과 눈에 보이는 외부의 형태에만 관심을 가져요. 인간 존재 자체에 대해서는 거의 무관심합니다. 이러한 인간의 위기를 어떻게 극복할 수 있을까요? 세계의 지성들이 한 목소리로 걱정하고 있습니다. 비단 지성들뿐이겠습니까? 사람이라면 누구나 걱정하지 않을 수 없는 현상이지요. 세계의 지성들이 한결같이 하는 말은 인간의 철

저한 내적 변화만이 잘못된 가치 의식을 재정립할 수 있다는 것입니다. 그래야만 오늘 우리가 겪고 있는 인간의 위기를 극복할 수 있다는 거지요. 그러기 위해서는 무엇보다도 각 개인이 올바른 생활 규범을 갖추어야 됩니다. 생활 규범과 생활의 질서가 없다면, 바깥에서 밀려드는 물결이 너무 거세기 때문에 그 앞에 다 휩쓸리고 마는 거예요. 그릇된 생활 습관을 고쳐야 그런 물결을 무난히 넘어설 수 있습니다.

·

　우리가 지녀야 할 공통적인 생활 규범이란 크게 셋으로 볼 수 있습니다. 악의 뿌리인 탐욕과 증오, 무지를 극복하는 것입니다. 이 세 가지를 불교 용어로는 삼독심三毒心이라고 해요. 세 가지 독한 마음이라는 뜻입니다. 탐욕과 증오와 무지.

　탐욕을 어떻게 극복할 것인가? 제가 기회 있을 때마다 늘 하는 소리이고《샘터》에도 몇 차례 썼습니다. 될 수 있는 한 적게 갖도록 노력해야 됩니다. 더욱 적을수록 더욱 귀합니다. 더욱 사랑할 수 있어요. 넘치는 것은 모자란 것만 못합니다. 우리에게는 모자란 것도 있어야 돼요. 그래야 갖고자 하는 희망이 생깁니다. 가령 옷가게에 새로운 옷이 걸렸다거나 새로운 물건이 나왔다고 할 때 그걸 단박에 사 버리면 그것으로 끝나 버립니다. 한 며칠 가지고 있다가 그냥 시들해지는 거예요. 설령 그것을 살 만한 돈이 있다 하더라도 미루는 거예요. 그러면서 그 물건이 있는지 없는지 살피기 위해 그 가게 앞을 한 번씩 지나가 봐요. 그러면 그 물건을 볼 때마다 가슴이 부풀어요. 그것은 얼마든지 행복의 조건이 될 수 있는 거예요. 그런데 단박에 사 버리면 그걸로 끝나는 겁니다. 가지고 싶은 것이 있더라도, 필요한 것이 있더라도 절대적으로 필요한 생활필수품이 아닌 한 자꾸 미루는 거예요. 그러다 보면 세월이라는 여과 장치를 통해서 그것이 진짜로 내게 필요한 것인지, 없어도 좋을 것인지 판단이 섭니다. 그건 행복의 조건이에요. 필요하다고 해서 그때그때 잔뜩 사들여 보세요. 얼마나 거추장스럽습니까? 결국에는 그 물건 더미에 깔려서 꼼짝 못하게 됩니다.

이사할 때를 생각해 보세요. 남 주기는 아깝고 버리기에는 아쉬운 물건이 얼마나 많아요? 그것은 나한테 필요 없는 짐이에요. 그것은 구하지 않아도 좋을 물건들입니다. 지금 우리는 그런 물건들 속에 갇혀서 살고 있어요. 풍요한 감옥 속에서 살고 있는 겁니다.

에른스트 프리드리히 슈마허라는 비주류 경제학자가 있는데, 이분의 경제 명제가 '작은 것이 아름답다', '인간 부흥의 경제'예요. 분명 작은 것이 아름답습니다. 큰 것은 아름답지 않아요. 오늘 오전에 과천 현대미술관에 가 보니까, 거의 모두 이백 호에 가까운 그림들이에요. 그저 가져가라고 해도 나는 어디 걸데가 없어서 필요 없는 그림들입니다. 같이 간 동료들한테 가지고 싶은 그림이 있냐고 물으니까 다들 싫대요. 너무 크다는 거예요. 분명히 작은 것이 아름다워요. 미국 바람이 불어서 다들 큰 것이 좋은 줄 알고 거대주의에 들떠 있잖아요.

행복의 조건은 우리 주변에 널려 있습니다. 들길을 가다가 청초하게 피어난 한 송이 들국화를 통해서도 우리는 얼마든지 행복할 수 있어요. 시장 골목을 지나가다가도, 회사 앞을 지나치더라도 환하게 웃는 미소를 통해서 하루의 행복이 고양됩니다. 그런데 큰 것을 바라기 때문에 우리 둘레에 널려 있는 행복을 스스로 걷어차고 마는 겁니다.

사람은 살 줄 알아야 됩니다. 아무리 험한 세상이 오더라도 좌절하지 않고, 절망하지 않고 꿋꿋이 여유 있게 살 줄 알아야 됩니다. 분수를 모르고 무엇인가에 집착하게 되면 그 집착이 우리의 자유를, 우리가 훨훨 날아오를 수 있는 날개를 꺾고 말아요. 집착은 또한 우리의 자기희생을 방해합니다. 무엇인가를 가지고 싶다는 마음은 비이성적인 열정이에요. 그런 비이성적인 열정에 들뜰 때 우리는 정신적으로 병듭니다. 냉정하게 생각할 수 있어야 돼요. 우리 집에, 나에게 꼭 필요한 것인가, 이런 판단을 하기 위해서는 시간이 필요해요. 단박에 그 자리에서 사들이면 몇 시간은 좋을 줄 몰라요. 그런데 그게 짐이 됩니다. 사나흘 지나면 쳐다보지도 않아요.

사치는 가난과 마찬가지입니다. 우리의 목표는 풍부하게 소유하는 것이 아니라, 풍요하게 존재하는 데 있습니다. 삶의 부피보다는 질을 문제 삼아야 합니다. 채우려고만 하지 말고 텅텅 비울 수 있어야 됩니다. 그래야 새것이 들어올 수 있고, 텅 빈 데서 영혼의 메아리가 울려 나옵니다.

탐욕을 극복하려면 나누어 가질 수 있어야 돼요. 다른 사람한테 준다고 생각하지 마세요. 베푼다고 생각하는 것이 얼마나 오만한 생각입니까? 내 것이 어디 있습니까? 원래 내 것은 없습니다. 잠시 맡아서 가지고 있는 겁니다. 이 세상에 나올 때 무엇을 가지고 나옵니까? 살 만큼 살다가 하직할 때도 가지고 갈 수 없습니다. 원래 내 것이 아니기 때문에.

먼저 온 사람들의 노력으로 만든 것을 이 세상을 사는 동안 잠시 관리하는 거예요. 그걸 잘 관리하면 그 기간이 연장됩니다. 그런데 관리를 잘못하면 단박에 회수 당해요. 세무 사찰을 통해서 빼앗기는 것이 아니라, 그것은 우주의 질서예요. 나누어 갖는 겁니다. 나누어 가질 때 내 영역이, 내 개인의 영역이 그만큼 확장되는 겁니다. 물질만 나누어 갖는 것이 아닙니다. 기쁨도, 슬품도, 두려움도 나누어 가질 수 있어야 됩니다.

·

악의 뿌리인 분노와 증오를 극복하려면 어떻게 할 것인가? 마음의 안정을 위한 일상적인 훈련이 필요합니다. 우리 대부분은 늘 불안정한 상태에 있습니다. 한마디로 정서 불안이에요. 스포츠 중계 같은 걸 안 보면 혈액 순환이 안 된다거나 소화가 안 된다거나 하는 사람들은 정서 불안에 걸린 거예요. 어떤 의미에서는 현대인들 모두가 정서 불안증에 걸려 있는 환자들입니다. 한시도 가만히 한곳에 정착하지를 못하잖아요.

휴정이라고도 불리는 서산 대사의 『선가귀감』이라는 법어집에 이런 구절이 나옵니다. '한 생각 울컥 성을 낼 때 백 가지 재앙의 문이 열린다.' 분명히 그래요. 우리가 화를 낼 때 앞이 새카매지잖아요. 물불을 가리지 않아요. 그것은 내 마음이 아닙니다. 분노라는 것, 증오라는 것은 내 마음이 아니에요. 그건 빨리 비워 버려야 돼요. 그게 오래가면 오래갈수록 내 삶 전체에 해를 끼칩니다. 그런 마음은 독한 마음이기 때문에 빨리 비워 버려야 돼요. 회심을 해야 됩니다. 울컥 화가 났을 때 그 순간의 격정, 이게 우리 삶의 갈림길이에요. 이 순간이 인생의 갈림길입니다. 이 갈림길에서 인간의 길로 갈 수 있고 비인간의 길로 떨어질 수도 있는 겁니다.

본래부터 살인자가 어디 있습니까? 다 선량한 사람이에요. 감정을 억제하지 못하기 때문에 순간적으로, 자기 자신도 모르게 그런 끔찍한 일을 저지르는 겁니다. 옛날에는 그럴 만한 이유가 있었어요. 약육강식의 사회에서는 원한 관계라든가 그 밖의 여러 가지 이유가 있었는데, 지금은 그런 것도 없이 순간적으로 정서가 불안한 탓에 손발을 잘못 놀리다가 상대한테 그런 피해를 입혀요.

사람을 가리켜 이성의 동물이라고 하는 것은 사람이 사람일 수 있는 자제력이 있기 때문입니다. 이것은 갑자기 되는 것이 아니에요. 머리로는 다 알죠. 하지만 평소에 훈련을 해야 됩니다. 무슨 일이든지 순수하게 몰입하고 지속하고 집중하는 그런 훈련을 해야 됩니다. 그런 일을 통해서 내 마음이 안정돼요. 그런데 요즘 사람들은 꾸준히 밀고 나가지 못하지 않습니까? 이것 조금 하다가 말고, 저것 조금 하다가 말아요. 그렇기 때문에 뿌리를 내리지 못합니다. 마음이 안정이 안 돼요.

새로운 습관을 들여야 됩니다. 잘못된 습관을 들여서 오늘 내가 이렇지만, 새로운 습관을 들이다 보면 극복할 수 있습니다. 사람이 산다는 것이 무엇입니까? 끝없는 개선이고 자기 개조입니다.

악의 뿌리인 무지에서 벗어나려면 어떻게 할까? 인간의 청정한 본성인 사랑과 지혜에 가치의 척도를 두어야 됩니다. 인간의 구경(究竟, 가장 지극한 깨달음) 목표는 자유입니다. 모든 것으로부터 자유로워져야 됩니다. 여기에 삶의 가치를 두어야 됩니다. 자유로워진다는 것이 제멋대로 하고 싶은 대로 하는 것은 아닙니다. 물질이나 정신이나, 밖으로나 안으로나 자유로워져야 됩니다. 또 온갖 관계로부터 자유로워져야 됩니다. 심지어 우리가 믿는 종교로부터도 자유로워질 수 있어야 돼요. 거기에 얽매이면 자주적으로 인간 구실을 할 수가 없습니다. 무슨 일을 하지 말란 소리가 아닙니다. 그 일을 하되, 거기에 얽매이지 말라는 거예요. 얽매이면 노예가 됩니다. 그 일을 하되 얽매이지 않으면 내가 자주적이고 능동적으로 그 일을 추진할 수 있습니다. 그러기 위해서는 자기의 청정한 본성에, 즉 지혜와 사랑에 가치 의식을 두어야 됩니다.

•

불교에 대한 귀동냥이 있으신 분들한테는 널리 알려진 이야기입니다. 이런 선문답이 있어요. 제자가 스승한테 이렇게 묻습니다. "도대체 해탈이 무엇입니까? 어떤 것이 해탈입니까?" 자유롭고 평화로운 상태, 모든 얽힘으로부터 벗어난 상태를 불교 용어로는 해탈이라고 합니다. 제자의 물음에 스승이 답합니다. "누가 너를 일찍이 묶어 놓았느냐?" 국어사전에서 설명하듯 해탈이란 무엇이다, 라고 답하지 않고 그렇게 답을 해요. 스승의 말뜻은 '누가 너를 일찍이 묶어 놓았기에 새삼스럽게 자유를 구하느냐, 해탈을 구하느냐?' 이거예요. 제자는 자승자박 상태에 빠졌습니다. 자기 꾀에 자기가 넘어간 거예요. 우리는 본래부터 자유로운 존재입니다. 그런데 일상적인 습관을 잘못 들인 탓에 그 소용돌이에 스스로 말려들어서 어떻게 해 볼 재간이 없는 겁니다. 대개의 경우가 그렇습니다.

우리가 어떤 어려운 판단을 할 때는 조용히 생각해야 돼요. 파도가 가라앉도록 조용히 생각하고 마음의 안정을 가진 다음 마음 내키는 대로 하는 것은 좋은 일입니다. 그런데 마음이 찜찜하고 내키지 않는다면, 그것은 해서는 안 되는 일로 생각하면 틀림없어요. 때문에 마음의 안정이 필요하다는 거예요. 불안정한 상태에서는 어떤 것이 바르고 그릇되었는지 알 수가 없습니다.

되풀이하겠습니다. 마음의 안정을 누리려면 어떻게 해야 될까? 무슨 일이건, 회사에서 사무를 보건 공장에서 일을 하건 집안일을 하건 순수하게 집중하고 몰입하는 훈련을 해야 됩니다. 그게 몸에 배어야 돼요. 그게 삶의 과제예요. 순수하게 집중하고 몰입할 때 마음의 안정이 옵니다. 따로 참선하고 염불할 것도 없어요. 왜냐하면 우리의 심성 자체가 지극히 신령스럽기 때문입니다. 우리가 신령스러운 존재이고 우리 안에 영성과 불성이 있기 때문에 그런 거예요. 순수하게 집중하고 몰입할 때 그 영성과 불성이 드러납니다. 저도 마찬가지입니다만, 사람들은 대개 일시적인 충동과 변덕, 기분, 습관, 환경 등에 지배당하고 있습니다. 이런 일시적인 흐름에서 벗어나려면 자기 자신을 맑게 들여다보는 훈련이 필요합니다.

진보進步의 비결은 자기 분석에 있습니다. 어제보다 오늘이 더 행복한지 아닌지 수시로 따져 보아야 됩니다. 어제와 오늘이 똑같다면 그 자리에서 맴돌고 있는 거예요. 한 달 전의 나와 한 달 후의 내가 무엇이 달라졌다면, 보다 나아졌다면 그것은 어떤 삶의 가치를 구현한 겁니다. 어디로 잘못 미끄러졌다든가 그 자리에 맴돌고 있다는 것은 나 스스로를 그렇게 가두고 있는 겁니다.

변함이 없는 구태의연한 생활 태도에서 탈피해야 됩니다. 인생을 거듭거듭 시작할 수 있어야 돼요. 선 자리에서, 앉은 자리에서라도 거듭거듭 새롭게 시작할 수 있어야 돼요. 내 인생을 한없이 향상시키고 심화시키는 일에 마음을 두어야 됩니다. 그래서 자기중심적이고 그릇된 고정 관념으로부터 벗어나야 돼요. 어떤 틀에 박힌 사고, 고정 관념이라는 것은 굉장히 무서운 겁니다. 정치하는 사람이나 경제하는 사람이나 선량한 시민 할 것 없이 고정 관념을 깨뜨려야 됩니다. 그건 아집이에요. 그래야 사람이 어디에도 얽매이지 않고 자신이 지니고 있는 천성을 마음껏 발휘할 수 있습니다. 변화가 없으면 어떤 사람을 막론하고 침체됩니다. 대립되는 것에 자극을 받아서 늘 변화하도록 해야 됩니다. 그렇지 않으면 우리의 일상이 진부하고 지루하고 따분하고 무료해집니다.

삶은 결코 고정되어 있지 않습니다. 항상 유동적인 상태에 있어요. 그렇기 때문에 인생을 이르러 강물처럼 흐른다고 말합니다. 모든 것은 되어 가는 과정 속에 있어요. 이미 되어 버린 것은 아무것도 없습니다. 불교에서 무상無相하다고 하는 말은 허망하다는 뜻이 아닙니다. 항상恒常하지 않다, 고정되어 있지 않다, 늘 가변성을 지니고 있다는 뜻이에요. 그게 우리의 실상입니다. 다시 말해서 되어 가는 과정 속에 있다는 거예요. 때문에 어디에도 매달리지 말아야 됩니다. 매달려 버리면 되어 가는 과정이 정지합니다. 우리 자신을 항상 안으로 성찰해야 됩니다. 안으로 되살펴야 돼요. 무엇이 되어야 하고, 무엇이 될 것인가를 스스로 만들어 가야 합니다.

우리는 언젠가 한 번은 죽어야 할 그런 존재입니다. 태어난 이상 한 번은 죽어야 됩니다. 그렇기 때문에 인생을 아무렇게나 탕진해 버릴 수가 없는 거예요. 그런데 잘사는 사람은 한 번 죽지만, 잘못 사는 사람은 두 번, 세 번, 골백번 죽게 돼요.

요즘처럼 시끄럽고 모든 것이 넘쳐나는 세상에서는 자기 억제와 자기 질서가 반드시 있어야 됩니다. 보지 않아도 좋을 것은 보지 말고, 읽지 않아도 좋은 것은 읽지 말고, 듣지 않아도 좋을 소리는 듣지 말며, 먹지 않아도 좋을 음식은 안 먹어야 돼요. 그러한 자기 질서가 있어야 됩니다. 대신 볼 것만을 보고, 읽을 것만 가려서 읽고, 들을 소리만 듣고, 먹을 음식만 먹어야 됩니다. 될 수 있는 한 적게 보고 적게 듣고 적게 먹을수록 좋습니다. 그래야 인간이 덜 때 묻고 내 인생이 덜 시듭니다.

•

행복의 조건은 지극히 단순한 데 있어요. 11월에 《샘터》에도 그런 글을 썼습니다만, 가을날 창을 새로 바르고 오후의 햇살이 비쳐들 때 참으로 아늑하고 푸근합니다. 누구의 방해도 받지 않고 창을 바르면 마음이 참 넉넉해요. 이것은 행복의 조건이 됩니다. 그런데 귀찮다고 해서 그런 행복의 조건을 도배사한테 맡겨 버리면, 자기에게 굴러온 행복의 조건을 스스로 걷어차는 꼴입니다. 스스로 할 수 있는 일은 내 손으로 하세요. 청소가 됐건 도배가 됐건 집 고치는 일이 됐건 페인트칠을 하건 간에 내 손

으로 할 때 사람이 되어 가는 거예요. 남한테 맡겨 버리면 나에게 주어진 행복의 소재가 시들고 맙니다. 행복의 조건은 조촐한 삶과 드높은 영혼을 길러 줍니다.

우리가 몸을 얼마나 애지중지합니까? 얼굴에 기미가 끼었는지 어떠한지, 체중이 얼마나 불었는지 줄었는지 늘 관심을 기울입니다. 그래서 몸에 좋다는 굼벵이, 지렁이, 능구렁이까지 수입해서 먹습니다. 그런데 우리의 정신이, 내 정신의 무게가, 또 정신의 투명도가 어떠한지에 대해서는 모두가 무관심해요. 이런 인성의 약점을 알기에 정치인들은 그것을 이용합니다.

내 인생은 내가 사는 것입니다. 정신 똑바로 차리세요. 함부로 열광하지 마세요. 냉정해야 돼요. 내가 몸담고 있는 우리의 시대가 지금 어디로 흘러가고 있는지 살펴보아야 합니다. 우리에게 그 책임이 있습니다.

그릇된 생활 습관을 고치려면 내 정신이 깨어 있어야 됩니다. 깨어 있는 사람만이 자기 몫의 삶을 제대로 살 수 있습니다. 잠들지 않고 깨어 있는 사람만이 자기 분수를 알고 거듭거듭 삶의 질을 높여 갈 수가 있습니다. 우리가 흔히 이야기하는 보람된 인생이란 무엇입니까? 욕구를 충족시키는 인생은 결코 아닙니다. 그건 한때예요. 욕구는 늘 새로운 욕구를 불러일으키고 더 큰 자극을 필요로 합니다. 늘 갈증 상태에 있도록 만들어요.

그런데 오늘 우리는 욕구 충족에 그치고 있습니다. 의미를 채우는, 뜻을 가득가득 채우는 그런 삶으로 개조해야 됩니다. 그리고 내게 허락된 인생이, 내 삶의 잔고가 얼마나 남아 있는지 수시로 반성할 수 있어야 됩니다. 그릇된, 잘못 익힌 생활 습관을 버리고 거듭거듭 새롭게 시작할 수 있어야 됩니다. 날마다 새롭게 피어나는 꽃처럼 살 수 있어야 됩니다.

바쁜 시간에 들을 것도 없는 소리를 듣기 위해서 여기까지 오신 《샘터》 가족 여러분에게 거듭 감사의 말씀을 드리면서 제 말은 그치겠습니다.

계행과

선정과
지혜의

 옷을 입으라

오늘은 제가 옷에 대해서 말씀드리려고 합니다.

최근 고위층 간부의 부인들이 일으킨 옷 뇌물 사건으로 나라가 온통 떠들썩했습니다. 아직도 그 불씨가 남아 있습니다. 일부 계층의 사치가 나라를 망칩니다. 여기 오신 분들도 지금 자기가 입고 있는 옷이 얼마짜리인지 한번 헤아려 보세요. 최근에 저도 옷을 하나 맞추고는 옷값을 알고 깜짝 놀랐습니다. 스님들 입는 저고리와 바지, 행건, 수건 포함해서 우리 면으로 만들면 30만 원 갑니다. 고가의 넥타이핀 하나 값만도 못하지만, 중 옷도 가격이 많이 올랐어요.

수백만 원짜리 값비싼 옷을 입었다고 해서 과연 우리가 행복한가? 분수에 넘치는 값비싼 옷은 한때의 허세와 과시예요. 사람이 혼자 산다면 그런 행동을 하지 않습니다. 남의 시선과 이목을 생각하기 때문에 그렇게 분수 밖의, 고가의 옷을 입게 됩니다.

사회적인 지위와 신분이 높은 것만으로도 세속적으로는 선망의 대상이 되고 주위의 부러움을 삽니다. 거기에 더해서 사치를 부린다면 그건 허영이고 탐욕입니다. 값비싼 옷은 그 옷을 입는 사람의 마음이 헐벗어 있음을 드러냅니다.

옷을 입을 때는 마음이 편해야 돼요. 옷은 몸에 맞아야 하지만, 마음에도 맞아야 합니다.

옷이란 무엇입니까? 더울 때 시원하게 하고, 추울 때 따뜻하게 해 주는 일종의 포장 같은 것입니다. 포장은 내용물과 걸맞아야 돼요. 속이 텅 비어 있으면서 겉치레만 요란한 사람은 천박해 보입니다. 반면에 속이 찬 사람은 값싼 옷을 입어도 돋보여요. 내가 아는 어떤 신도님은 동네 옷가게에서 1~2만 원짜리 옷을 사 입는데, 주변 사람들이 보면 파리나 뉴욕에서 온 물건이냐고 묻는대요. 옷이 문제가 아니라, 사람이 문제입니다.

물건을 고를 때 요란한 포장에 얼마나 속아 왔습니까? 사람을 볼 때도 그러한 겉에 속아서는 안 됩니다. 얼마짜리 옷을 입었다는 사실에 정신이 팔려서는 안 됩니다. 사람이 옷걸이가 되어서는 안 돼요.

옷 얘기를 하다 보니까, 제가 풋중 시절에 만났던 한 스님 이야기가 떠오르네요. 제가 해인사에 있을 때였습니다. 임곡 스님 상좌라는 분이 있어요. 이름도 잊히지 않습니다. 서울에 살던 숙인 스님이라는 분인데, 얼굴도 잘생기고 옷도 아주 정갈하게 입고 다녔어요. 그때가 사십여 년 전이었어요. 교통수단이 좋지 않았습니다. 서울에서 해인사에 가려면 대구까지 기차를 타고 가야 돼요. 대구에서 해인사까지는 버스를 타고 한 서너 시간 가야 합니다. 그런데 서울에서 해인사까지 내려오면서 내내 서서 왔대요. 여름이었는데, 새로 다려 입은 모시옷이 구겨질까 봐 해인사까지 서서 왔다고 자랑 삼아서 얘기하더라고요. 사십여 년 전에 들었던 이야기를 아직도 기억하고 있어요. 그 이름까지도. 그건 옷걸이예요. 사람이 아니고 옷걸이입니다. 옷이 뭡니까? 필요에 의해서 걸치는 포장 같은 건데, 그 옷이 구겨질까 봐 앉지도 못하고 열 시간 가까이 서서 온다니, 대단한 인내력이에요. 그런 옷은 우리가 입을 옷이 아닙니다.

속과 겉이 같아야 분수에 맞는 옷이 됩니다. 외국에 나가 보십시오. 대학 교수든 정부 관료든 팔꿈치를 가죽으로 대 가면서 아주 검소하게 입어요. 검소한 데서 사치한 데로 가기는 쉽습니다. 그러나 한 번 사치에 빠지면 다시 검소한 생활로 돌아가기는 어려워요.

옛 어록에 사치한 사람은 삼 년 동안 쓸 것을 일 년에 다 써 버리고, 검소한 사람은 일 년 동안 쓸 것을 삼 년에 나누어 쓴다는 말이 있어요. 사치하면 그만큼 복이 줄어들고 검소한 사람은 자기에게 주어진 복을 늘려서 쓴다는 거예요. 사치한 자는 부유해도 만족할 줄 모르고, 검소한 사람은 가난해도 여유가 있습니다. 사치한 사람은 근심과 걱정이 많고, 검소한 사람은 복이 많아요. 한마디로 사치는 악덕이고, 검소함은 미덕입니다.

지금 때가 어느 때입니까? IMF로 외국에서 빚을 잔뜩 얻어서 겨우 나라 살림을 지탱하고 있는데, 나라의 고급 관료 부인들은 밍크코트를 뇌물로 주고받고 있어요. 정신 상태가 틀렸어요. 밍크코트, 짐승 털가죽으로 만든 옷, 그런 것 좋아하지 마십시오. 이다음에 생을 달리해서 몸을 바꿀 때 밍크 좋아한 그 업력 때문에 은여우의 탈을 쓰고 나올지도 몰라요. 무서운 일입니다. 밍크코트 같은 옷을 즐겨 입는 사람들은 그게 업이 된단 말이에요. 이 몸을 버리고 바꿀 때 잘못하면 밍크 뱃속으로 들어갈 수 있습니다.

업이란 그런 것입니다. 익힌 대로 되어 가는 것이 업이에요.

무심코 지나칠 일이 아닙니다. 무서운 일이에요. 신앙생활을 하는 사람들은 짐승을 죽여서 만든 옷을 입지 마십시오. 싸든 비싸든 그것은 도리가 아닙니다.

　부처님은 어떤 옷을 입었던가? 2,500년 전 당시의 수행자들은 어떤 옷을 입었던가? 그 당시 옷을 가사라고 합니다. 또 분소의糞掃衣라고 했어요. 똥 분자, 청소할 때 소자예요. 당시 수행자들은 쓰레기장이나 묘지에 버려진 천을 주워서 누덕누덕 기워 입었어요. 이게 가사입니다. 후세에 와서 복밭을 상징한다고 해서 가사를 복전의福田衣라고 불렀는데, 처음엔 시체를 쌌던 천이나 쓰레기장에 버려진, 걸레로나 쓸 수 있는 그런 천을 주워서 빨아서는 기워 만든 것이 수행자들의 옷이었습니다.

　부처님이 출가한 후 12년 만에 고향으로 돌아가게 됩니다. 그 사이 왕인 아버지 슈도다나Suddhodana가 사신을 보내서 몇 차례 부처님을 고향으로 초청했어요. 그런데 그때마다 사신들이 부처님 가르침을 받고는 스님이 되었어요. 그러다가 시절인연이 와서 12년 만에, 부처님이 성도成道한 지 6년 만에 고향으로 가시게 됩니다. 그때 부처님과 제자들은 수행자들의 법도에 따라 왕궁에 머물지 않고 성 밖 숲속에 머물면서 걸식을 했어요. 밥을 빌어먹습니다. 자존심 강한 석가족 사람들은 왕년의 왕자가 부처가 되어서 왔는데 마냥 거지꼴을 하고 걸식하면서 숲속에 사는 걸 아주 못마땅하게 생각했어요. 하지만 전통적으로 인도 사회에서 수행자들이 지켜 온 법도이기 때문에 부처님과 수행자들은 그렇게 지냈습니다.

부처님이 이 세상에 나온 지 7일 만에 생모인 마야 부인이 돌아가셨어요. 이후 이모인 마하파자파티가 어머니나 다름없이 양육을 해요. 부처님이 출가한 이후 이모인 마하파자파티는 언젠가 아들이나 마찬가지인 조카가 돌아오면 입히려고 손수 가사를 지었어요. 그런데 부처님이 제자들과 돌아온 걸 보니까 완전히 거지꼴을 하고 있단 말이에요. 경전의 기록에 의하면 석가모니의 아버지인 정반왕과 그의 부하들도 자기 아들이 누구인지 알아볼 수 없을 정도로 다들 똑같이 누더기를 입고 있었다고 해요. 그 모습을 본 마하파자파티는 자신이 한 땀 한 땀 지은 옷을 가지고 부처님한테 갑니다. 경전에서는 그 가사가 금황색이었다고 합니다. 그래서 선종에서는 이 가사를 금란 가사金襴袈裟라고 해요. 금실로 수를 놓아서 만든 아주 호화로운 가사입니다. 마하파자파티가 그 옷을 부처님에게 바쳤지만, 부처님은 그것을 자신에게 주지 말고 승단에 바치라며 사양합니다. 비록 내가 누덕누덕 기운 옷을 입고 있지만 아직은 성하니 더 필요로 하는 사람을 위해 승단에 바치라는 거예요. 마하파자파티는 특별히 손수 만든 옷이니 거듭 받아 달라고 간청합니다. 그래도 부처님은 다시 승단에 바치라고 사양하다가 세 번째에, 하도 간청하니까 일단 받아들여요. 부처님은 그 보시를 일단 받아들이지만 즉시 금란 가사를 승단으로 보냅니다.

그런데 이 가사를 누가 입을 것인가를 두고 갑론을박이 일어요. 아무도 선뜻 부처님 옷으로 해 온 가사를 입으려고 하지 않아요. 그래서 부처님의 뜻에 따라 미륵이라는 비구 스님에게 그 옷을 주어요. 미륵은 부처님과 체구도 비슷했습니다. 어떤 경전에 보면 부처님처럼 삼십이상(三十二相, 부처의 몸에 나타난 서른두 가지 독특한 신체적 특징)을 갖추고 있었다고 합니다. 바라문 출신인데, 부처님보다 일찍 죽어요. 미륵이 죽은 뒤 도솔천에서 태어났다고 하는데, 후기에 미륵불이 하생한다 할 때 이 미륵 비구를 두고 하는 말입니다.

미륵 비구가 가사를 입고 거리에 탁발을 나가요. 하지만 집집마다 옷 구경만 하지 아무도 밥을 주려고 하지 않습니다. 신분에 어울리지 않는 옷을 입고 있어서 옷 구경만 하지 밥을 주지 않는 거예요. 그래서 늘 빈 바리때로 돌아왔습니다.

원효 스님이 쓴 「발심수행장」, 처음 출가하는 사람들에게 가르침을 주는 그 글에 보면 이런 구절이 나옵니다. '행자라망 行者羅網은 구피상피狗被象皮요, 도인연회道人戀懷는 위입서궁 蝟入鼠宮이니라.' 무슨 소린가 하면, 수행자가 비단옷을 입는 것은 마치 개가 코끼리 가죽을 쓴 것과 같다는 뜻입니다. 분에 맞지 않는다는 거예요. 그래서 수행자는 비단옷을 못 입어요. 명주로 짠 옷도 못 입게 하고 털옷도 못 입습니다. 허리띠도 가죽으로 된 것은 못하고, 가죽신도 못 신게 해요. 그게 우리 비구계의 규정입니다.

비구는 무슨 뜻인가? 거지, 비렁뱅이라는 뜻이에요. 보통 거지하고 다른 점이, 거지는 밥을 빌어먹어서 자기 몸을 보호하는 것에서 끝나는데, 수행자인 비구는 밖으로는 밥을 빌어서 육신을 보존하고 안으로는 법을 빌어서 중생을 구제한다는 측면이 있습니다. 그런데 가끔 덜된 중들이 승복을 바꾸어야 한다고 주장을 해요. 요즘은 잠잠한데, 승복을 바꾸어야 된다고 주장한 이들이 있었어요.

옷이 문제입니까? 사람이 문제지요. 스님들 옷이 현대 사회에 맞지 않아서 불교가 이 모양 이 꼴인 건 아니잖아요. 그 옷을 걸치고 있는 수행자가 제 역할을 못하기 때문에 지탄을 받는 것이지요.

제가 불교신문사에 관련하고 있을 때예요. 그때 처음 동국대 불교대학에 종비생宗費生들이 생겼습니다. 이 사람들이 종비생으로 들어가자마자 한 일이 무언가 하면 양복을 입겠다는 거예요. 일반 학생들처럼 양복을 입어야지 승복은 맞지 않다는 운동을 벌였어요. 그때 제가 불교신문에 그 부당함을 지적하는 사설을 썼어요. 그랬더니 집단적으로 항의를 하러 왔어요. 그때 양복 입기를 주장했던 그 스님들은 양복을 입고 다녔어요. 지금 한 사람도 절에 남아 있지 않습니다. 옷이란 그런 거예요. 이 먹물 옷이 우리를 보호하는 겁니다. 이 먹물 옷을 입었기 때문에 함부로 행동할 수 없잖아요? 내가 중이기 때문에 출가 수행자다운 복장을 해야지요.

이것도 제가 경험한 일입니다. 저만 경험한 것이 아니라, 외국에 나가 있는 스님들이 공통적으로 경험한 거예요. 1987년인가, 제가 LA의 고려사에 가서 두어 달 있으면서 자동차 운전면허증을 땄어요. 운전면허 시험 치르는 날이었습니다. 내 차례를 기다리고 있는데, 웬 덩치 큰 흑인 아주머니가 자꾸 나를 힐끔거려요. 왜 그러나 했더니, 이 옷을 어디서 구할 수 있느냐는 거예요. 그래서 한국의 스님들이 입는 옷이라고 이야기해 주었어요. 그랬더니, 옷이 참 아름답다고 찬사를 하는 거예요. 또 제가 파리에 갔을 때입니다. 거기에서 다른 스님들하고 연장 파는 가게로 연장을 사러 가면서 지하철역에서 계단을 올라와 길가에 올라섰는데, 웬 예쁘장한 아가씨가 뛰어오더니 경황도 없이 나를 끌어안고 볼에 뽀뽀를 하는 거예요. 내가 깜짝 놀라서 왜 그러냐고 했더니, 이 옷이 아름다워서 그런대요. 파리는 세계적인 패션의 도시 아닙니까? 한국에서는 별 볼일 없는 이 먹물 옷이 그 외국인 눈에는 그렇게 아름답게 보였나 봐요. 또 제가 일본에 간 적이 있습니다. 여름이어서 삼베옷을 입고 어떤 가게에 들어갔더니, 그 가게 주인이 옷을 보고는 아주 곱다고 하는 거예요. 아주 예의 바르게 한번 만져 봐도 되겠느냐고 해요. 그래서 만져 보라고 했더니, 아주 좋다고 칭찬을 하더라고요. 송광사 스님 한 분이 LA 고려사에서 지낼 때였대요. 한 흑인 여자가 졸졸 따라다니면서 승복을 자기한테 팔라고 조르더래요. 아주 귀찮게 쫓아다니면서 조르기에 100달러 받고 넘겼대요. 한국 중이 무슨 짓을 하는지 모르는 외국 사람들은 이 옷을 하나같이 좋아해요.

먹물 옷의 색깔은 사계절 입어도 물리지 않는 빛깔입니다. 또 헐렁하니까 아주 자유로워요. 세계적으로 이름난 조르주 아르마니라는 의상 브랜드가 있는데, 우리나라 스님들이 입는 겨울 누비 두루마기를 그대로 베껴서 옷을 만들었어요. 심지어 우리 걸망까지 약간 변형해서 만들었습니다. 옷고름 대신 단추를 달았더라고요. 세계적인 외국 디자이너들이 여기저기 다니던 중에 한국 스님들이 입고 있는 이 옷의 매력을 발견한 거예요.

'옷이 날개'라는 말에 속지 마십시오. 몸에 걸치는 이것은 옷일 뿐이에요. 흔히들 그 옷 입으니까 달라 보인다, 라는 소리를 하는데, 사람한테 옷이 날개가 될 수는 없어요. 옷은 검소하고 단정하게 입어야 됩니다. 우리 어머니들이 입는 한복도 얼마나 좋아요? 우리는 한복을 늘 보니까 깨닫지 못하지만, 외국 사람들은 그 선의 아름다움과 섬세함을 찬양합니다. 요즘 개량 한복을 만들어 입고는 하는데, 편리한 면은 있지만 우아함은 없어요. 스님들이 입는 옷은 우리의 전통 의상입니다. 빛깔만 다를 뿐이지 오래전 신라 시대부터 고려를 거쳐서 입어 온 그 옷이에요. 우리의 전통 의상에 대해서 긍지를 가져야 됩니다.

끝으로 불자들이 입어야 할 옷에 대해서 말씀드리겠습니다. 아까도 얘기했습니다. 속이 빈 사람이 호사스러운 옷을 입게 되면 천박해 보이고, 속이 찬 사람은 아무 옷을 걸치더라도 그 옷이 빛나 보입니다. 신앙생활을 하는 분들은 세 가지를 평소에 몸에 갖추어야 돼요. 이 막된 세상을 살아가면서 자기 나름의 청정한 생활 규범과 질서를 가져야 돼요. 이게 계행戒行의 옷이에요. 또 시끄럽고 어지러운 세상에서 제정신 똑바로 차리지 않으면 어떻게 될지 알 수 없습니다. 제정신 똑바로 차리는 선정禪定의 옷과 성현들의 가르침을 따르는 지혜의 옷을 입어야 됩니다. 계행과 선정과 지혜를 평소에 몸에 익힌다면, 어떤 옷을 입더라도 거리낌이 없어요. 그게 일반인과 신앙인의 다른 점입니다.

불자가 누구입니까? 절에 오가면서 시주만 하는 사람이 불자는 아닙니다. 그것은 아무나 할 수 있는 거예요. 불자가 된 인연으로 청정한 계행과 선정과 지혜를 몸에 익혀야 됩니다. 그렇게 되면 그 몸에 걸친 어떤 옷이라도 빛이 납니다. 그렇지 않고는 무슨 옷을 입더라도 그 옷에 얽매입니다. 옷걸이가 돼요. 계행과 선정과 지혜의 옷을 입는다면 어려운 세상을 산다 하더라도 능히 헤쳐 나갈 수 있고, 삼복더위도 능히 이겨 낼 수 있습니다.

제 잔소리 이만하겠습니다. 성불하십시오.

사람은

성숙할수록

젊어진다

어제 정월대보름 잘 보내셨습니까? 어제 달이 뜨기는 했는데 구름에 가려서 제대로 안 보였어요. 하지만 새벽달이 좋았습니다. 사실 어제의 달은 만월이 아닙니다. 오늘이 만월이에요.

오늘은 늙음에 대해서 이야기하겠습니다. 『법구경』에 이런 법문이 나옵니다.

화려한 왕의 수레도 닳아서 망가지고 이 몸도 그와 같이 늙어 버리지만, 선한 이의 가르침은 시들지 않는다. 선한 사람들끼리 진리를 말함으로.

젊었을 때 부지런히 노력하여 삶의 지혜를 모아 두지 못한 사람은 고기 없는 호숫가의 늙은 백로처럼 쓸쓸히 죽어 갈 것이다. 젊었을 때 부지런히 노력하여 삶의 지혜를 모아 두지 않은 사람은 부러진 활처럼 쓰러져 누워 부질없는 지난 날을 탄식하리라.

인생에는 생로병사의 주기가 있습니다. 늙는다는 것이 무엇입니까? 그것은 인생의 한 과정입니다. 늙지 않을 사람은 없습니다. 지나칠 수 없는 인생의 과정이기에 그렇습니다.

젊으면 젊은 대로, 장년은 장년대로 그 나름의 분위기와 기쁨과 고뇌가 있습니다. 가을바람에 열매가 익어 가듯이 노년에 이르러서는 성숙해야 됩니다. 고슴도치처럼 잔뜩 가시만 돋아 있다거나 항상 불평불만만 늘어놓아서는 성숙할 수 없습니다. 세월이 쌓일수록 인생은 성숙해야 됩니다. 그런데 그게 자연 발생적으로 되는 것은 아닙니다. 의지와 노력을 통해서 자기 자신을 그렇게 만들어 가야 됩니다.

노년에 이르면 인생의 전 과정을 객관적으로 살펴볼 수 있는 관조의 시야가 열려요. 내가 살아온 길을 되돌아보는 거예요. 그래서 인생의 손익 계산을 따지게 됩니다. 대차 대조를 헤아리게 돼요. 과연 내가 내 인생을 얼마만큼 성실하게 살아왔는지 돌아봐요. 각자 한번 내가 내 삶을 어떻게 살아왔는지 속으로 헤아려 보십시오.

재작년 가을이에요. 1998년 10월에 일흔일곱 살 먹은 존 글렌이라는 미국인이 우주 비행에 나섰습니다. 그는 최초로 우주 궤도에 올랐던 사람인데, 일흔일곱에 이르러 두 번째 우주 비행에 나선 거예요. 일흔일곱 살이라는 육신의 나이를 생각한다면 감히 엄두도 내지 못할 일입니다. 그는 우주 공간에서, 다시 말하면 무중력 상태에서 노화가 어떻게 진행되는지를 알아보는 연구 자료로 자신을 선뜻 내놓은 겁니다. 이런 일에는 육신의 나이가 문제 될 수 없습니다. 일에 대한 탐구 정신과 열정, 기상이 문제예요. 이런 사람을 우리가 어떻게 늙었다고 할 수 있겠어요? 설사 육신의 나이가 일흔일곱이 되었다 하더라도 늙었다고 말할 수는 없는 겁니다. 그 탐구 정신과 열정, 그 기상을 높이 사지 않을 수 없는 거예요.

죽음이란 뭐죠? 그것은 움직임이 끝난 상태예요. 모든 살아 있는 생물은 끊임없이 움직입니다. 안팎으로 움직여요. 그런데 나이가 들었다고 해서 움직이는 것을 싫어하게 되면 손발과 팔다리의 근육이 쇠퇴하게 돼요. 무기력하게 됩니다. 근육은 쓰지 않고 두면 위축돼요. 근육만이 아닙니다. 지혜도 마찬가지예요. 머리도 쓰지 않으면 완전히 굳어져서 머리 구실을 못합니다. 그렇기 때문에 조금 몸이 불편하다고 해서 지나치게 안정을 추구하면 도리어 해로워요. 할 일이 없는 사람이 늙습니다. 늙을 겨를이 없는 사람은 늙고 싶어도 늙을 수가 없어요.

눕기를 좋아하면 관 속이나 흙 속에 들어가 누울 때를 재촉하는 겁니다. 그 시간을 단축하는 거예요. 장기간 입원한 환자들에게 안정만 취하도록 하는 치료법은 바람직하지 않습니다. 안정을 고집하게 되면 제 발로 그 병원 문턱을 넘을 수가 없어요. 병원을 걸어 나올 수가 없습니다. 팔과 다리를 움직여 주지 않으면 몸을 버텨 주는 뼈가 약해져요. 뼈는 돌이나 나뭇가지가 아닙니다. 살아 있어요. 몸을 아끼면 뼈세포가 약해져서 기둥처럼 몸을 받쳐 주는 조직도 퇴화하게 돼요. 그래서 쉽게 부러지잖아요. 미국에서 나온 통계에 의하면, 노인들이 많이 거주하는 아파트에서 골절상이 제일 많이 일어난대요. 노인들은 햇볕을 잘 안 쬐고 방 안에서만 지내기 때문에 조금 잘못해서 삐끗하면 그대로 골절로 이어지는 거예요. 나이가 들수록 몸이 편해지는 것을 경계해야 합니다.

제가 요즘 바닷가에 삽니다. 해발 700미터 되는 산중에서 살 때는 날마다 장작을 패고 군불 지피고 얼음 깨다가 물 길어

오는 활동을 하니까 몸이 고단하지만 뭔가 뻐근하게 사는 것 같았어요. 지금 제가 임시로 머물고 있는 곳에는 보일러가 있고 전기도 들어와서 장작 팰 일이 없고 물 길어 올 일도 없어요. 그런데 이상하게 내 몸이 퇴화하는 것 같아요. 이전처럼 활기차지 않고 퇴화하는 것 같더라고요. 몸이 편해진다는 것, 좋은 일이 아닙니다. 몸이 편해지는 만큼 빠져나가는 것이 있다는 사실을 명심해야 됩니다.

몸을 움직이기 싫어하는 데서 오는 증상을 의학 용어로 폐용증후군이라고 합니다. 폐물, 인간 폐물이라는 거예요. 마치 폐차장에 쌓아 놓은 자동차의 잔해와 같은 겁니다.

신체적인 활동만이 아닙니다. 두뇌 활동도 마찬가지예요. 알맞게 자극을 주지 않으면 대뇌 속에 있는 세포의 활동이 쇠퇴해요. 노년에 이르러서 몸을 놀리기 싫어하고 책을 읽거나 생각하는 일을 하지 않고 외부와의 접촉을 끊게 되면 치매가 빨리 와요. 옛날에 비해서 치매 환자가 많은 것도 우리가 너무 편하게 살아서 그런 거예요. 무서운 일입니다. 남의 일이 아니에요. 누구한테나 해당되는 일입니다.

노년에 이르면 삶의 종점이 보이기 시작합니다. 죽음에 대비해야 합니다. 대비한다는 것은 곧 배우는 일입니다. 젊어서 삶을 배우듯 우리는 죽음도 배워야 돼요. 친지나 이웃의 죽음을 보면서 내게도 다가올 그날을 생각하게 됩니다. 죽음에는 노소가 없습니다. 왜 그 많은 젊은이들이 죽을까요? 죽음에는 노소가 없기 때문입니다. 언제 내 차례가 올지 예측할 수 없습니다. 때문에 젊건 늙었건 죽음에 대비해야 됩니다.

생로병사는 순환의 질서예요. 사계절이 있듯이 인생에도 사계절이 있습니다. 이런 순환의 질서를 두려워하거나 거부하면 노년의 품위를 잃습니다. 젊을 때도 그 세대 나름의 품위를 지녀야 하지만, 노년에는 더더욱 나이에 걸맞은 품위를 갖추어야 됩니다.

어떤 노스님한테 들은 이야기인데, 친구 스님들한테서 냄새가 많이 난대요. 빨래도 제때 안 하고 몸도 잘 안 씻으니까요. 그래서 도 닦는 건 둘째 치고 네 몸부터 닦아라, 라고 얘기한대요. 그 소리를 듣고 정신이 번쩍 들었습니다. 나도 잘못하면 그 축에 들 것 같아서. 그래서 기회만 닿으면 씻고 갈아입고 그럽니다. 남한테 폐 끼치고 흉잡히면 안 되잖아요. 그것은 자기 질서예요. 그건 우연히 되는 것이 아니라, 평소에 그렇게 익혀야 됩니다. 수행이라는 게 뭡니까? 관념적인 것이 아닙니다. 자기 몸부터 닦아야 돼요. 몸과 마음이 둘이 아니잖아요. 몸을 청결히 하지 않으면서 어떻게 마음을 맑혀요? 안팎이 깨끗해야지요.

노년에 품위를 지녀야 하듯 죽음에도 품위가 있어야 됩니다. 죽으면 끝인데, 무슨 품위를 찾느냐고 할지 모르지만, 진짜 좋은 죽음은 품위를 갖춘 죽음이에요.

삶의 지혜란 무엇입니까? 순환의 질서를 거부하지 않고 받아들이는 여유와 아량이 곧 지혜예요. 순환하는 사계절의 질서를 흔연히 받아들이는 그런 여유와 아량, 죽음까지도 맞아들일 수 있는 열린 가슴, 여기에 품위가 있습니다.

어떤 책에서 이런 구절을 읽었습니다. 암으로 죽은 어떤 이가 남긴 글이었어요.

나는 병원에서 내 생을 마감하고 싶지 않다. 그 이유는 내 죽음이 아무렇지도 않게 한낱 업무로서 다루어지기 때문이다. 내 가족에게는 다시없는 큰일인데도.

내 죽음을 어떻게 맞이할 것인가를 평소에 생각해 두어야 됩니다. 아무런 의식이 없는데 단지 호흡을 연장하기 위해 기술적인 조치를 하는 것이 어떤 이에게는 형벌이에요. 물론 최선을 다해서 소생시킬 수 있으면 좋지만, 살 만큼 살다가 이제 인생의 제4악장까지 마쳐서 조용히 쉬고 싶은데 그걸 가로막는다는 건 당사자에게는 큰 고통이에요. 그 사람의 남은 목숨과 마음에 조금도 도움이 되지 않는 일입니다. 냉정하게 생각해야 돼요. 자식 된 도리로 어떡하든지 하루라도 더 살려 보겠다는 효심은 이해하지만, 이제 다 끝나서 몸을 바꿀 때가 되었는데 약과 인공호흡으로 자꾸 붙들고 못 가게 하는 것도 고역이에요.

또 호흡이나 심장 박동이 멈춘 채로 병원으로 향할 때도 있잖아요? 그러면 병원에서는 가족이나 친지들을 다 몰아내고 차디찬 기계에 의지해서 소생술을 하잖아요. 의사나 간호사한테만 맡겨지고 주변에 가족이 없을 때 얼마나 이 사람이 외롭겠어요? 기계적인 업무에 인생의 마지막을 맡긴다는 것은 잔인한 일이에요.

가족과 친지들이 지켜보는 가운데, 그 보살핌 속에서 마음 편히 평화롭게 죽을 수 있도록 도와야 돼요. 죽음도 삶의 또다른 모습입니다. 끝이 아닙니다. 그래서 죽어 가는 사람이 평안한 마음을 갖도록 곁에서 도와주어야 됩니다. 사람에게는 그 사람 나름의 고유한 생활 방식이 있듯 죽음에 이르러서도 고유한 그 사람만의 죽음의 방식이 있어야 돼요. 사람이 죽어 갈 때, 순간순간 소멸되어 가는 그 시간을 누군가 곁에서 함께 체험할 수 있어야 됩니다. 그 일은 죽어 가는 사람에게 커다란 위로가 돼요.

죽음은 끝이 아닙니다. 새로운 삶의 시작일 수 있어요. 육체 속에 영혼이 깃든 게 아닙니다. 이 몸 안에 영혼이 깃들어 있다고 생각하지 마십시오. 영혼이 육체를 거느리고 있는 거예요. 영혼은 육체가 제 할 일을 다 하면 맑은 옷을 벗어 버리듯이 한쪽에 벗어 놓습니다. 죽음이란 그런 거예요. 죽음도 삶의 한 모습이기 때문에 거부하지 말고 자연스럽게 받아들여야 됩니다. 잎이 져야 새 잎이 나오지 않습니까? 잎이 지고 나면 그 자리에 새 움이 돋는 것이 우주의 리듬이고 생명의 질서예요.

'사람은 성숙할수록 젊어진다.' 이런 말이 있습니다. 안으로 자신이 살아온 날을 되돌아보면서 이웃에게 짐이 되지 않고 도움을 주는 그런 생활이 되어야 합니다. 내가 한평생 살면서 몸소 터득한 그 지혜를 이웃에게 나누어 주어야 돼요. 그래야 사람입니다. '사람은 성숙할수록 젊어진다.' 이 말을 화두처럼 간직하시기 바랍니다.

끝으로 제가 『법구경』 다시 한 번 읽어 드리겠습니다.

화려한 왕의 수레도 닳아서 망가지고, 이 몸도 그와 같이 늙어 버리지만, 선한 이의 가르침은 시들지 않는다. 선한 사람들끼리 진리를 말함으로.

젊었을 때 부지런히 노력하여 삶의 지혜를 모아 두지 못한 사람은 고기 없는 호숫가의 늙은 백로처럼 쓸쓸히 죽어 갈 것이다. 젊었을 때 부지런히 노력하여 삶의 지혜를 모아 두지 못한 사람은 부러진 활처럼 쓰러져 누워 부질없이 지난 날을 탄식하리라.

지혜의 길과

자비의
길

과일에 씨앗이 들어 있듯 우리는 태어날 때부터 하나의 씨앗을 지니고 세상에 나옵니다. 그것을 불성 혹은 영성이라고 합니다. 그 씨앗을 움트게 하고 꽃 피우는 일이 바로 삶입니다. 불성과 영성의 씨앗을 움트게 하고 꽃을 피우려면 우리 마음을 맑히는 일이 전제되어야 합니다.

흔히 마음을 맑혀라, 마음을 비워라 얘기합니다. 도대체 어떻게 해야 마음을 맑히고 비울 것인가? 절에 열심히 다니는 사람 중에도 절에 안 다니는 사람보다 옹졸하고 꽉 막혀서 무엇

하나 배울 것이 없는 이들도 많이 있어요. 관념적으로만 알기 때문입니다. 관념적인 것으로는 마음이 맑혀지지 않습니다. 물론 참선이나 염불, 기도를 지극히 해서 마음을 맑힐 수도 있습니다. 그러나 그것은 한쪽이에요. 자칫 잘못하면 관념으로 빠지기 쉬워요. 현실적으로 선행을 해야 합니다. 남에게 해를 끼치지 않고 두루 착한 일을 행할 때 저절로 우리 마음이 열리고 맑아집니다.

시절인연이 오면 스스로 연꽃이 피어납니다. 마찬가지로 두루 착한 일을 하면 우리의 마음은 저절로 맑아지게 되어 있습니다. 또 한 사람의 마음이 맑아지면 그의 둘레에도 점점 맑은 기운이 번져 갑니다. 마침내는 온 세상이 다 맑아질 수 있습니다. 부처님과 예수님, 공자님 같은 성인들을 생각해 보세요. 그분들의 맑은 마음은 메아리가 되고 두루 비추는 빛이 되어 오늘에 이르고 있습니다. 만일 그분들이 인류 역사에 안 계셨다면 현재의 우리는 전혀 다른 삶을 살아가고 있을 겁니다.

그럼 선행이란 무엇일까요? 선행, 착한 일. 그것은 나누는 일입니다. 나눈다는 건 많이 가진 것을 그저 퍼 주는 게 아니에요. 나눔이란 가진 사람이 이미 받은 것에 대해 마땅히 지불해야 할 보상 행위이고, 감사의 표현입니다. 본래 내 것이란 없습니다. 지금 내가 가진 것은 이 우주의, 법계의 선물을 잠시 맡아 가지고 있는 것뿐입니다.

육바라밀 가운데 첫째가는 것이 보시바라밀입니다. 보시란 나누는 겁니다. 또 바라밀이란 이쪽에서 저쪽으로 건너는 일, 세상을 사는 일을 말합니다. 그러니까 보시바라밀이란 세상을 사는 데 제일가는 덕이 보시, 곧 나누는 일이란 뜻입니다.

지금 이 순간 우리가 존재 전체를 기울여서 누군가를 사랑한다면 우리는 이다음 순간 더 많은 이웃들을 사랑할 수 있어요. 다음 순간은 지금 이 순간에서 태어나기 때문입니다. 따뜻한 마음을 나누면 서로의 마음이 맑아져 맑고 향기로운 꽃을 피우게 됩니다.

맑고 향기롭게 살려면 될 수 있는 한 작은 것, 적은 것으로 만족할 줄 알아야 합니다. 큰 것과 많은 것에는 살뜰한 정이 가질 않아요. 늘 겪는 일이죠. 선물의 경우 너무 크고 많으면 받는 사람이 부담스럽습니다. 작은 것, 적은 것이 귀하고 소중하고 아름답고 고마운 것을 알게 되면 맑은 기쁨이 샘솟습니다. 그것이 바로 행복입니다. 행복은, 맑은 기쁨은 밖에서 오는 것이 아닙니다. 저절로 마음속에서 우러나는 것입니다.

자랑할 것은 못 되지만 제가 있는 곳은 궁핍하고, 거의 모든 것이 원시 상태예요. 하지만 그게 편해서, 그곳에서는 순수한 나로 존재할 수 있어서 지금 나그네처럼 머물고 있는 겁니다. 지난겨울에 밖에는 눈이 내리고 뒷골에서는 노루 우는 소리가 들리고 하니까 내 마음도 소년처럼 부풀어 오르려고 해요. 그래서 묵은 편지들을 뒤적이다가 몇 군데 답장을 보내기로 했습니다. 한참 먹을 갈다가 편지 쓸 종이를 찾으니까 도배하고 남은 종이 사이에서 쪼가리 화선지가 두어 장 나와요. 다행이다 싶어 그걸 잘 다듬어서 편지지를 만들었죠. 그런데 종이가 한정되어 있다 싶으니까 아주 조심해서, 잔글씨로 편지를 쓰면서 아주 고맙다는 생각을 했습니다. 며칠 후에는 서울에 나왔다가 지업사에서 한 20장의 화선지를 사 갖고 갔습니다. 그랬더니 쪼가리 종이에 편지를 쓸 때의 그 오붓함, 살뜰함이 어디로 가고 없어요. 많다는 건 그런 겁니다. 하나가 필요할 때 둘을 가지려고 하지 마세요. 둘을 갖게 되면 그 하나마저 잃어버립니다.

무소유란 아무것도 갖지 않는 게 아닙니다. 불필요한 것을 갖지 않는 것입니다. 만족할 줄 알면 비록 가진 것은 없더라도 부자나 다름없습니다. 행복의 척도는 필요한 것을 얼마나 많이 가지고 있느냐가 아닙니다. 불필요한 것으로부터 얼마나 자유로워져 있느냐에 달렸습니다. 제 자신이 몹시 부끄럽고 가난하게 느끼는 건 나보다 더 많이 가진 사람 앞에 섰을 때가 아닙니다. 나보다 훨씬 적게 가졌지만 그 단순함과 간소함 속에서 삶의 기쁨과 순수성을 잃지 않는 사람 앞에 섰을 때입니다.

맑고 향기롭게 살아가려면 자연의 질서를 삶의 원리로 받아들여야 합니다. 우리는 자연의 일부입니다. 자연은 우리에게 많은 것을 아낌없이 무상으로 베풀어 왔습니다. 맑은 공기, 시원한 바람, 논밭의 기름진 흙, 천연의 생수와 강물. 오늘 종일 말해도 다 못할 정도로 많은 것을 자연은 우리에게 주고 있어요. 그런데 사람들은 전혀 고마워할 줄 몰라요. 감사는 고사하고 함부로 더럽히고 허물고 끝없이 학대하고 있습니다. 들짐승조차도 자기 둥지는 더럽히지 않는데 인간이, 소위 문명을 이루었다는 인간이 자기의 생활 환경인 자연을 더럽히고 있습니다. 만신창이가 되어 앓고 있는 자연은 곧 우리가 병을 앓는 것이요, 자연의 신음 소리는 우리의 신음 소리임을 알아야 합니다. 왜냐하면 나 자신이, 우리 자신이 자연의 일부이기 때문입니다. 소우주이기 때문입니다.

병이 든 자연, 허물어져 버린 자연에는 우리 인간들이 의지할 수 없습니다. 자연이 죽어 가듯 인간의 생명도 위협받기 때문이에요. 과하게 소비하면서 자연환경의 파괴를 부축일 것이 아니라 이제는 적은 것, 작은 것의 귀함, 소중함을 알아서 더 이상 자연이 병들지 않게 해야 합니다.

나눔으로써 맑은 기쁨을 얻으려 하고 만족할 줄 알며, 소유는 꼭 필요한 것으로 스스로 제한하려는 그 마음들이 우리의 삶을 풍요롭게 하는 지름길입니다. 이런 태도는 결코 소극적인 것이 아닙니다. 인간이 인간답게 살기 위한 지혜로운 선택입니다.

깨달음에 이르는 길에는 두 가지가 있습니다. 하나는 자기 자신을 속속들이 지켜보면서 삶을 거듭거듭 개선하고 심화시켜 가는 명상이고, 또 하나는 이웃에 대한 사랑을 실천하는 것입니다. 전자는 지혜의 길이요, 후자는 자비의 길입니다. 이 두 길을 통해 우리는 본래부터 지녔던 불성과 영성의 씨앗을 틔워 낼 수 있습니다.

오늘 이 자리에 모인 인연으로 저마다 자신이 지닌 그 귀한 불성의 씨앗으로 맑고 향기로운 꽃을 피우길 거듭 다짐합시다. 본래 청정한 우리 마음을 선행과 나눔으로 맑혀서 우리가 몸담아 사는 이 세상을, 그리고 맑은 은혜 속에서 의지해 살다가 언젠가는 그 품으로 돌아가 영원히 안길 자연을 맑고 향기롭게 가꿉시다.

버리는

연습

여름에 잘들 지내셨습니까? 비가 끝없이 옵니다. 올해에도 수해가 컸습니다. 그리고 지금 장마철이 아닌데 연일 비가 내려요. 엊그제 일본에서 오신 스님 얘기를 들어 보니까, 일본 같은 경우는 올 여름에 굉장히 더웠고 비도 전혀 안 내렸대요. 또 신문에는 남미 쪽에 몇 백 년 만에 큰 추위가 닥쳐서 눈이 내리고 가축들이 떼죽음을 당했다는 뉴스가 실렸습니다. 또 곳곳에서 화산이 폭발했어요. 세상이, 지구가 편치 않습니다.

몸도 조화와 균형이 깨지면 앓습니다. 자연도 그래요. 자연

113

계의 조화와 균형이 무너지면 이변이 생깁니다. 미국 같은 경우에 한 해 열 차례 이상 태풍이 닥치고 지구 곳곳에 전에 없이 폭우와 폭설이 내리는 것은 우리가 몸담고 있는 지구를 우리가 허물고 더럽히고 학대하는 데서 온 과보果報라고 생각합니다.

동네마다 골목마다 쓰레기더미가 쌓여 있습니다. 십 년, 이십 년 전에는 상상도 할 수 없었던 폐기물들이 넘쳐납니다. 우리 생활이 개선되지 않는 한 쓰레기양은 갈수록 많아질 것입니다. 그러면 이 지구가 완전히 쓰레기로 가득 차 버릴 거예요. 그렇게 되면 우리 자신이 쓰레기가 되고 말아요. 환경만 쓰레기로 채워지는 것이 아니라 우리 자신이 아무짝에도 쓸모없는 쓰레기로 전락하고 맙니다. 옛날 같으면 골라서 먹을 채소도 조금 상했다고 해서 막 버리잖아요. 어떨 때는 먹는 것보다 버리는 것이 더 많습니다. 버리다 보면 아까운 게 없어집니다. 아까운 게 없어지면 고마운 줄 모릅니다.

이렇게 궂은날 이 법회에 오신 것만 해도 얼마나 다행한 일입니까? 여기 오고 싶어도 몸이 아파서, 집안에 근심거리가 있어서, 또 그 밖의 다른 이유로 오지 못한 불자들이 얼마나 많겠어요? 그런데 우리는 집안에 일이 없는 것은 아니지만 털고 일어설 수 있었어요. 또 한편으로는 하루하루 주어진 내 시간을 어떻게 써야 내 삶을 보람차게 보낼 것인가 마음먹고 이렇게 궂은

날에 법회에 가 보자고 나오신 거예요.

저도 그래요. 여기 와서 이렇게 얘기하고 있지만 나 자신의 삶이 개선되지 않으면 빈 메아리예요. 내가 내 삶을 개선하면서 알차게 살아가면 이웃에게 할 이야기가 생깁니다. 설득력을 갖게 돼요. 그런데 나 자신이 그렇게 살지 못하면서 입으로만 떠들면 구업口業을 짓게 되고 메아리가 울리지 않는 거예요.

저는 오늘 약수암 법회가 있다는 사실을 그제까지도 까맣게 몰랐어요. 왜냐하면 가을바람이 선선하게 불고 국화가 필 무렵에 법회가 있었거든요. 올해는 철이 늦고 윤달이 있어서 달이 빨리 왔어요. 그 전에는 약간 추울 때 만났잖아요. 올해는 아직 여름이 가기 전에 법회를 갖게 되었어요. 그런데 그저께 아랫동네 내려간 김에 혹시 사무실에 연락 온 것이 없나 해서 전화를 했더니 약수암 법회가 오늘이래요. 그저께 전화를 안 했다면 제가 오늘 큰 실수를 할 뻔했습니다. 관세음보살이 저를 불러내서 전화를 해 보라고 하셔서 오늘 이렇게 자리를 같이하게 된 것입니다.

•

제가 며칠 전에 경험한 일입니다. 점심을 지으려고 쌀 단지를 열었더니 쌀이 달랑 한 봉지 남아 있어요. 그제야 쌀이 귀하다는 걸, 고맙다는 걸 새삼스럽게 깨달았습니다. 쌀이 가득할 때는 쌀의 존재에 대해서 생각하지 않았는데, 달랑 한 봉지 남으니까 고마움이 느껴지더라고요.

행복이란 그런 거예요. 넘치면 고마운 줄 몰라요. 넘치는 것이 모자란 것만 못하다는 말이 그런 뜻이에요. 조금 모자란 데서 소중함과 고마움을 알게 됩니다. 남보다 적게 가지고 있으면서도 기죽지 않고 생의 기쁨과 순수성을 잃지 않고 살아가는 사람, 이런 사람이야말로 진짜 부자예요.

이런 시 구절이 있습니다.

사람이 하늘처럼 맑아 보일 때가 있다.
그때 나는 그 사람한테서 하늘 냄새를 맡는다.

그런 경험들 더러 있죠? 맑고 조촐하게 사는 친구를 만나면 그 인품에서 풍겨 나오는 향기 같은 것을 맡을 수 있습니다. 반면에 잔뜩 욕심 부리는 사람한테서는 그런 것을 느낄 수 없잖아요. 부처님의 마지막 가르침을 담은 『유교경』이라는 경전이 있습니다. 남길 유遺, 가르칠 교敎예요. 여기에 이런 말씀이 있습니다.

만약 모든 괴로움에서 벗어나고 싶거든 만족할 줄 알아라. 넉넉함을 아는 것이 부유하고 즐거우며 편안하다. 그런 사람은 비록 맨땅 위에 누워 있을지라도 편안하고 즐겁다. 그러나 만족할 줄 모르는 사람은 설사 천상에 있을지라도 그 뜻에 흡족하지 않을 것이다.

만족할 줄 알고 사는 데 행복의 비결이 있습니다. 자신이 처한 현실에 감사하면서 사는 사람이 있고, 늘 못마땅해서 불만 속에 사는 사람이 있어요. 어느 쪽이 잘사는 거예요? 늘 불만에 차서 불평을 하면서 찌푸리고 신경질 부리는 사람은 자기 자신한테만 잘못하는 것이 아니라 이웃까지도 기분 나쁘게 하잖아요. 그런데 조그만 것에 감사할 줄 아는 사람은 보기에도 흐뭇해요. 나도 저렇게 살고 싶다는 생각을 하게 만들어요. 정말로 그런 사람한테서는 하늘 냄새가 나요.

•

어떤 신도가 노스님을 찾아가서 이렇게 물었어요. "고기를 먹고 술 마시는 게 옳습니까, 그릇되었습니까?" 노스님이 답합니다. "먹고 마시는 것은 당신이 알아서 할 일이오. 그걸 왜 중한테 묻소이까?" 그러고 난 뒤에 노스님이 이렇게 덧붙입니다.

"그러나 먹고 마시는 것을 절제하면 당신은 복을 쌓게 될 것입니다." 복은 어디서 굴러오는 것이 아닙니다. 내가 지어서 내가 얻는 거예요. 내가 복된 일을 하면 복을 받고, 내가 박복하게 굴면 있던 복도 달아나는 겁니다.

이제 우리는 가난의 덕을 배워야 할 그런 단계에 이르렀어요. 여기서 말하는 가난은 물질적인 부와 관계된 것이 아닙니다. 주어진 가난이 아니라 우리가 스스로 선택한 미덕으로서의 맑은 가난이에요. 청빈입니다. 이것을 다른 말로 성빈聖貧, 거룩한 가난이라고도 합니다.

거룩한 가난이란 무엇일까요? 자기 자신을 텅 비우는 일입니다. 온갖 집착으로부터 해방되는 것을 뜻해요. 안팎으로 벗어 버릴 것 다 벗어 버리고, 놓아 버릴 것 놓아 버렸을 때의 홀가분함, 이것이 청빈이에요. 기독교 성서에서 '가난한 자 복이 있나니'라는 말이 있는데, 이게 바로 거룩한 가난입니다. 모든 욕심에서 벗어나서 평온함에 이른 상태, 맑은 바람이 지나가는 그런 상태, 맑은 내가 스스로 선택해서 가질 만큼만 갖는 그런 미덕으로서의 가난, 이런 가난을 선택하는 사람이 복이 있다는 거예요. 많이 가진 사람은 결코 누릴 수 없는 텅 빈 충만함입니다.

오늘날같이 쓰레기를 양산하는 과소비 사회에서 청빈의 덕과 질서를 지키지 않으면 우리 자신을 지키기 어려워요. 넘쳐나는 물질과 정신의 쓰레기 틈에서 우리 자신을 지키려면 청빈의 덕을 삶의 질서로 삼아야 합니다.

요즘 사람들은 아이, 어른 할 것 없이 많이 가지려고 해요. 아이 길러 본 사람들은 알 거예요. 어디 놀러 가서 친구가 신은 신발이나 옷을 보면 바로 사 달라고 조르잖아요. 그러면 대개의 부모는 그날이나 다음 날 사 줘요. 옛날에는 물건이 귀했고 물질적으로 여유가 없어서 뭘 사 달라고 말하지도 못했지만, 사 달라고 한다고 해서 즉각 사 주지도 않았어요. 며칠을 두고 뜸을 들였어요. 며칠을 두고 뜸을 들이기 때문에 갖고 싶었던 것을 얻게 되면 기쁨이 컸어요. 그런데 지금은 욕구가 곧바로 해결되니까 그때뿐이에요. 아이들 방에 가면 쓰지도 않는 것이 잔뜩 쌓여 있어요. 어른들 방에도 그런 게 얼마나 많습니까? 맑은 가난의 덕을 모르기 때문에 그러한 현상을 우리가 만들고 있는 겁니다. 꼭 필요하고 시간적으로 급한 것은 아이들 요구대로 들어주어야겠지만, 그렇지 않은 것은 뜸을 들이세요. 뜸을 들이면서 며칠 지나다 보면 꼭 가져야 할 것인지, 갖지 않아도 좋을 것인지 판단이 섭니다. 그런 게 교육이에요.

•

시간이나 짬이 없어서 김치를 담가 먹지 않고 반찬 가게에서 사 드시는 분들 손 한번 들어 보세요. 아니, 집에서 김치 담가 드시는 분들 손들어 보세요. 예, 알겠습니다. 여기 오신 분들은 옛날부터 집에서 담가 드시겠지만, 요즘 젊은 분들은 반찬 가게에서 사 먹는 경우가 많잖아요. 가끔 시간 있으면 백화점 지하 식품부에 가 봅니다. 거기에는 없는 게 없어요. 떠먹여 주는 기계만 있으면 되겠더라고요.

남이 만들어 놓은 찬거리를 사다 먹는 일, 생각해 볼 문제예요. 거기에 정성이 들어 있습니까? 하나의 상품으로 내다 파는 거예요. 위생적으로도 믿을 수 있을지 알 수 없어요. 바쁘다고 해서 남이 만들어 놓은 찬거리를 사다가 가족들한테 먹이는 것은 스스로 주부이기를 포기하는 거예요. 주방은 어머니들의 수련장입니다. 사랑의 보금자리예요. 가족을 향한 사랑을 어머니는 가족이 먹는 음식으로 전하잖아요. 자식들 하는 짓이 얄미워서, 남편 잔소리가 지겨워서 음식을 사다 먹이는 사람도 없지 않을 거예요. 그렇게 생각한다면 주부 자격이 없습니다. 어떤 인연이 되었든 한 집안에서 한식구로 만났잖아요. 가족에게 정성과 사랑을 쏟지 않으면 내 삶도 시들해집니다. 절에서 배운 대로 한 생각 돌이켜서 부처님을 생각하세요.

120

이 절의 불단에 모신 부처님은 상징적인 부처님이에요. 집에 있는 남편과 아내, 자식을 살아 있는 부처님으로 생각하세요. 일체중생 개유불성一切衆生 皆有佛性, 모든 중생이 다 불성을 가지고 있습니다. 남편이라고 해서, 아내라고 해서 부처가 되지 말라는 법이 어디 있어요? 부처라는 개념을 거창하게 생각해서 탁자 위에 노랗게 올라앉아 공양이나 받아먹고 사월 초파일에 등불 켜서 추모하는 이런 대상으로만 생각하지 마세요. 부처님은 바로 우리 곁에 가까이 있습니다.

가옥은 있어도 가정은 점점 사라지고 있습니다. 집은 있어도 진짜 집안은 찾기 힘들어요. 이게 우리의 현실입니다. 가정은 영양과 도리를 전하는 그런 자리예요. 가정의 중심은 어머니입니다. 아버지가 아니에요. 아버지는 가옥을 관리해요. 집이 새면, 보일러가 고장 나면 수리공 불러서 고치는 것이 아버지의 몫이고, 엄마들은 가정을 가꾸는 존재입니다. 가족의 건강과 영양 상태를 챙기고 자식들이 어떤 문제를 겪고 있는지 살피면서 그때그때 보살피고 감싸 주는 것이 어머니가 하는 일이에요.

그런데 가정에서 이런 일이 점점 희미해지고 있어요. 가족끼리 만나는 시간도 별로 없잖아요. 저마다 각자 자기 세계가 있어서 한 가족인데도 너는 너, 나는 나, 이렇게 지내는 경우가 얼마나 많아요? 몇 식구 안 되는데도 한 자리에 모일 기회가 많지 않잖아요? 그렇기 때문에 가옥만 남고 가정은 사라진다는 거예요. 물론 이것은 어머니 혼자서만 할 일이 아니라 아버지가 같이 해야 할 일이지만, 가정의 중심은 어머니이기 때문에 어머니의 관심에 따라 가정을 되찾을 수 있는 겁니다.

●

하루 단 30분만이라도 자기 자신을 위해서 쓰지 않는 사람은 참된 사람이라고 할 수 없어요. 하루 24시간 중에서 순수한 자기 존재에 대해서 되돌아보는 시간을 갖지 않는다면 사람이라고 할 수 없는 거예요. 하루하루 자기 삶을 반성하고 개선하면서 조금씩 나아져야 돼요. 다시 말해서 본래의 나로 돌아가는 겁니다.

숙제를 내 드릴게요. 이것은 강제가 아니고 권유입니다. 구체적인 사례가 없으면 사람은 새롭게 일어설 수가 없습니다. 구체적인 사례를 통해서 딛고 일어서는 거예요. 매주 하루를 정해서 TV를 켜지 않고 지내 보세요. TV가 주는 피해가 말할 수 없어요. 세상 사람들이 무엇을 먹고 사는지, 무엇을 보고 사는지 아는 것은 별로 도움이 안 돼요. 일주일에 하루라도 TV를 안 보고 살아 보세요. 그러면 여러 가지로 덕이 됩니다.

그리고 하루에 30분이라도 책을 읽으세요. 그런 습관을 들이세요. 자식들은 자꾸 커 가는데 엄마는 제자리에 있으면 이야기 상대가 안 됩니다. 아이들이 어떤 문제를 안고 있어도 말이 안 통하면 엄마를 무시해서 딴 데로 가요. 거기에서 문제가 더 커집니다. 부모와 자식 사이가 점점 멀어져요. 엄마도 공부를 하세요. 시시한 주간지 같은 것 읽지 말고 규칙적으로 독서를 하세요. 그러면 자식들이 깔보지 않아요. 독서하는 모습을 아이들한테 보여 주면 엄마를 다시 보게 되고 말 상대가 된다고 생각해요.

할 수 있다면 보름에 한 끼만이라도 단식을 해 보세요. 그것은 억지로 되는 일이 아닙니다. 스스로 마음이 내켜야 돼요. 한 끼 정도 굶으면서 굶주리고 있는 사람을 위해서 무엇인가 덕이 되는 일을 찾아보세요. 이 지구촌에는 굶는 사람이 수백만 명이 있어요. 굶어 죽는 사람도 있습니다. 강요가 아니고 권유입니다. 보름에 한 끼 정도 일부러 굶어 보세요.

숙제를 정리하겠습니다. 일주일에 하루라도 TV를 안 보고 지낼 것, 하루에 단 30분이라도 책 읽는 습관을 들일 것, 보름에 한 끼쯤 단식하면서 굶주리는 이웃을 위해 덕이 되는 일을 찾아 볼 것.

우리 인생살이에는 지금까지 지내 왔던 것을 모두 버리지 않으면 안 되는 때가 옵니다. 언젠가는 반드시 찾아와요. 생의 마지막까지 애착과 미련을 버리지 못하는 사람도 임종 때에는 결국 자기 목숨과 함께 이 몸뚱이도 버려야 합니다. 우리가 태어날 때 어머니의 몸을 버리고 나왔고, 또 죽을 때는 이 몸을 버리고 가요. 버리는 데서 시작해서 버리는 데서 끝나는 것이 인생입니다. 그래서 그 도중에라도 버릴 것은 버릴 수 있어야 됩니다. 버릴 것을 버려야 새것을 맞이하게 됩니다.

오늘 날이 궂은데 나와 주셔서 감사합니다. 이 인연으로 모두 건강하시고 아무 재난 없이 잘 지냅시다. 감사합니다.

날마다

새롭게

사십시오

　오늘 나오실 때 문단속들 잘하셨습니까? 저도 밖에 나올 때
는 단속을 해요. 뭐 잃어버릴 게 있다고 단속을 하나 생각하면서
도 단속을 해야 하는 것이 부담스럽습니다. 그게 습관이 되었어
요. 세상에 대한 불신이죠. 하도 도둑들이 설치니까, 방비를 하
기 위해서 그러는 겁니다.

　만장회도慢藏誨盜라는 옛말이 있습니다. 문단속을 하지 않
는 것은 도둑에게 도둑질하라고 가르치는 것과 같다는 뜻입니
다. 옛날에는 서로가 믿었기 때문에 문단속할 일이 없었어요. 절

도 그랬습니다. 제가 처음에 절에 들어왔을 때는 법당이고 어디고 간에 전혀 단속을 하지 않았고 문도 채우지 않았습니다. 그런데 요즘에는 도둑들이 성행해서 이것저것 다 가져가는 바람에 부처님까지도 쇠로 채워 버리잖아요.

그런데 우리가 참으로 단속해야 할 것은 문만이 아닙니다. 우리 마음도 단속해야 합니다. 어떤 의미에서는 문단속보다 마음 단속을 잘해야 됩니다. 한 생각 불쑥 일어나는 데서 온갖 갈등과 시비가 생기고 생사의 갈림길에 놓입니다. 한 생각 불쑥 일으키게 되면 천당도 이룰 수 있고 지옥도 이룰 수 있습니다. 때문에 문단속 못지않게 마음 단속도 할 수 있어야 됩니다.

누군가 이런 말을 했어요. 사람이 한 평의 땅덩이에 울타리를 치고 이것이 내 것이야, 라고 한 그날부터 그의 불행이 시작되었대요. 이것은 소유 관념 때문에 그렇습니다. 무언가를 소유하게 되면 타인을 경계하게 되고 타인을 잠재적인 침입자로 생각하게 됩니다. 내가 아무것도 갖지 않았다면 그런 일이 없을 텐데, 무엇인가를 가졌기 때문에 공연히 무고한 타인을 침입자로 생각하게 되는 것입니다. 물건이건 집이건 가구건 혹은 명예건 무엇인가를 가지면 그만큼 거기에 얽매이게 됩니다. 많이 가질수록 많이 얽힙니다. 소유의 대상으로부터 우리가 소유를 당합니다.

제가 오늘 서울에서 출발하여 김해 공항에서 내렸는데, 문득 그런 생각이 들었어요. 작년에 중국 여객기가 추락하는 사고가 있지 않았습니까? 그때 120여 명이나 한순간에 희생되었어요. 사고에서 살아남은 생존자가 인터뷰를 하는데 이런 말을 했어요. 사는 일이 너무도 허망하고 꿈만 같다고. 조금 전까지만 해도 옆자리에서 함께 여행하던 120여 명이 떼죽음을 당했어요. 얼마나 허무하겠습니까? 그런데 그것은 그 생존자만의 문제가 아닙니다. 곰곰이 생각해 보면, 사는 일이 너무 허망하고 꿈만 같아요. 우리나라에서도 이번 수해에 130여 명이 돌아가셨어요. 사는 일이 새삼스레 꿈만 같아요. 결코 남의 일이 아닙니다. 언제 어디서 우리에게 닥칠지 모르는, 예측할 수 없는 재난이에요.

우리는 지금 이 순간에도 지구라는 큰 행성을 타고 우주 공간을 비행하고 있습니다. 이 기체에는 현재 60억 명이나 되는 승객들이 타고 있어요. 그런데 이 승객들이 제정신 차리지 못하고 지나치게 쓰고 함부로 버리고 마구잡이로 허물고 더럽히기 때문에 이 행성이 언제 폭발할지 알 수 없습니다.

기상 이변을 보십시오. 기상 전문가들에 의하면 지구 온난화는 한마디로 과소비의 결과라는 거예요. 화석 연료를 많이 쓰고 과소비를 해서 지구 자체가 자정 능력을 상실했대요. 과부하가 걸린 겁니다. 이런 현상과 재난은 갈수록 심해질 거래요. 어떤 학자는 이런 비유를 들었습니다. '지금 이 세계는 가속도가 붙은 채 걷잡을 수 없이 내리막길을 달리는 브레이크가 고장 난 기차와 같다.' 사람들은 자신이 과연 그쪽으로 가야만 하는지 의심하면서도 안전하게 뛰어내릴 수 있는 방법을 찾지 못해 어쩔 수 없이 실려 가는 형편이라고 합니다. 1960년대만 해도 그렇게 심각하지 않았습니다. 1980년대에 와서 심각해지기 시작했어요. 미국식 생활 방식 때문이에요. 대량 생산, 대량 소비, 대량 폐기. 이런 악순환 때문에 지구가 감당을 못해서 몸살을 앓고 있는 겁니다. 인도라든가 중국이 만약 미국식 생활 방식을 누리게끔 생활 수준이 향상되면 이 지구는 존재할 수 없다는 거예요.

산다는 것은 우리 한 사람 한 사람에게 주어진 행운입니다. 지금까지 살아오면서 우리는 알게 모르게 몇 차례 죽을 고비를 넘겨 왔어요. 병을 앓았건 사고 직전에 모면했건 간에 지금까지 우리가 살아왔다는 사실은 하나의 행운이에요. 살아 있기 때문에 오늘 이 자리에서 이렇게 만났습니다. 그러나 그 행운은 영원히 지속되는 것이 아닙니다. 한시적이고 한정적입니다. 일찍 가 버리는 사람들과는 다시 만날 기약이 없기 때문에 아쉽고 슬픈 거지요. 우리의 이 만남도 영원히 지속되는 것은 아닙니다. 모두가 한때일 뿐이에요. 하지만 한때이기에 소중합니다. 늘 지속된다면 얼마나 지겹겠어요? 한때이기 때문에 늘 새로울 수 있어요.

꽃이 피고 지기 또 한 해
한평생 몇 번이나 둥근 달 볼까?

이런 옛 시가 있습니다. 달을 보세요? 별은 어때요? '별 볼일 없는' 사람들이라 별을 못 봐요? 지난여름에는 날마다 비가와서 못 보았는데, 얼마 전에 날이 좀 쌀쌀하니까 그렇게 영롱하게 별이 돋았어요. 달도 있었고. 오랜만에 별과 달을 보니 무척 반가웠어요. 그런데 우리는 그런 것에 관심이 없어요. TV 화면에 나와야 그게 달인 줄 알지, 밖에 있는 것은 무슨 외등처럼 생각하고 본체만체해요.

달과 별을 본다는 것, 그것은 작은 일이 아닙니다. 한 끼 밥을 굶더라도 달과 별을 볼 수 있다면 잘사는 거예요. 우주의 신비, 밤하늘에 수놓인 아름다움을 통해서 상처받은 우리가 치유됩니다. 낮 동안에 닳아진 우리 심성이 회복됩니다. 우리는 이렇게 살아 있습니다. 지금 살아 있다는 사실에 거듭 감사하십시오.

●

현대 사회를 소비 사회라고 합니다. 어느 지역 가릴 것 없이 대형 할인 매장이 있습니다. 구멍가게가 잘 안 돼요. 소비 사회는 새것을 숭배합니다. 남들이 갖지 못한 좋은 물건을 가지고 있으면서도 새로운 물건을 가진 사람을 부러워해요. 그러면서 속상해요.

세상에 새것이 어디 있습니까? 세상에 새것은 없습니다. 이미 있었던 것의 변형일 뿐이에요. 냉장고가 됐건 세탁기가 됐건 승용차가 됐건 기타 가전제품 할 것 없이 똑같은 원리인데, 단지 조금 고치고 기능을 편리하게 해서 새 물건이라고 쏟아놓잖아요. 우리나라 같은 경우는 특히 심하대요. 2년 주기로 새로운 모델을 내놓아야 팔린대요. 그렇게 빨리 식상해하나 봐요. 소비 사회란 그런 겁니다. 그렇기 때문에 한정된 자원이 얼마나 낭비되고 있습니까?

사람을 부자로 만드는 것은 돈이나 물건이나 집이나 승용차가 아닙니다. 어떤 마음을 지니고 있는가에 따라 부자가 될 수 있고 가난한 사람도 될 수 있어요. 물질적인 것은 부수적인 겁니다.

우주의 선물인 재화는 넉넉한 마음을 따라요. 그릇이 작으면 넘칩니다. 부모로부터 막대한 유산을 물려받고도 그걸 제대로 간수하지 못하고 하루아침에 탕진하는 경우가 얼마나 많습니까? 한 바가지밖에 안 되는 그릇에 몇 말을 담으려 하니까 감당을 못하죠. 넘치는 거예요. 그러니 부자가 되고 싶은 사람은 먼저 넉넉한 마음의 그릇부터 준비해야 됩니다. 넉넉한 마음의 그릇이란 덕이에요. 덕을 쌓아야 됩니다.

21세기 들어서는 환경이라는 말을 잘 안 씁니다. 생태, 생태계라는 말을 써요. 환경이라고 하면 인간을 중심으로 해서 인간을 둘러싸고 있는 외부적인 것을 가리키는데, 그건 잘못된 표현이라는 거예요. 그런데 인간이 생태계를 오염시키고 있습니다. 뿐만 아니라 수천 년 지녀 온 토착 문화가 자본주의 체제와 대량 생산, 대량 소비, 대량 폐기에 의해 해체되고 있습니다. 그리고 사회적 약자의 노동력을 착취하고 인권을 유린하는 내재적인 원리 역시 자본주의의 그늘입니다. 자본주의의 좋은 점도 있지만, 이런 그늘도 지니고 있어요.

요즘 걸핏하면 신자유주의가 어떻고, 세계화가 어떻고 하지 않습니까? 과거의 어떤 무식한 대통령은 세계화가 좋은 줄 알고 기회 있을 때마다 치적인 양 떠벌리고 다녔어요. 신자유주의와 세계화는 자본주의의 잘못된 구조를 확대하고 연장함으로써 제국주의적 지배력을 무역자유화와 자유 시장이라는 이름으로 한층 강화한 거예요. 그래서 양심 있는 학자들이 세계화를 반대하는 것 아니겠어요? 한마디로 강대국들이 약소국가를 자기네 시장으로 만들겠다는 거예요.

누구나 부자가 되고 싶어 합니다. 그러다 보니 자신의 분수도 모르고 만족할 줄도 모릅니다. 더 크고 더 높고 더 많은 것을 향한 욕망이 들끓고 있어요. 그러면 많이 가질수록 행복할까요? 집안 살림살이를 되돌아보십시오. 이것저것 구해 놓아서 행복한가요? 물론 행복한 사람도 있겠지만, 며칠뿐입니다. 무언가를 갖고 싶다는 희망 사항을 품을 수는 있어요. 그래서 갖고 싶은 걸 그 자리에서 가져 보세요. 며칠뿐이에요. 있어도 그만이고 없어도 그만인 것, 생활필수품이 아닌 것은 다 그런 거예요. 많이 가지면 적게 가졌을 때의 고마움과 살뜰함이 소멸돼요. 아쉬움과 궁핍을 모르면 불행해집니다. 돈이나 재물, 가전제품이 인간의 할 일을 대신하게 되면 그 인간은 스스로 존재할 수 없습니다. 거듭 말씀드립니다. 사람을 부자로 만드는 것은 돈이나 물건이 아니라 그 사람의 마음이라는 사실을 명심하시길 바랍니다.

한편 부자가 되고 싶어 하지 않는 사람도 이 세상에는 간혹 있습니다. 이런 괴짜들이 정말로 있어요. 그런데 부자가 되고 싶어 하지 않는 사람은 사실 가난하다고 할 수 없습니다. 그 마음이 이미 부자이기 때문에, 적게 가지고도 넉넉하게 살기 때문에 가난하다고 할 수 없어요. 그런 사람들은 스스로 맑게 살려는 사람들이고, 그들 스스로가 선택한 가난이에요.

불필요한 것을 갖지 않는, 꼭 필요한 것만 갖겠다는 생활

신조를 가진 사람은 절제의 미덕을 알아요. 자기 욕망과 욕구를 스스로 억제하고 절제하는 거예요. 밖으로 드러내어 과시하기보다는 안으로 맑고 소중하게 간직하면서 누릴 줄 알아요. 또 무엇보다도 마음의 평안을 추구합니다. 마음의 평안이 제일이에요. 이와 같은 절제의 미덕을 배우려면 먼저 적은 것에 만족할 줄 알아야 됩니다. 적은 것에 만족하고 감사하면서 살아가는 기술을 익혀야 돼요. 공장에서 무엇을 만드는 것만이 기술이 아니고 우리가 살아 나가는 데에도 기술이 필요합니다.

우리의 삶에 무엇이 중요한가를 알아야 합니다. 무엇이 진짜 내 삶에, 우리 집안에 가장 중요한지 그것부터 알아야 돼요. 우선순위를 결정해야 합니다. 무엇이 가장 중요한 일인가, 어디에 가치를 부여할 것인가 생각하면서 어디에도 얽매이지 않고 자유롭게 사는 법을 배워야 됩니다. 자유롭게 사는 법을 배우지 못하면 그 사람의 삶은 빈 껍질 밖에 남지 않습니다. 겉으로는 화려해 보여도 알맹이는 아무것도 없어요. 괜히 폼만 재다가 한 인생 끝나는 거예요.

삶의 또 다른 기술은 남과 비교하지 않는 거예요. 저마다 자기 몫이 있어요. 모두 얼굴이 다르고 처지가 다르고 개성이 다릅니다. 누구네 엄마, 누구네 아빠는 이 세상에 단 한 사람밖에 없는 독특하고 독립되고 존귀한 존재입니다. 비교하지 마세요. 비교하게 되면 괜스레 시기심이 생기고 기죽게 되는 부작용이 생깁니다. 나답게 살면 되는 거예요. 우리 집은 우리 집답게 살면 되는 거예요? 한 달에 수입이 천만 원이건 백만 원이건 그 안에서 살면 됩니다. 그 안에서 살 줄 알아야 해요. 왜 남과 비교하면서 스스로를 불행하게 만들어요? 남과 비교하면서 주어진 복까지 흩어 버리잖아요. 어리석은 짓이에요. 저마다 자기 인생을 살 줄 알아야 됩니다.

●

무엇이든 마음에 든다고 해서 그 자리에서 성급하게 움켜잡지 마세요. 성급하게 움켜쥐면 곧 후회가 따릅니다. 움켜쥐기보다는 쓰다듬어 보세요. 욕심나는 물건을 사들이지 않더라도 보고 즐길 수 있으면 됩니다. 좋은 그림이라든가 조각이나 글씨 같은 것은 박물관이나 미술관 가서 보면 되잖아요. 꼭 내 것으로 만들어야 직성이 풀린다면 그건 욕심이에요.

또 목표를 향해 곧바로 직행하기보다는 돌아서 가는 여유를 지녀야 돼요. 풍류를 알아야 됩니다. 우리 조상들이 지녔던 풍류가 사라져 갑니다. 그런 멋과 운치가 사라져 가요. 잔뜩 눈에 쌍심지를 켜고 움켜쥐려고만 하지 쓰다듬을 줄을 모릅니다. 내 집에 이미 갖추어 놓은 것을 즐길 줄 모른 채 남이 가진 것에 한눈을 팔아서야 되겠어요?

최근 영국에 사는 사람에게서 들은 이야기입니다. 런던의 잘 아는 집 아이의 이야기예요. 거기서는 조기 교육을 한답시고 태어난 지 7~8개월밖에 안 된 아이들을 무슨 학교에 보낸대요. 학교에서 네다섯 명의 아이들한테 장난감을 하나씩 나누어 주었는데, 이 아이들이 자기 것을 가지고도 다른 아이의 것까지 탐을 내더래요. 그 7~8개월밖에 안 된 아이들이 본능적으로 남의 것을 가지려 한 거예요. 이제야 세상에 나와서 아직 마르지도 않은 그 축축한 생명들이 벌써 남의 것에 눈독을 들이는 겁니다. 왜냐하면 그런 부모, 그런 사회에서 자라난 인자들이기 때문에, 그런 사회에서 씨 뿌려져 태어난 싹들이기 때문에 그런 거예요.

또 어떤 사람이 좋다고 해서 금세 전화를 하고 다가서기보다는 저만치서 떨어져 바라보면서 그리움을 익혀 가는 그런 삶의 기술도 필요해요. 참고 견디면서 그리워하고 다소 슬퍼하기도 하는 그런 감정을 느껴야 하는데, 당장 즉석에서 모든 걸 해결하려고 해요. 이게 현대를 살아가는 우리의 모습입니다. 잘못된 삶의 기술을 익히고 있는 거예요. 삶에는 그리움과 아쉬움이 있어야 돼요. 그런 과정을 통해서 사람이 맑아지잖아요. 스스로 정화가 돼요. 그와 같은 그리움도 없고 아쉬움도 없으면 완전히 배부른 돼지가 되는 거예요.

특히 엄마들이 조심해야 됩니다. 지금은 집안의 경제권을 엄마들이 가지고 있잖아요. 회사에서 월급을 통장으로 몽땅 넣어 버리니까 경제권이 주부들한테 이양된 거예요. 그 대신 엄마들이 정말 똑똑해져야 됩니다. 엄마들이 정신 바짝 차려야 돼요.

또 다른 삶의 기술로서 오래된 것을 아름답게 여기고 세월의 무게를 지닌 낡은 것에 대한 가치를 되살려야 됩니다. 주변을 한번 돌아보세요. 할머니, 할아버지 대부터 내려온 가구가 집에 몇 개나 있는지. 낡은 것에 대한 소중함을 알아야 돼요. 세월의 무게는 무엇으로도 대체할 수 없습니다. 그런 세월의 무게를 지닌 낡은 것에 대한 가치를 우리가 새롭게 되살리고 받아들여야 돼요. 모두 새 가구만 들여놓으면 그 집안이 훈훈하겠어요? 어디 상처가 나고 다리 한쪽이 떨어져 나갔다 하더라도 집안에서 대대로 어른들이 써 온 가구를 간직했다면 그것은 단지 가구만을 의미하지는 않습니다. 그 집안의 가훈이라든가 가풍까지 전승되는 거예요.

꼭 필요한 것만을 가져야 귀해지고 고마워집니다. 그것을 소중하게 아껴 쓸 줄 알아야 됩니다. 그것은 오늘날 지구 생태계의 위기 앞에서 새로운 뜻을 갖는 지혜로운 삶의 철학이에요. 엄마와 아버지가 이런 생각을 가지고 산다면 이 지구가 덜 오염돼요. 자연 재난도 덜해집니다. 남들도 다 그렇게 사는데 나 하나쯤이야, 라고 생각해서는 안 됩니다. 남이 어떻게 살건 간에 옳고 바르게 살겠다고 마음먹어야 돼요.

●

기도를 하십시오. 기도는 삶을 재충전해 주는 훌륭한 행위입니다. 꼭 절이나 교회에서만 기도하란 법은 없어요. 조용히 자기 마음을 들여다보며 내가 지금까지 어떻게 살아왔는지, 또 앞으로 이 험난한 세상을 어떻게 살아갈 것인지, 내가 내 인생을 제대로 살고 있는지 반성하면서 기도를 하세요.

그런 맑은 시간이 없으면 사람은 시들해집니다. 기도를 한다는 것은 자기 정화의 시간을 갖는 거예요. 자기 자신을 가장 맑고 투명하게 세척하는 시간입니다. 관세음보살, 나무아미타불을 불러야 기도가 되는 것은 아닙니다. 아무런 잡념 없이 간절한 마음으로, 맑은 마음으로 그렇게 자기 자신을 들여다보세요. 시들해졌던 삶에 생기가 생길 것입니다.

가치 의식이 뒤바뀌고 사람의 선 자리가 위태로워져 가고 있는 험난한 세상에서 원願을 세우지 않으면 흔들립니다. 그 어떤 어려운 환경에 처하더라도 원을 제대로 세우면 그 어려움을 뚫고 헤쳐 나갈 지혜와 용기가 생깁니다. 추상적이고 관념적인 원이 아니라 구체적인 원을 세우세요. 그런 원을 통해서 우리가 한 걸음 한 걸음 인간의 길로 나아가게 됩니다.

모든 성인들의 가르침은 크게 두 가지로 요약할 수 있습니다. 첫째는 남을 도우라는 거예요. 남이 누구입니까? 크게 보면 또 다른 나예요. 나의 분신이에요. 그와 관계된 세계가 바로 그 사람을 이루고 있어요. 우리는 지금까지 살아오면서 남의 도움을 많이 받아 왔어요. 이제는 우리가 도울 차례예요. 그래서 불교에서는 보시를 제일의 바라밀이라고 하지 않습니까? 보시는 나누는 일이에요. 베푸는 일이 아니라, 나누는 일입니다.

만약 남을 도울 수 없다면 다른 사람에게 해를 끼치지 말아야 합니다. 처지가 안 되어서, 마음이 열리지 않아서 남을 도울 수 없다면 최소한 해는 끼치지 말아야 돼요.

꼭 물질적인 것만 나눈다고 생각하지 마세요. 따뜻한 말 한마디도 나눌 수 있어요. 우선 마음이 가야 돼요. 마음이 가야 물질이 따라가지, 마음이 열리지 않은 상태에서 어떻게 물질이 따라갑니까?

남을 도우면 도움을 주는 쪽이나 받는 쪽이나 다 같이 충만해집니다. 경험해 보았잖아요? 받을 때보다 줄 때 훨씬 더 뿌듯해집니다. 나눔이란 그런 거예요. 좋은 일이기 때문에 그래요.

＊

　우리는 하루에도 여러 번 거울을 들여다봅니다. 여기 오실 때도 거울을 몇 번이나 들여다보았을 거예요. 좋은 일입니다. 여기에 더해서 그 얼굴의 실체인 자기 내면의 얼굴도 들여다보세요. 거울에 나타난 그 얼굴은 가짜예요. 그건 내 진짜 얼굴이 아닙니다. 거울에 나타나지 않는 속 얼굴도 들여다볼 수 있어야 돼요.

　문단속은 잘하면서 마음 단속을 까맣게 잊어버려서는 안 됩니다. 내가 내 인생을 순간순간 어떻게 맞이하고 있는가, 늘 반성해야 돼요.

　인생은 우리에게 주어진 행운이라고 했습니다. 우리가 지금 살아 있다는 사실 자체가 큰 축복이에요. 나에게 주어진 한정된 시간과 기운을 지금 내가 어떻게 소모하고 있는가, 밝은 쪽으로 쓰고 있는지 어두운 쪽으로 쓰고 있는지, 화내는 쪽으로 쓰고 있는지 웃는 쪽으로 쓰고 있는지 살펴야 됩니다. 시간은 무한정하지 않습니다. 또 에너지를, 체력을 지금 내가 어떻게 소모하고 있는가, 오늘 만난 이웃을 내가 어떻게 대했는가, 이것도 살펴야 됩니다.

　시간의 잔고에는 노소가 따로 없습니다. 남은 시간은 아무도 모릅니다. 한 번 지나간 시간은 되돌릴 수 없습니다. 자기 인생의 마지막 날인 것처럼 살 수 있어야 돼요. 내 인생이 오늘 끝난다고 상상해 보세요. 한순간인들 헛되이 보낼 수 있겠어요? 주어진 인생을 헛되게 소모해서는 안 됩니다. 정신 바짝 차리고 감사한 마음으로 사람답게 살 수 있어야 돼요.

하루하루 충만한 삶을 살도록 늘 깨어 있어야 합니다. 무슨 일이든 내일로 미루지 마세요. 내일은 없어요. 늘 오늘이고 지금이에요. 오늘 저를 만난 인연으로 혹시 그동안 소원했던 친구나 이웃이 있다면 오늘 가서 마음을 푸세요. 그러면 좋은 날이 됩니다. 그동안의 묵은 빚을 오늘 갚으리라, 이렇게 마음먹고 풀어 버리세요. 그래야 내일이 좋은 날이 돼요. 그런 각오로 하루하루를 사세요. 그러면 하루하루가 새롭습니다.

지금의
업과 인연은

반드시

내일의
결과로 이어진다

　　날씨가 이렇게 좋은데 단풍 구경 가지 않고 절에 이렇게 와
주셨습니다. 그래도 아직은 봄에 꽃구경하고 가을에는 단풍 구
경 갈 수 있다는 마음의 여유가 있어서 다행입니다. 세상살이에
바쁘고 정신없어서 꽃구경에도, 단풍 구경에도 마음을 내지 못
하는 경우가 허다합니다.
　　계절은 질서에 따라서 어김없이 이렇게 오고 가는데, 사람
의 일은 예측할 수가 없습니다. 미국에서 엄청난 테러 사건이 일
어나는 등 세상이 얼마나 거칠고 어지럽습니까? 이게 다 사람이

만들어 놓은 일입니다. 유독 가스를 누가 만들었습니까? 사람이 사람을 해치기 위해서 만든 겁니다. 그것도 후진국에서 만든 게 아니라 선진국에서 만들었어요. 그것이 우리 자신을 위협하고 있어요. 사람이 사는 일에 대해서 거듭거듭 생각해야 됩니다.

전에 제가 서울 나왔을 때 전시회에 다녀왔어요. 우리 길상사 마당의 관음상을 만들어 주신 최종태 선생님이 칠순을 맞아 기념 전시회를 열었는데, 거기에 다녀왔습니다. 오랜만에 최 화백을 뵙고 이야기를 나누었는데, 최 화백 말씀이 지난 20세기 100년 동안 세계 미술사에서 아주 주목할 만한 현상이 있었대요. 무엇인가 하면, 그림에서 인간과 자연의 형상이 사라졌대요. 지난 100년 동안 예술가들이 인체는 그렸지만 인간을 그리지는 않았다는 겁니다. 하나의 도구처럼 인체는 다루면서도 인간을 다루지 않은 거예요. 또 자연의 형상도 다루지 않았대요. 물론 자코메티 등의 소수 예술가들이 인간을 다루었지만, 대부분의 예술가들이 자기의 작품 세계에서 인간과 자연을 소외시켰다는 겁니다. 거리의 풍경만을 그린 화가가 있다고 합니다. 그런데 이분 그림에도 집과 거리만 나타나지 거기에 사람이 등장하지 않는대요. 예전 우리의 동양화도 그렇고 서양화에서도 자연과 사람이 어울리고 있었어요. 거리를 그릴 때도 사람이 있어야 됐어요. 그런데 이제는 집과 거리만 있지 사람이 없다는 거예요.

저는 이 말을 듣고 깜짝 놀랐습니다. 이것은 심상치 않은 일이에요. 아름다움을 추구하는 예술가들이 인간과 자연을 도외시했다는 것은 작지 않은 충격입니다. 무엇인가 어떤 암시를 하고 있는 거예요. 아마도 이런 현상은 지금 우리가 살아가고 있는 이 세상을 단적으로 상징하는 모습이 아닐까 생각합니다.

•

사람은 홀로 사는 존재가 아닙니다. 가끔 저를 만나는 신도님들께서 스님은 혼자서 어떻게 사느냐고 묻는데, 저는 혼자 살지 않습니다. 제가 외떨어져서 혼자 살지만, 거기에 많은 이웃들이 있어요. 또 여러분과도 이처럼 관계를 맺고 있지 않습니까?

사람은 혼자 살지 않습니다. 한때 시간적으로나 공간적으로 떨어져 있다고 해서 홀로 사는 것은 아닙니다. 무수한 관계 속에서 서로 주고받으면서 살아요. 사람 인人 한자를 보세요. 서로 의지해 있습니다. 어느 한쪽만 가지고는 서 있을 수 없어요. 존재할 수 없습니다. 사람 인자가 상징하듯이 사람은 서로 의지하고 기대며 살아가는 그런 존재입니다.

또 사람은 홀로 있지 않고 흙과 물과 바람, 나무와 새와 짐승 등 수많은 생물들과 함께 어울려서 커다란 생명의 흐름을 이루고 있습니다. 우주 만물 가운데 하나가 사람이에요. 그 만물과 함께 커다란 생명의 흐름을 이루며 살아가고 있습니다.

그런데 근래의 과학은 어떤 한 부분에만 집착한 나머지 전체를 망각해요. 부분에만 집착해서 전체를 망각하는 이런 맹점과 맹목 때문에 서로 의지하면서 살아가는 공생공존의 틀이 깨져 있습니다. 농경 사회에서는 공생공존을 해 왔습니다. 산업 사회와 기술 사회에 이르러 그 틀이 깨졌어요. 그래서 오늘과 같은 생명의 위기를 불러일으킨 겁니다.

이처럼 균형과 조화로 이루어진 생명의 흐름을 무너뜨린 결과, 거친 폭력의 시대가 도래한 것입니다. 이기적으로 자신만 알고 남을 받아들이려 하지 않습니다. 성급하고 조급해서 참고 기다릴 줄을 몰라요. 뜸도 들이기 전에 즉석에서 해결하려고 합니다. 교통사고도 그렇고, 급증하는 이혼율도 그래요. 참고 기다릴 줄을 모르기 때문입니다. 복잡 미묘한 관계 속에서 어떻게 문제를 곧바로 해결할 수 있어요?

게다가 가상 세계가 현실 세계로 이어지고 있습니다. 뉴스를 통해서 익히 들어 보셨겠지만, 컴퓨터 게임에 열중하던 사람이 번번이 패배하자 화가 나서 상대방을 찾아가 폭력을 휘두른 일도 있었습니다. 이 일의 당사자는 어린이가 아닙니다. 30대예요. 또 한 고등학생은 평소 자신을 괴롭히던 같은 반 급우를 수업 중에 살해했습니다. 일을 저지른 이는 인터넷을 통해서 폭력

영화를 40편인가 봤다고 하잖아요. 그런 거친 영상을 보는 과정에서 폭력에 대한 업이 자기 몸에 배는 거예요.

보고 듣는 것을 통해 우리 자신에게 어떤 씨를 심게 됩니다. 좋은 일을 보게 되면 좋은 씨를 심는 것이고, 나쁘거나 어두운 일을 보게 되면 우리도 모르게 우리의 심성에 어두운 씨앗을 심게 돼요.

극장가에서도 폭력물이 큰 흥행을 하고 있다지 않습니까? 그런 영화들이 크게 흥행한 그 결과를 생각해야 돼요. 우리 정서에 미치는 영향을 생각해야 됩니다. 평소 폭력에 억압된 사람들은 그런 영화를 통해 대리만족을 느끼고 배설의 쾌감을 느낄지 모르지만, 결국에는 우리 정서에 나쁜 영향을 미치게 됩니다. 신문과 방송을 통해서도 자꾸 좋지 않은 것을 접하게 되면 그것이 우리의 심성에 필름으로 찍혀요. 그래서 언젠가는 그것이 재현됩니다. 이런 점을 생각해야 돼요.

우리가 보고 듣고 말하고 생각하고 행동하는 것이 업이 됩니다. 치고받고 쓰러뜨리고 짓밟고 죽고 죽이는 장면을 즐기게 되면 그 장면들이 우리 기억의 필름에 남아서 잠재의식을 형성합니다. 우리의 마음 밭에 그와 같은 씨앗을 뿌리는 거예요. 이 씨앗이 어떤 상황을 만나게 되면 예상치 못한 끔찍한 결과를 가져오게 됩니다. 이것이 업의 파장이고 흐름입니다.

얼마 전의 미국 테러 사건을 보세요. 그것은 이슬람 폭력 집단만의 일이 아닙니다. 컴퓨터, 소설, 영화를 통해서 때려 부수고 불 지르고 파괴하는 업을 우리는 일찍부터 익혀 왔어요. 미국에서 만드는 할리우드 영화들이 어때요? 폭력물이 얼마나 많습니까? 테러 집단들이 거기서 배운 것이고, 그런 폭력이 그동안 업으로 쌓인 거예요. 테러 집단만의 문제가 아닙니다. 우리도 그런 영상을 자꾸 접하다 보면 우리 잠재의식에 그런 기억들이 쌓이게 됩니다. 그래서 우리가 거칠어져요. 말씨도, 행동도 거칠어지고, 폭력적인 시대의 공기를 형성하게 됩니다. 업이란 그런 것이에요.

그리고 미국 테러 사건과 같은 일은 하루아침에 일어나는 것이 아닙니다. 쌓이고 쌓인 응어리가 폭발한 거예요. 이스라엘은 팔레스타인을 비롯한 아랍 세력과 갈등을 겪고 있지 않습니까? 그런데 미국 정치와 경제를 뒤에서 주무르는 사람들이 거의 유태인이에요. 그러다 보니 미국은 유태인들, 이스라엘 편을 듭니다. 그러니 아랍 사람들이 쌓인 게 얼마나 많겠어요? 그런 응어리와 앙심이 업이 되어서 이런 사건이 터진 거예요.

업이란 그런 겁니다. 우리가 순간순간 하루하루를 살아가면서 보고 듣고 말하고 생각하고 행동하는 것은 당장 그것으로 끝나는 것이 아니라 업으로 쌓여서 나의 삶에, 우리가 속한 공동체에 직간접적으로 영향을 미친다는 사실을 명심해야 됩니다. 말 한마디, 행동 하나는 그것으로 그치지 않고 반드시 어떤 결과로 이어진다는 것을 생각해야 돼요.

•

얼마 전 한 대학 교수가 쓴 글에서 읽은 내용입니다. 그 대학 교수가 가르치는 1학년 남학생이 같은 과 여학생을 열렬히 사랑했대요. 처음에는 여학생이 새침하게 대해서 남학생의 애가 달았나 봅니다. 그러다가 시간이 지난 뒤에는 서로 좋아서 캠퍼스 안에서도 팔짱을 끼고 다니고 그랬는데, 그 모습을 교수가 보았어요. 흔히들 캠퍼스 커플이라고 하잖아요. 그런데 한 학기를 채우기도 전에 그 여학생이 다른 남자를 좋아해서 그 남학생을 버리고 떠났대요. 차인 거죠. 그렇게 열렬히 좋아하던 여자가 자신을 버리고 다른 남자와 좋아 지내니 얼마나 상처가 컸겠어요? 견디다 못해서 자기 선생한테 자기를 좀 구해 달라는 내용의 편지를 보냈다고 해요. 실연의 아픔을 겪어 본 사람은 다 아실 겁니다.

그런데 그 남학생의 어머니가 마침 그 교수와 여학교 시절 친구였다고 합니다. 어느 날 그 교수한테 남학생의 어머니가 이메일을 보냈어요. 그 내용이 이래요. '실연당한 자식을 보는 게 이렇게 괴로운 줄 몰랐단다. 자기 싫다고 떠난 애를 못 잊어서 밤잠을 설치고 끼니를 거르는 자식이 너무 밉고, 그러면서도 어미 앞에서 짐짓 아무렇지도 않은 듯 떠드는 모습을 보면 너무나 마음이 아프다. 사랑을 버린 죄에 대한 벌이 이렇게 혹독할 줄 미처 몰랐다.' 도대체 무슨 뜻일까요?

그 남학생의 어머니는 지금의 남편과 결혼하기 전에 민주화 운동을 하던 남학생과 뜨거운 연애를 했대요. 사랑이 아니라 연애예요. 연애라는 건 언제 변할 줄 모르니까. 연애戀愛의 연戀에서 부수[心]만 바뀌면 변할 변變으로 돌변해서 변애變愛가 되잖아요. 아무튼 당시 민주화 운동을 하던 한 남학생과 열렬히 사랑해서 온 학교 학생이 다 알 정도였다고 해요. 그런데 그 어머니는 졸업과 동시에 오랫동안 사귄 남자를 버리고 소위 조건이 좋은 현재의 남편과 결혼하게 되었대요. 흔히 있는 일이죠. 버림받은 그 남자는 상처가 너무 깊어서 자살 소동까지 벌였대요. 그런데 놀라운 사실은 알고 보니 자기 아들이 목숨 걸고 좋아한 같은 과 여자아이가 바로 그 어머니로부터 버림받고 유학을 떠나서 소식이 끊겼던 예전 그 남자의 딸이었던 거예요. 이게 인생입니다. 그래서 인간사를 드라마라고 하잖아요. 이게 업의 파장이고 고리입니다.

세상에 일어나고 있는 대부분의 일이 그 이면을 보면 어떤 인과관계의 고리로 이어져 있어요. 업
을 지으면 그 대가를 나만 받는 것이
아니라, 내 자식에게까지 업의 파장
이 미칩니다. 이게 문제입니다. 내가
지은 업의 대가를 나만 받으면 되는데, 내 자식
에게까지 이어질 수 있어요. 자식은 나의 분신이니까.

　　세상에서 일어나고 있는 온갖 사건과 사고는 인과관계의
고리로 이어져 있습니다. 한심한 정치인들 보세요. 국민의 세금
으로 떵떵거리며 위세나 떨치고 다니고, 또 동쪽이다, 서쪽이다
편을 갈라서 국민들한테 얼마나 많은 상처를 입힙니까? 이러한
일은 지금 시작된 게 아닐 겁니다. 조선조 당쟁 때 출발했던 그
후예들일 거예요. 그런 인자들이 남아서 지금까지 우리 선량한
국민들을 괴롭히는 겁니다. 미국의 테러도 그런 인과관계의 결
과입니다. 이스라엘만 편드는 미국에 대한 원한이 쌓이고 쌓여
서 그런 식으로 폭발한 겁니다.

　　'나쁜 짓 하지 말고 착한 일 두루 행해서 그 마음을 맑게 가
지라. 이것이 모든 성현의 가르침이다.'라는 말이 있습니다. 업
을 짓지 말라는 뜻입니다. 그것이 모든 성현의 가르침이라는 거
예요.

　　폭력과 인간 부재의 시대에 우리가 사람답게 살아가려면

인과의 도리를 알아야 됩니다. 나쁜 짓을 하는 사람은 인과의 도리를 몰라서 그런 거예요. 당장의 일이 전부인 줄 알고, 눈앞의 현상으로 끝나는 줄 알고 남에게 피해를 입히는 겁니다.

아까도 얘기했듯, 우리가 보고 듣고 말하고 생각하는 것이 업이 됩니다. 업은 그것으로 끝나지 않고 이 다음의 어떤 결과를 낳는 모태, 씨앗이 됩니다. 오늘 하루 내가 어떤 업을 지었는가에 따라 내일의 나 자신이 만들어지는 겁니다. 또 오늘 내가 이렇게 있는 것은 지금까지 쌓아 온 업의 연장이에요.

•

끝으로 이야기 하나를 들려 드리겠습니다. 맑고 향기롭게 모임에서 도움을 주는 기관 중에 대비양로원이라고 있어요. 거리에 계신 노인들, 거두어 줄 자식도 없이 완전히 버려진 노인들, 그리고 치매 기운이 있는 노인들이 있는 곳입니다. 저도 최근에 들어서 알게 되었는데, 5년 전에 양로원에 들어온 할머니 한 분에 대한 이야기입니다.

이 할머니는 열일곱 살에 결혼을 했대요. 그런데 아이를 못 낳는다고 해서 20대 중반에 소박을 맞았습니다. 옛날에는 유교적인 풍습이 강해서 아이를 못 낳으면 죄인이 돼요. 쫓겨나면서 위자료도 못 받습니다. 그래서 살아가기가 막막하니까 집을 나

150

오면서 돈을 훔쳤대요. 경제적으로 여유가 있는 집안이었던가 봐요. 이 할머니는 소박을 맞고 쫓겨나기는 했지만 돈을 훔쳐 나온 그 일 때문에 늘 마음의 가책을 갖고 있었나 봅니다. 그러다가 5년 전에 이 할머니가 양로원으로 들어오게 되었어요.

그러던 중 1년 전에 할아버지 한 분이 양로원에 새로 들어왔어요. 그런데 그 할아버지가 그 할머니의 예전 남편이더래요. 얼마나 놀랐겠어요? 다행인지 불행인지 할아버지는 치매에 걸려서 할머니를 못 알아봤어요. 그렇지만 할머니는 할아버지와 마주치는 걸 아주 싫어했어요. 마음의 상처가 깊어서 그랬을 거예요. 또 살아온 과정이 순탄치 않았기 때문에 그랬을 겁니다.

그러다가 얼마 전에 할아버지가 돌아가시게 되었어요. 할머니와 할아버지의 사정을 아는 주변 분들이 마지막 가는 길에 풀 것은 풀어야 되지 않느냐고, 만나서 이야기라도 해 보라고 권했대요. 그래서 할머니가 할아버지를 만나러 갔어요. 그때 마침 돌아가시기 직전에 할아버지가 정신이 들어서 할머니를 알아보더래요. 할머니가 그동안 미안하게 되었다고 사과를 했대요. 그리고 할아버지는 자신의 마지막을 지켜 주어서 고맙다고 하더래요.

한 번 만난 사람은 언젠가 다시 만나게 됩니다. 이것으로 끝인 것 같지만, 언젠가 다시 만나게 돼요. 외나무다리가 되었건 양로원이 되었건 다시 만나게 됩니다. 그러니 당장을 끝이라고 생각하지 마세요. 이것이 세상 인연의 끄나풀이에요.

하루하루 살아가는 동안 쌓아 가는 관계 속에서 마땅치 않고 좋지 않은 관계는 개선해야 됩니다. 현재의 나를 위해서, 이다음의 나를 위해서 그렇게 해야 됩니다. 순간순간 우리는 늘 그런 상황에 맞닥뜨립니다. 그때마다 당장의 현상만 생각하지 말고 이다음에 찾아올 것을 예상해야 됩니다.

하루하루 살아가는 동안 좋은 인연 맺기를 바랍니다. 제 얘기는 그만 마치겠습니다. 건강하십시오.

생태계와　지구의

미래를　생각하다

대지는

다음
생의

내가 살아갈 공간

살 만큼 살다가

돌아가

의지할 곳이
어디인가

그동안 별고 없으셨습니까? 더위와 폭우, 게릴라성 집중 호우에 별일 없었기를 바랍니다. 제가 사는 곳에도 비가 많이 왔습니다. 골짜기의 반석이 물에 씻겨서 드러날 정도로 그렇게 비가 왔습니다.

휴가들 잘 다녀오셨어요? 휴가 다녀오신 불들, 손 한번 들어 보세요. 쓰레기들은 어떻게 하고 오셨어요? 양심적으로 얘기해 보세요. 아직도 평균적인 한국인의 자질은 수준이 낮은 편입니다. 강물마다 온갖 쓰레기로 뒤덮인 모습을 보는데, 이것이 우리 한국인의 현주소예요. 우리 한 사람 한 사람의 생활 모습이고 우리의 속 얼굴이에요. 우리가 월드컵 4강에 진출하고 설령 우승을 했다 하더라도 쓰레기 하나 제대로 건사하지 못한다면 부끄러운 일입니다.

제가 사는 산골짜기에도 개울가에 가 보면 온갖 쓰레기가 산더미예요. 비가 와서 개울물이 불어나니까 그것들이 여기저기 흩어져서 볼 수가 없어요. 도로변에는 쓰레기를 실어 가는 차가 있고 환경미화원들이 있지만, 산골짜기의 쓰레기는 누가 치우지도, 실어 가지도 않습니다. 누가 그 쓰레기들을 치웁니까? 그래서 집중 호우가 필요한 거예요. 홍수가 아니면 그 쓰레기들을 치울 길이 없어요.

지금 세계 곳곳은 물난리로 야단입니다. 일부 지역에서는 가뭄에 시달리고 있습니다. 이것을 흔히 기상 이변이라고 그래요. 그런데 기상 이변이라는 말을 오해해서는 안 됩니다. 기상 자체에 이변이 일어났다는 것은 그 배후에 그렇게 만든 범인들이 있는 거예요. 그 범인들이란 바로 세계 시민들입니다.

기상학자들 말에 의하면 여러 가지 오염 물질이 뒤섞여서 구름을 만든다고 합니다. 이 구름층 때문에 햇빛이 제대로 비치질 못한대요. 그래서 대지와 해수면이 비정상적으로 냉각된다고 합니다. 반면에 그 구름층 위는 아주 덥대요. 햇빛이 그 구름층 때문에 아래로 내려오지 못하니까 그 위는 굉장히 덥다는 거예요. 따라서 비정상적으로 냉각되고 비정상적으로 뜨거워지는 이런 현상이 어떤 지역에 비구름을 형성해서 신경질적으로 게릴라성 집중 호우로 쏟아붓는 거예요. 또 이런 구름층의 부조화로 인해서 일부 지역에서는 극심한 가뭄에 시달리고 있습니다. 옥수수를 생산하는 미국의 중부 지방에 혹심한 가뭄이 들어서 곡물 가격이 오를 거라는 전망도 나오고 있습니다.

　휴가철에 도로를 다니신 분들은 아시겠지만, 고속도로나 국도 가릴 것 없이 주말만 되면 차들로 꽉 막혀서 평소 두세 시간이면 갈 거리가 열 시간 이상 걸리기도 합니다. 거의 주차장이에요. 그 많은 차들이 내뿜는 배기가스가 어디로 갑니까? 이게 집중 호우를 만들어요. 아까 얘기했듯이 배기가스가 구름층을 형성해서 이상 냉각과 이상 고압 현상을 유발하는 겁니다. 결국 기상 이변은 자연재해가 아닙니다. 사람이 만들어 내는 재앙이에요.

　미국은 전 세계 이산화탄소 배출량의 28퍼센트를 차지하고 있어요. 미국이 이 지구상에 있는 자원을 제일 많이 낭비하고 있는 겁니다. 교토 의정서라는 것이 있습니다. 지구 온난화를 억제하기 위해서 세계 각국의 온실가스 배출량을 의무적으로 조절하자는 국제적인 조약이에요. 그런데 부시 행정부 들어 미국은 자국의 산업을 보호한다는 명목으로 2001년 3월에 탈퇴했습니다. 국제적인 비난이 거셌죠. 요즘 닥치고 있는 유럽의 홍수가 미국의 책임이라고 항의하는 사람들도 있어요. 기상 이변을 불러온 장본인이 바로 미국이라는 거예요.

남의 나라 일은 그만두고, 우리나라 강산을 한번 봅시다. 산이건 들녘이건 강변이건 다 파헤쳐 놓았어요. 또 온갖 산맥을 다 끊어 놓았습니다. 어찌나 무지막지하게 자연을 허물었는지 공기와 물의 순환이 순조롭지 않아요. 부드럽게 감돌아야 할 물과 공기가 깎아 놓은 벼랑 때문에 큰 이변을 일으켜요. 자연이란 무엇입니까? 커다란 생명체입니다. 길을 낸다고, 건물을 짓는다고 그렇게 토막토막 난도질을 해 놓으니 이 생명체가 어떻게 살아납니까? 사람은 자연이라는 커다란 생명체의 한 지체입니다. 자연이 병들면 그 지체인 사람도 온전할 수 없습니다.

옛날에 괭이나 삽을 쓸 때는 피해가 그리 크지 않았습니다. 요새는 중장비가 발달해서 산을 완전히 톱질해 놓은 것처럼 깎아 없애요. 듣자 하니, 어떤 비결祕訣에 그런 내용이 나온대요. 뿔이 하나 달린 짐승인 일각수一角獸가 나와서 온 나라를 막 파헤쳐 버린대요. 이것이 포클레인 아니겠습니까? 중장비가 들어와서 국토 어느 곳 할 것 없이 다 깔아뭉개잖아요. 이것은 자연 재해가 아니라, 인간 스스로 저질러 놓은 재앙이에요. 자업자득

160

입니다.

　자연은 그 나름의 질서를 지니고 있습니다. 스스로 정화하는 자정 능력도 가지고 있어요. 그런데 기술 문명이 이와 같은 자연의 질서와 능력을 파괴하고 있습니다. 문명은, 한마디로 말하자면, 독약입니다. 정신적인 독약이에요. 문명은 사람의 손으로 일구어 놓은 겁니다. 자연은 원래 있는 그대로의 모습이에요. 현대 과학 기술 문명의 문제점은 환경 오염과 생태계 파괴에 있습니다. 그리고 정보 과학 기술의 발전은 전통적인 세계관을 허물고 문화의 혼란을 가져옵니다. 이런 세태에 살기 때문에 돈과 권력, 육체적 향락, 경제 부흥만을 최고의 가치로 여겨요. 우리 귀에 못이 박히도록 날아드는 각종 비리와 부정부패는 이런 데 그 뿌리를 두고 있습니다. 우리 사회를 끝없이 시끄럽게 하고 짜증스럽게 하는 요인이 바로 이런 데 있습니다.

　사람들이 기계에 의존하는 습관을 들이면서부터 마침내는 기계가 내리는 결정을 사람들이 받아들이지 않을 수 없도록 되었어요. 오늘날 세태가 그렇습니다. 기계를 누가 만들었습니까? 사람입니다. 사람의 머리와 손으로 만들었는데, 거기에 의존하다 보니까 이제는 기계가 명령하는 대로 사람이 종노릇을 해요. 컴퓨터 없이는 세상이 움직이지 못하잖아요. 우리는 지금 컴퓨터의 지시에 따라서 움직이는 로봇형 인간이 되어 가고 있어요.

기계는 만능이 아닙니다. 불시에 고장을 일으킵니다. 컴퓨터도 바이러스에 감염되어서 망가진다고 하지 않습니까? 이때 사람들은 당황해서 일손을 놓아요. 이것이 문명사회의 한계이고 실상입니다.

살면서 전기와 전화, 수도, 가스가 중단된다고 가정해 보세요. 그것은 다 기술 문명이 낳은 연장들입니다. 여기에 우리가 길들여졌기 때문에 그것들 없이는 불편해서 살아갈 수가 없어요. 수도 끊어지면, 똥도 제대로 못 누어요. 평소에 전기와 수도에 의존하지 않고 자연에 가까이 살면 전기가 끊어지건 전화가 소통이 안 되건 수돗물과 가스가 안 나오건 문제가 안 됩니다. 하지만 우리가 그런 것에 길들여져 있기에 거기에서 옴짝 못하고 벗어날 길이 없어요. 원래 그런 것이 없을 때 우리는 얼마든지 살았는데, 거기에 중독되어 벗어날 기약이 없는 거예요. 오늘날 우리는 그런 상황에서 살고 있습니다.

『장자』에는 내편과 외편이 있습니다. 주로 내편을 중시하고 외편은 후기에 집약해서 편집한 것이라고 별로 중요시하지 않는데, 외편에 좋은 내용이 많습니다. 『장자』 외편 「천지」라는 부분에 보면 이런 이야기가 실려 있습니다. 한 노인이 밭을 일구어요. 항아리를 가지고 우물에 가서 물을 길어다가 도랑에 쏟아요. 종일 일을 해도 능률이 안 오릅니다. 그때 마침 나그네가 지나가다가 그 광경을 보고 노인한테 얘기합니다. "노인장, 왜 양수기를 이용하지 않으십니까? 양수기를 이용하면 쉬울 텐데, 왜 그렇게 땀을 흘리면서 비능률적으로 일하고 계십니까?" 노인이 대답해요. "양수기를 이용하면 편리하다는 것쯤 나도 익히 알고 있소. 그러나 한번 기계에 맛들이기 시작하면 그 기계에서 벗어날 수가 없소. 기계가 있으면 그에 따라 기계의 일이 있고, 기계의 일이 있으면 반드시 기계의 마음이 있소. 기계가 내 마음속에 들어오면 순박함을 잃게 되고, 순박하지 못하면 정신이 안정을 이루지 못합니다. 정신이 불안정하면 사람의 도리를 제대로 지킬 수 없는 것이오. 나는 기계의 편리함을 모르는 것이 아니라, 스스로 그것을 쓰지 않고 있을 뿐이오."

'기계의 일'을 한문으로 기사機事라고 합니다. 이것은 고장과 사고를 뜻해요. '기계의 마음'은 기심機心. 이 이야기에는 여러 가지 상징적인 의미가 있습니다. 기계의 일, 기계의 마음, 순박함을 잃다, 사람의 도리를 다할 수 없게 되다……. 기계는 사람이 만든 문명의 편리한 도구이지만 거기에 너무 의존하다 보면, 기계의 일과 기계의 마음이 우리 안에 들어와서 우리로 하여금 꼼짝 못하게 만든다는 겁니다.

마하트마 간디는 이런 말을 했습니다. '오늘날 수많은 사람들이 자신들의 손을 더 이상 손으로 사용하지 않게 된 것은 가장 큰 비극이다. 손은 신이 우리에게 준 귀중한 선물이다. 기계에 대한 열광이 지속된다면 마침내 우리는 너무나 무능력하고 나약해질 수밖에 없다. 그래서 우리에게 주어진 그 고마운 생명의 손을 잊어버리게 되는 것을 저주하게 될 날이 올 것이다.' 이 고마운 손, 신이, 자연이 우리에게 준 손이 제구실을 못하도록 머리로만 살려고 하는 현대인에게 보내는 경종입니다.

머리와 기계로만 사는 현대인은 허약합니다. 대지에 뿌리를 내리고 있지 않습니다. 지극히 관념적인 인간이 됩니다. 우리가 의지해 살아가는 이 대지는 단순한 흙뭉치가 아닙니다. 우리가 밟고 다니고, 우리가 집을 짓고, 또 씨앗을 뿌려서 곡식을 거두는 이 대지는 단순한 흙더미가 아닙니다. 흙과 식물과 동물이 서로 주고받는 조화로운 순환이 있어요. 그런 조화로운 순환은 모든 살아 움직이는 것의 에너지의 원천입니다. 대지는 많은 식물과 동물이 한데 어울려서 서로 주고받으며 건강한 조화를 이루는, 막강한 에너지를 지니고 있는 세계입니다. 이와 같은 대지를 함부로 허물고 더럽힌다면 결국 사람이 지낼 곳이 없게 돼요.

우리나라의 경우에도 농토가 자꾸 줄어들어요. 수입 농산물이 싸니까, 농사일이 수지에 안 맞으니까 농경지를 침식해서 거기에 공장을 짓고 골프장을 만들고 별짓을 다 하지 않습니까? 몇 사람들 즐기기 위해서 말이에요. 이렇게 되면 식량이 어디서 나와요? 미국이나 중국처럼 넓은 땅을 차지하고 있는 사람들이 결국 식량을 무기화한다고요.

대지가 병들면 그 지체인 사람도 살 수 없습니다. 아까도 이야기했지만, 자연은 커다란 생명체예요. 어떤 생태학자의 표현을 빌리자면, 산은 하나의 커다란 나무와 같대요. 산을 허물면 나무 밑의 수맥이 다 흘러서 더 이상 나무가 살 수 없게 된답니다.

제가 오늘 말하고자 하는 요점은 생태 윤리입니다. 한 사람 한 사람이 대지의 건강을 위해서 자신의 의무를 깨닫고 실천하는 것, 이것이 생태 윤리예요. 윤리는 말보다는 실천에 그 의미가 있습니다. 순간순간의 작은 결정에 달려 있어요. 생태계를 보존하는 일은 어찌 보면 아주 간단합니다.

1970년대 새마을운동을 할 당시에 자연보호 운동도 활발했습니다. 그런데 이때 양심 있는 생태학자들은 사람이 자연을 보호한다는 건 말이 안 된다고 주장했어요. 힘 있는 대통령이 그러자 하니까 다들 그대로 따랐지만, 어떻게 사람이 자연을 보호해요? 우리가 할 수 있는 건 자연을 있는 그대로 보존하는 거예요. 자연을 보호한답시고 자연보호헌장도 만들고 했는데, 사실은 반자연적인 일을 얼마나 많이 했어요? 산속에 길을 내고 거기에 무슨 헌장 비를 세우고 그랬잖습니까? 그건 반자연적인 움직임이에요. 사람이 어떻게 자연을 보호해요? 단지 우리가 할 수 있는 건 있는 그대로 보존하는 거예요. 착각하거나 혼동해서는 안 됩니다.

생태계 보존의 요점은 단순합니다. 현재 우리가 사용하고 있는 자원은 우리 조상들이 남겨 놓은 유산이에요. 우리 조상들이 탕진하지 않고 후손들을 위해서 남겨 놓은 유산을 지금 우리가 받아서 쓰고 있는 겁니다. 우리 역시 이다음 세대의 필요를 생각해야 됩니다. 그렇다면 다음 세대가 누구입니까? 우리 자식이고 형제이며 우리의 내생이에요. 우리 조상이 우리에게 물려준 그 은혜를 받아서 쓰고 있듯이 우리 또한 미래 세대를 위해서 무언가 남겨 두어야 돼요. 앉은자리에서 싹쓸이하게 되면, 내일을 생각하지 않으면, 희망이 없어요. 미래가 없습니다.

지구로부터 얻은 물자를 소중히 다루는 것은 곧 지구 환경을 보살피고 돌보는 일입니다. 구체적으로 얘기하겠습니다. 누구나 새롭고 색다른 물건을 보면 갖고 싶은 충동을 일으켜요. 중도 마찬가지예요. 충동구매에는 반드시 후회가 따라요. 다 경험해 봐서 알 겁니다. 그래서 시장에 갈 때는 든든히 먹고 가라고 해요. 배가 고픈 채로 시장에 가면 이것저것 막 사먹고 사들이니까. 그 물건이 지금 우리에게 없어서는 안 될 만큼 꼭 필요한 것인지 아닌지 거듭 물어야 돼요.

대형 할인 매장을 조심하세요. 저도 그 덫에 걸려든 일이 있습니다. 거기에는 장바구니가 아니라 커다란 손수레가 우리를 기다리고 있습니다. 옛날에는 장에 갈 때 장바구니를 가져가서 담을 만큼 가져왔는데, 이제는 커다란 수레가 있어서 한두 개 사가지고는 성에 차지 않아서 가득 채우게 되잖아요. 서로 먼저 가지려고 눈에 쌍심지를 켜기도 해요.

저도 얼마 전에 그런 실수를 했어요. 시골에도 대형 매장 같은 게 있잖아요. 거기에 갔더니 중국에서 온 대나무 돗자리가 있어요. 사이즈가 내 침상에 올려놓으면 아주 알맞겠더라고요. 값도 1만 9,000원밖에 안 해요. 아, 이것 봐라. 그래서 덜컥 샀어요. 집에 와서 보니까 아주 잘 만들었어요. 또 우리 한국 제품에 비해서 헐해요. 그래서 엉겁결에 가져왔는데, 이게 2인용이에요. 나한테는 1인용이 필요한데. 그래서 접어서 침상에 놓았더니 꼭 맞아요. 그런데 사실은 없어도 되는 거예요. 싸다고 해서 순간적으로 충동을 느껴서 구매를 했다니까요. 그건 짐이에요, 짐. 순간적으로 한때만 생각해서 사들인 거예요. 생태 윤리 면에서 깊이 반성해야 됩니다.

우리가 자동차를 원하는 것은 그 자동차 자체를 소유하기 위해서가 아닙니다. 그 쇳덩이가 왜 필요해요? 다른 장소에 쾌적하고 쉽게 가기 위해서 필요해요. 그 값 비싼 자동차를 보고 그 자동차 주인의 사회적인 신분이나 부를 생각하기보다는 그 차가 일으키는 대기 오염과 환경 파괴를 먼저 생각해야 됩니다. 이것도 하나의 생태 윤리입니다.

저도 요새 와서 많이 반성합니다. 지금 타고 다니는 차가 7년 되었는데, 아직 건강해요. 그런데 오르막길에 가니까, 거기서 어떤 연민의 정이 느껴져요. 내 몸과 같이. 나도 가끔 밤에 자다가 1시쯤 되면 천식 기운이 도져서 밤잠을 설치고는 하는데, 이 놈도 한 7년 끌고 다니니까 오르막길에서는 헐떡거리고 RPM이 막 올라가고 그래요. 그래서 아, 이게 나와 같이 나이 드니까 이런 현상이 일어나는 건가 싶어요. 그래도 건강해서 아직도 끌고 다녀요. 이다음에 차를 바꾸게 되는 경우에는 반드시 소형차를 구해야 되겠구나, 이렇게 작정하고 있습니다.

배기량이 적을수록 우리 환경을 덜 오염시켜요. 그리고 우리보다 잘사는 북유럽 같은 데 보면 거의 다 소형차예요. 우리는 미국 영향을 받아서 다들 대형차를 선호합니다. 세울 데도 없어서 도시 뒷골목마다 주차하느라 시비가 붙고 싸우고 그러잖아요. 배기량이 적을수록 우리 환경을 덜 오염시킵니다.

광고에 속지 마세요. 소비를 부추기는 광고는 생태적 위협이에요. 광고를 볼 때 거기에 빨려들지 마십시오. 제정신 똑바로 차리고 멀리 내다봐야 돼요. 광고를 들여다보면 그 덫에 걸려요.

어떤 병균을 보듯이 멀리해야 됩니다. 그래야 광고의 바이러스가 우리한테 옮겨 오지 않습니다. 열 번 찍어 안 넘어가는 나무 없다고, 가까이하면 새 차가 나왔다, 무엇이 새로 나왔다고 하는 데 안 속을 사람이 없어요. 광고업자는 그걸 노리고 그 물건을 안 사면 뒤쳐진다고 그러잖아요. 속지 마세요. 광고는 멀리해야 돼요.

캐나다에서는 매년 1만 7,000헥타르의 원시림을 엄청난 광고가 실린 미국의 신문 용지를 대기 위해 벌목하고 있어요. 1헥타르가 얼마나 넓은지 우리나라 사람으로서는 감이 안 잡힐 겁니다. 그건 캐나다만이 아니에요. 인도네시아 등지의 처녀림이 그렇게 망가져 가고 있어요. 그래서 지구가 몇 년 안에 사막화될 거라는 이야기도 나오는 거예요.

우리가 받아 보는 신문 용지가 어디서 온 것인지도 헤아려 봐야 됩니다. 비슷비슷한 소식을 전하는, 한낱 물고 뜯고 사기치는 소식을 싣고 있는 그런 지겨움을 제공하는 신문은 한 부만 봐도 충분해요. 두세 부 볼 필요가 없습니다. 이것도 생태 윤리를 실천하는 거예요. 조그만 일 같지만 우리 생활 주변에서 하나하나 생태 윤리를 실천한다면 세상은 달라집니다. 또 그런 간절한 마음이, 이 지구와 대지를 살리려는 간절한 마음이 퍼져서 우주에 메아리를 전해요. 나 한 사람이 무슨 영향이 있을까 하는 생각은 마십시오. 그 한 사람의 생각이 중요합니다.

한 마음이 청정하면 온 법계를 청정하게 만들잖아요. 한 마음을 잘 쓰는 사람들의 영향으로 인해 인류 문화가 생성되고 꽃 피웁니다. 한 사람의 마음이 그런 영향을 끼치는 거예요. 그것은 꼭 성자들의 마음만이 아닙니다.

들자 하니 예뻐지기 위해서 요즘 성형 수술이 한창 유행이라고 신문에서 떠들어요. 자기 돈 가지고 자기 얼굴 뜯어고치겠다는데 왜 중이 잔소리를 하나 싶겠지만, 한마디 하겠습니다. 수술한다고 예뻐져요? 물론 성형 수술이 필요한 사람이 있어요. 교통사고를 당해서 코가 박살이 났다든지, 흉을 지운다든지 할 때는 필요해요. 그런데 말짱한 얼굴을 갖고서 어떤 배우의 눈과 코를 닮고 싶다고 보수 공사를 하잖아요. 사람은 저마다 자기 얼굴을 가지고 있습니다. 그것은 하루아침에 형성된 얼굴이 아니에요. 무수한 세월 속에서, 몇 생을 통해서 내가 만들어 놓은 내 얼굴이에요. 엄마 아빠 원망하지 마세요. 덜된 사람들은 부모가 반죽을 잘못해서 이런 작품을 만들었다고 탓하던데, 엄마 아빠 마음대로 작품을 만드는 것 아니잖아요? 자기가 이 세상에 나오고 싶어서 인연이 있는 그 집안, 그 어머니를 빌어서 이 세상에 나온 거예요. 고마운 집이에요.

얼굴은 하루아침에 이루어지지 않습니다. 주름은 삶의 자취이고 이력서예요. 인생의 연륜이 그 안에 고스란히 스며들어 있습니다. 이런 주름을 수술을 해서 인위적으로 없애려고 한다면 그 사람의 자취가, 과거가 소멸돼요.

지금은 돌아가신 어떤 할머니의 경우인데, 젊어서 수술을 많이 했어요. 그런데 말년에 이르러 잘 때 눈이 안 감겨서 눈을 뜨고 잔다네. 곁에서 자는 사람이 깜짝 놀란대요. 하도 여러 번 꿰매서 피부가 수축 작용을 한 거예요. 가끔 절에도 있더라고요. 내가 보기에는 아주 좋은 얼굴이고 좋은 눈매예요. 그런데 주름 없앤다고 다림이질을 잘못해서 영 딴 얼굴이 되었어요. 그런 데 속지 마세요. 사람은 자기 얼굴을 가져야 돼요. 아름다움에 무슨 표준이 있어요? 그 사람만이 지니고 있는 아름다움이 있습니다. 그런데 왜 돈 들여 가면서 자기 얼굴을 스스로 내던져요? 예뻐지고 싶으면 째고 꿰매고 할 것 없이 예쁜 마음으로 예쁜 짓을 하면 돼요. 예쁜 업을 지키면 됩니다.

아름다움은 자연스러움에 있습니다. 삶 자체가 자연스러워야 돼요. 그러면 어디에도 얽매이지 않습니다. 얼굴이나 몸매에도 얽매이지 않고, 가진 것이 많거나 적은 것에도 마음 쓰지 않습니다. 또 남과 비교하지도 않습니다. 꼭 필요한 것만 갖고 불필요한 것에 욕심을 부리지 않습니다. 최소한의 필요에 만족하고 허황된 욕심을 부리지 않습니다. 이게 가장 자연스럽게 사는 거예요. 아름다움은 이런 자연스러움에서 배어나옵니다.

결론적으로 말씀드리겠습니다. 우리가 건드리지 않고 있는 그대로를 보는 것이 많으면 많을수록 우리의 삶이 그만큼 건강해져요. 있는 그대로 두세요. 얼굴이 됐건 자연이 됐건 있는 그대로 두어야 됩니다. 자꾸 이리 뜯어고치고 저리 뜯어고치게 되면 원형이 없어져요. 본래 모습이 사라집니다.

자연은 있는 그대로의 궁극적인 존재예요. 신이 만들었다고 하지만, 누가 만들었건 그대로 있는 궁극적인 존재입니다.

우선 편리하다고 해서 문명의 연장에 지나치게 의존하게 되면 그 문명의 연장으로부터 반드시 상처를 입어요. 아까도 얘기했지만, 문명은 정신적인 독약입니다. 사람의 손으로 만들어 놓은 문명은 정신적인 독약이에요. 문명에서 온 질병은 문명으로는 고칠 수 없습니다. 자연만이 그 병을 치유할 수 있어요. 문명의 해독제는 자연밖에 없습니다.

흙과 나무와 풀과 새와 짐승을 가까이하십시오. 또 구름과 별과 달과 바람과 이슬을 보고 우주의 아름다움과 신비를 느껴 보십시오. 그리고 우리 안에 들어 있는 자연스러움을 함께 일깨울 수 있어야 됩니다. 우리가 살 만큼 살다가 돌아가 의지할 곳이 어디인지 가끔은 생각해 보아야 합니다.

남은 여름 더위에 건강들 하십시오. 오늘 말은 이만 마치겠습니다.

진달래가 진달래답게

피어나듯,

그대도 그대답게

피어나라

　온 천지에 꽃입니다. 풀과 나무들이 저마다 가꾸어 온 아름다운 속을 활짝 열어 보이고 있습니다. 철 따라서 꽃이 핀다는 것은 참으로 신비하고 고마운 일입니다. 제철이 와도 꽃이 피지 않는 세상을 한번 상상해 보세요. 얼마나 끔찍합니까?
　그러나 꽃은 하루아침에 피는 것이 아닙니다. 모진 추위와 뙤약볕을 견딘 그 결실로서 오늘 꽃을 피운 것입니다. 지난겨울에 얼마나 추웠습니까? 꽃망울이 많이 얼어서 봄이 와도 꽃을 피우지 못한 나무들이 적지 않은데, 지금 피어난 꽃들은 그 모진 추위를 이겨 낸 존재들입니다. 꽃을 대할 때 무심히 스쳐 지나지 말고 어떤 과정을 통해서 꽃이 이렇게 우리 앞에 활짝 문을 열었는지 한번 생각해 보시기 바랍니다.

모두들 입만 열면 경제 타령, 돈타령입니다. 꽃이 피었는지, 달이 떴는지 모르고 사는 사람들이 얼마나 많습니까? 사람이 무엇 때문에 살아요? 무엇을 위해서 삽니까? 돈만으로는 살 수 없습니다. 세태가 각박해서 아름다움에 대한 인식이 소멸되고 있어요. 아름다움을 느끼는 감각들이 약해지고, 무디어지고 있습니다. 우리 자신도 모르는 사이에 감성에 녹이 슬어 가고 있어요.

인간성이 소멸되어 간다, 감성이 사라져 간다고 하는데, 인간성과 감성은 어디에서 오는 걸까요? 자연과의 교감을 통해서 감성은 늘 새롭게 빛을 발하게 됩니다. 자연과의 교감이 단절되면, 감성에 녹이 슬고 인간성이 메말라 갑니다.

세상일에 휘말려서 우리 둘레에 꽃이 핀다는 사실을 당연한 것으로 생각하지 마세요. 꽃이 핀다는 건 신비로운 일입니다. 우주가 지니고 있는 가장 아름다운 모습을 활짝 열어 보이는 거예요. 꽃을 보면서 인간사에 대해서도 생각해야 돼요. 과연 내가 지니고 있는 아름답고 맑은 모습을 얼마만큼 꽃피우고 있는가, 나는 나를 활짝 열고 있는가. 꽃을 통해서 내 삶의 모습도 돌아볼 수 있어야 됩니다.

자연이란 무엇입니까? 인간을 포함한 모든 살아 있는 존재들이 의지해서 살아가는 원초적 터전이에요. 생명의 원천을 가까이하지 않으면 인간성이 소멸될 수밖에 없습니다. 인간의 감성이 무뎌질 수밖에요. 우리 둘레에 일어나는 변화를 우리 자신에게도 어떤 변화를 불러일으키라는 그런 소식으로 받아들일 수 있어야 됩니다.

•

봄에 꽃구경들 더러 가 보셨어요? 어디로 가셨어요? 요즘엔 매화를 보러 가는 매화 열차도 생겼다면서요? 좋은 현상이에요. 일에 바쁜 사람들은 한가해서 꽃구경 간다고 하겠지만, 좋은 사람들과 어울려 꽃구경 간다는 것, 진짜 꽃다운 일이에요.

그러나 꽃이 멀리 진해나 쌍계사 골짜기, 하동이나 구례에만 피어 있는 것은 아닙니다. 우리 가까이에도 피어 있어요. 꽃을 보러 멀리 가는 것도 꽃다운 일이지만, 바로 우리 곁에서 피어나는 꽃도 볼 줄 알아야 됩니다. 제철을 알고 아파트 베란다에도, 손바닥만 한 뜰과 돌층계 틈에서도 꽃이 피어나요. 그런 현상을 건성으로 스쳐 지나가지 마십시오. 유심히 들여다보세요. 꽃잎과 꽃순, 꽃받침이 어떤지 낱낱이 살필 줄 알아야 됩니다.

아름다운 세상은 먼 데 있지 않습니다. 우리 곁에 있어요. 우리가 볼 줄 모르고 가까이하지 않아서 그처럼 아름다운 세상을 놓치고 있습니다. 자연은 이렇게 마음껏 꽃을 피우는데 과연 우리 자신은, 자연 속에서 살고 있는 자연의 일부인 우리는 어떤 꽃을 피우고 있는지 거듭거듭 돌아볼 줄 알아야 됩니다. 때로는 그 꽃 앞에서 자신의 고민도 털어놓고 세상 살아가는 이야기도 나눌 줄 알아야 돼요. 그렇게 하면 훨씬 짐이 가벼워지고 꽃한테서 많은 위로와 가르침을 받게 될 것입니다.

어떤 사물을 가까이하면 그 사물을 닮게 됩니다. 산에서 살면 산을 닮고 강가에서 살면 강을 닮게 돼요. 꽃을 가까이하면 자신도 모르는 사이에 꽃 같은 인생을 살게 돼요. 이게 우주의 조화예요. 꽃이 무엇입니까? 자연의 가장 아름다운 얼굴입니다.

•

현재의 세상은 이 지구상에 현존하는 인류가 만들어 낸 결과예요. 개인이건 집단이건 사회건 국가건 여러 가지 일로 복잡하고 오염된 것은 현재를 살고 있는 사람들이 만들어 놓은 결과입니다. 좋은 생각을 쌓아 나가면 좋은 세상이 됩니다. 나쁜 생각을 하게 되면 서 있는 곳마다 나쁜 세상이 됩니다. 내 마음이 천당도 만들고 지옥도 만들어요.

얼마 전 교도소에서 복역 중인 한 젊은 불자한테서 편지를 받았습니다. 이분은 절도죄로 3년 형을 받고 고뇌하다가 스스로 목숨을 끊겠다고 마음먹고 기회를 엿보았대요. 그러다가 어떤 계기로 어느 날 한 생각을 돌이키게 되었다고 합니다. 그러자 자기가 몸담아 살고 있는 곳이 감옥이 아니라 국립 선원, 국가에서 세워 준 선방이라는 생각이 들더래요. 또 교도소의 엄한 규제와 제약도 그전에는 구속으로만 다가왔는데, 한 생각을 돌이키고 나서는 자신의 행복과 안전을 지켜 주는 부처님 법이라는 생각이 들었다고 해요. 이때부터는 하루하루가 그렇게 자유롭고 즐거울 수 없대요. 그것은 아주 귀한 체험입니다. 내 마음이 천당도 만들고 지옥도 만듭니다.

사람은 순간순간 자신이 지닌 생각대로, 마음먹은 대로 되어 갑니다. 이게 업의 연기緣起예요. 카르마karma의 연기. 우리가 어떤 생각을 지니고 순간을 사느냐에 의해서 어떤 사람이 되어 갑니다. 밝은 생각을 지니고 살면 밝은 사람이 되고, 어둡고 짜증스러운 생각을 지니게 되면 어둡고 짜증스러운 인간이 되는 거예요.

사람에게는 누구나 그 자신만이 지닌 특성이 있어요. 그것은 그 사람에게만 주어진 우주의 선물입니다. 어떤 처지에 있는 사람이라도, 아무리 못나고 불행한 사람이라도 그 사람만이 지니고 있는 특성이 있어요. 그것은 우주의 선물이고, 그 사람만이 지닐 수 있는 보물입니다.

그 특성을, 그 보물을 마음껏 발휘해서 이웃과 나누어 가질 수 있어야 됩니다. 그러기 위해서는 먼저 모든 것을 있는 그대로 받아들이는 긍정적인 사고방식이 받쳐 주어야 돼요. 긍정적으로 생각하면 하는 일마다 잘 풀립니다. 그러나 부정적으로 생각하면 될 일도 안 되고 하는 일마다 꼬여요. 모든 일을 긍정적으로 생각하는 사람에게는 고마움과 자신감이 따릅니다. 부정적으로 생각하는 사람은 늘 불만과 불안이 따릅니다.

제가 얼마 전에 일꾼들과 일을 할 기회가 있었습니다. 일이라는 것은 일하는 사람의 마음이 하는 것이에요. 손발은 그 마음에 따라서 움직이는 겁니다. 어떤 일꾼들한테 이렇게 해 보면 어떨까요, 라고 제안하면 선뜻 받아들이고 즐겁게 일을 해요. 그런데 어떤 일꾼들에게 그런 부탁을 하면 에이, 그런 건 안 됩니다, 라고 부정적으로 반응해요. 그러면 될 일도 안 되고 곁에서 보기에도 기분이 언짢아져요.

긍정적으로 받아들이고 확신을 가지면 결과가 긍정적이고 좋은 쪽으로 이루어집니다. 같은 상황에서도 부정적으로 생각하면 모든 것이 닫혀서 열리지 않아요. 이것이 세상 도리입니다. 우리의 생각이 우리 집안을 만들어요. 가족 한 사람 한 사람의 생각이 그 집안을 만들고 있습니다. 우리 한 사람 한 사람의 생각이 이 세상을 만들어 갑니다.

내가 지닌 특성을 묵혀 두어서는 안 됩니다. 자기에게 주어진 우주의 선물을 묵히지 마세요. 그것을 잘 활용할 수 있어야 돼요. 그러면 몇 곱으로 늘어납니다. 그래서 함께 살아가는 이웃에게 빛이 돼요.

•

풀과 나무는 모두 저마다 자기다운 꽃을 피우고 있습니다. 진달래는 진달래답게 피고, 벚꽃은 벚꽃답게 피어납니다. 강원도 산간에는 아직 진달래가 피지 않았지만 자작나무 속잎이 피어나고 있습니다. 아주 사랑스러워요. 여린 속잎이 피어나고 있는데, 꽃 못지않게 아름답고 사랑스럽습니다. 저는 아침저녁으로 자작나무 둘레를 맴돌면서 새로 피어난 속잎과 두런두런 이야기를 나누고는 합니다. 모두 저마다 자기답게 피어나고 있습니다. 그 풀이 지닌 특성과 그 나무가 지닌 특성을 마음껏 드러내면서 눈부신 조화를 이루고 있어요.

누구에게나 공평무사하게 똑같이 하루 스물네 시간이 주어져 있습니다. 그 스물네 시간을 우리가 어떻게 받아서 쓰느냐에 따라서 인생이 달라집니다. 이 우주가 무상으로 주는 시간이기에 돈으로는 살 수 없어요. 권력으로도 살 수가 없습니다. 이처럼 귀중한 우주의 선물을 지금 내가 어디에 쓰고 있는지 순간순간 스스로 물어야 됩니다. 우주의 선물을 지금 내가 어떻게 쓰고 있느냐? 긍정적으로 쓰고 있느냐, 아니면 부정적으로 쓰고 있느냐, 밝은 마음으로 쓰고 있느냐, 짜증스러운 마음으로 쓰고 있느냐, 선뜻 나서서 쓰고 있느냐, 마지못해 끌려가면서 쓰고 있느냐……. 스스로 점검을 해야 됩니다.

시간이라는 선물은 단 한 번밖에 주어지지 않습니다. 한 번 헛되어 보내고 나면 다시는 되찾을 수가 없는 그런 선물입니다. 그렇기 때문에 때때로 내 시간의 잔고를 한 번씩 헤아려야 돼요. 나에게 주어진 시간의 잔고가 얼마 남았는지 한 번씩 헤아리세요.

사람이 늙어 간다는 것, 나이를 먹어 간다는 것은 한편으로는 정신적으로 성숙해져 간다는 뜻입니다. 저 역시 나이를 먹어 가기 때문에 요즘 와서는 내 시간의 잔고가 얼마나 남아 있을까 헤아리게 돼요. 그리고 내 나이에 걸맞은 행동을 해야 되겠구나, 남 앞에서 주책 떨지 말아야 하겠구나 생각하면서 스스로를 조절할 수 있는 지혜가 생기더라고요. 시간의 잔고를 가끔씩 헤아리세요. 그래야 시간이 소중하다는 걸 알게 됩니다.

●

　행복은 자기 내부로부터 오는 것이지, 어떤 소유물을 통해서나 밖에서 누가 갖다주는 것이 아닙니다. 행복은 오직 나의 생각과 감정을 다스리는 나 자신에게 달려 있어요. 누가 내 감정을 다스리죠? 나 스스로 다스리는 거예요.

　임제 선사 어록에 이런 구절이 나옵니다. '언제 어디서나 모든 것을 긍정적으로 생각하라. 그러면 그가 서 있는 자리마다 향기로운 꽃이 피어날 것이다.' 한문으로는 '수처작주 입처개진隨處作主 立處皆眞'이에요. 나라는 존재를 있는 그대로 받아들이라는 뜻입니다. 그렇지 않으면 불행해진다는 거예요. 진달래는 진달래답게 피어나면 됩니다. 벚꽃은 벚꽃답게, 제비꽃은 제비꽃답게 피면 돼요. 나를 남과 비교하지 마십시오. 비교하면 불행해집니다.

　1,300cc 승용차를 아무 탈 없이 타고 다니는데, 어느 날 친구가 3,000cc 차를 가지고 왔기에 같이 드라이브를 했어요. 그런데 그때부터 내 차의 엔진 소리가 이상한 것 같고 비좁고 초라하게 여겨지는 거예요. 25평짜리 집에서 잘살던 주부가 40~50평에 사는 친구 집에 다녀온 뒤로 영 자기 집이 옹색해 보여요. 이런 경우가 얼마나 많아요? 비교는 그런 거예요. 비교하면 불행해집니다. 자신에게 만족하면서 살면 남이 부럽지 않아요. 이

런 도리를 꽃한테서 배우세요. 꽃들은 결코 남을 닮지 않습니다. 자기 자신답게 마음껏 활짝 열고 있어요.

임제 선사 어록에는 이런 말도 있습니다. '일 없는 사람이 귀한 사람이다. 다만 억지로 꾸미지 말라. 있는 그대로가 좋다.' 무사시귀인 단막조작 지시평상無事是貴人 但莫造作 祇是平常. 여기서 말하는 '일 없는 사람'은 하는 일 없이 빈둥거리는 사람이 아닙니다. 승가에서 많이 쓰는 말 중에 무사인無事人이 있는데, 이 역시 빈둥거리며 노는 실업자를 말하는 것이 아닙니다. 그 일에 전력투구하여 열심히 일을 하면서도 그 일에 얽매이지 않는 사람, 그 일에 통달하여 그 일로부터 자유로워진 사람과 그 경지, 이것을 '무사無事'라고 그래요.

이것이 아름다움의 본질입니다. '억지로 꾸미려 하지 말라.' 아름다움이란 억지로 꾸며서 되는 것이 아닙니다. 있는 그대로 드러내는 것이 아름다운 모습이에요. 저마다 자기 특성을 지니고 있기 때문에 그 특성대로, 있는 그대로 드러내는 것이 가장 아름다운 거예요. 꽃을 보세요. 누구를 닮으려고 하지 않잖아요.

남이 지니고 있지 않은 보물을 저마다 지니고 있잖아요. 그것을 드러내는 거예요. 그게 아름다움이에요. 남 앞에서 뽐내려고 한껏 꾸미고 자랑하는 것은 아름다움을 모독하는 거예요. 저마다 자신이 지니고 있는 아름다움을 그대로 활짝 드러내십시오.

　일 없는 사람이 귀한 사람이다.

　다만 억지로 꾸미지 말라.

　있는 그대로가 좋다.

　본래 모습 그대로가 아름다운 것입니다. 남과 비교하지 마
십시오. 저마다 자기의 특성을 활짝 꽃피워야 됩니다. 뛰어난 예
술품도 그래요. 억지로 갖다 붙인 것은 조잡하고 역겹습니다. 항
아리가 되었건 가구가 되었건 아주 단순하게 빚고 나뭇결을 살
려서 있는 그대로 만든 것이 오래갑니다. 생명력이 있어요. 아름
다움의 본질을 간직하지 못한 것은 시간 속에서 소멸됩니다. 오
래가지 못합니다.

　드릴 말씀이 많습니다만, 남은 이야기는 각자 열린 귀로 꽃
들에게서 직접 듣도록 하십시오. 이만 마치겠습니다.

육식은

어떻게

우리의
영혼을
망가뜨리는가

아침에 활짝 개어서 기분 좋게 나왔는데, 지금은 비가 내립니다. 요즘 날씨를 예측할 수가 없어요. 제가 사는 데는 어제부터 개울가에 얼음이 얼기 시작했습니다. 날씨의 변덕이 아주 심합니다. 우주 자체가 그렇게 조화를 부리는 거예요. 변덕스러운 사람이 많은 세상이기 때문에 날씨도 변덕을 부리는 걸 겁니다. 다 나름의 의미가 있을 겁니다.

여기 보살계 받은 분들 손 한번 들어 보세요. 한 절반? 예, 알겠습니다. 보살계 첫째 계목이 뭐죠? 살생하지 말라. 그대로 지키고 있습니까? 보살계는 십중대계十重大戒와 사십팔 경계 四十八輕戒가 있습니다. 열 가지 큰 계와 마흔여덟 가지 가벼운 계가 있어요. 그중에 맨 첫째가 살생하지 말라는 불살생계입니다. 제가 읽어 보겠습니다.

첫째, 중생을 죽이지 말라.

살아 있는 생명을 스스로 죽이거나 남을 시켜 죽이거나 수단 을 써서 죽이거나 칭찬해 죽게 하거나 죽이는 것을 보고 기 뻐해서는 안 된다. 즉, 죽이는 인연과 죽이는 방법과 죽이는 업으로 살아 있는 것을 죽여서는 안 된다. 불자들은 항상 자 비로운 마음과 겸손한 마음으로 모든 중생을 구제해야 한다.

이게 『법망경』 보살계의 첫째 계목인 불살생계입니다.

종교마다 불살생계가 있습니다. 물론 다른 종교에서는 살 인하지 말라는 계목은 있어도 모든 생물을 죽여서는 안 된다고 가르치지는 않습니다. 같은 불살생계라 하더라도 『법망경』처럼 이렇게 상세하고 구체적으로 서술해 놓지는 않습니다. 그리고 이런 표현이 나옵니다. '모든 생명은 폭력을 두려워하고 죽음을 두려워한다. 이런 도리를 자기 몸에 견주어 다른 생명을 죽이거 나 죽게 하지 말라.' 직접 살생이건 간접 살생이건 절대 살생하지 말라는 거예요. 폭력을 좋아하는 사람이 어디 있습니까? 폭력을 기꺼이 맞이할 사람은 어디에도 없습니다. 또 죽음을 기꺼이 기뻐할 사람도 없습니다.

아프리카의 성자로 불리는 슈바이처 박사는 이런 얘기를 했습니다. '나는 나무에서 잎사귀 하나라도 의미 없이는 따지 않는다. 한 포기의 풀꽃도 꺾지 않는다. 벌레도 밟지 않으려고 노력한다. 여름밤 램프 밑에서 일할 때 많은 날벌레들이 날개가 타서 떨어지는 것을 보는 것보다는 차라리 창문을 닫고 무더운 공기를 호흡한다.' 슈바이처 박사는 보살계를 받은 불자가 아닙니다. 생명의 원리를 알게 되면 저절로 자비심이 우러납니다. 그가 종교를 가졌건 안 가졌건 어떤 직종에 종사하건 간에 생명의 원리를 안다면 저절로 자비심과 보리심이 우러납니다. 또 슈바이처 박사는 이렇게 말합니다. '우리가 생존을 위해서 부득이 논밭에서 잡초를 뽑는 것은 인륜적으로 잘못이 없지만, 농사일을 마치고 집으로 돌아가는 길에 길가에 있는 아무리 보잘것없는 잡초일지라도 함부로 뜯어서 생명을 해치는 것은 윤리적으로 죄가 된다.' 우리가 일상적으로 경험할 수 있는 일입니다. 우리의 생존을 위해서 경작을 하며 잡초를 제거하지만, 길을 가다가 아무 까닭도 없이 꽃을 딴다든가 나뭇잎을 딴다면, 그것은 윤리적으로 죄가 된다는 겁니다.

•

오늘은 우리가 먹는 음식에 대해서 얘기하려고 합니다.

점심들 드셨습니까? 절에서 먹는 밥은 고기반찬이 없어서 맛이 없죠? 그렇지 않아요? 더 맛있다고요?

요즘 우리는 너무 먹어 대요. 육식이 과해요. 제가 채식만 하는 중이라서 하는 말이 아닙니다. 어떤 도시든 시내에서 조금만 나가면 음식점이 즐비합니다. 조금 풍광이 좋다 싶은 곳에는 어김없이 음식점이 자리 잡고 있어요. 어떤 나라가 이렇게 가는 길목마다 음식점이 있을까요? 외국인들이 보면 깜짝 놀라요. 한국 사람들은 종일 먹는 줄로만 알아요.

과거에 우리가 어렵게 살았기 때문에 못 먹은 한을 푸느라고 그런 줄은 모르겠습니다만, 우리는 육식을 너무 많이 합니다. 우리나라에서 나는 소, 돼지만으로는 모자라서 외국에서 얼마나 많이 들여옵니까?

어떤 음식을 먹는가에 따라서 그 사람의 성격과 기질이 달라집니다. 왜냐하면 먹는 음식이 곧 피가 되고 살이 되니까요. 그것이 생각에도 영향을 미칩니다. 초식 동물과 육식 동물을 비교해 보세요. 육식 동물은 포악하고 초식 동물은 순해요. 사람도 마찬가지입니다. 육식 좋아하는 사람은 포악한 면이 있지만, 채식하는 사람들은 그렇게 포악하지 않습니다. 그럴 수밖에 없어요. 음식의 에너지 자체가 그런 식으로 소모되기 때문입니다.

비만과 고혈압, 당뇨, 심장병 등은 현대에 와서 생긴 질병입니다. 옛날에는 흔치 않았어요. 못 먹어서가 아니라 너무 기름지게 먹기 때문에 생겨난 병입니다. 잘못된 식생활에 원인이 있는 겁니다.

자기 자신을 육체와 동일시하는 사람은 그 육체와 함께 죽습니다. 이 몸이 곧 나라고 생각하는 사람들은 그 육체가 화장장이나 묘지에 갈 때 같이 죽습니다. 그러나 영혼과 자신을 동일시하는 사람은 육체를 따라 죽지 않습니다. 그러니까 먹는 것에 신경을 써야 돼요. 우리가 무슨 음식을 어느 정도로 먹느냐에 따라서 사람이 될 수도 있고, 사람 꼴에서 벗어날 수도 있습니다.

지금 우리나라 국회에서는 개고기 먹는 것을 양성화하자는 법안을 본회의에 상정해 놓고 있어요. 국회의원 이십여 명이 연대해서 그런 법안을 제출했습니다. 법을 만드는 국회라는 곳이 이렇게 할 일이 없는가, 개를 때려잡자는 법을 만들 정도로 한가한가 하는 생각이 들어요. 지구상의 어느 나라에서도 개를 잡아먹자는 법을 만드는 나라는 없습니다. 자기들 좋아하면 자기들끼리 먹을 일이지, 왜 이걸 법제화하는 거예요? 현재 우리나라 식품 위생법에서는 개고기를 혐오 식품으로 분류해서 유통과 판매를 금지하고 있어요. 그런데 이걸 합법화해서 대놓고 먹자는 거예요.

개는 가축 중에서 유일하게 이름을 가진 짐승이에요. 바둑이, 누렁이, 메리……. 그만큼 사람과 가까워요. 가족의 일원입니다. 개를 길러 본 사람은 알 거예요. 개가 죽으면 얼마나 허전합니까? 가족의 일원이나 다름없는 거예요.

신문에서 이런 기사를 보았습니다. 진도에서 대전으로 팔려 간 개가 천리 길을 걸어서 가죽과 뼈만 앙상하게 남은 채 옛 주인집을 찾아온 이야기였어요. 개는 그런 존재예요. 주인은 몰인정하게 팔아먹었는데, 옛 집을 못 잊어서 천리 길을 달려서 자기 집을 찾아가는 거예요. 또 작년 겨울에 서울 성수동에서는 이런 일이 있었어요. 실직에 낙담한 나머지 잔뜩 술을 마시고 길에 쓰러진 주인을 개가 밤새 곁을 지키면서 동사를 막았다는 이야기를 신문에서 읽었습니다. 시골에 가면 이와 유사한 이야기가 곳곳에 있어요. 전라북도 오수라는 마을에 가면 길가에 개 동상이 세워져 있어요. 장에 갔다가 술을 마신 주인이 집에 가는 길에 쓰러졌는데 산불이 났어요. 동행했던 개가 개울가에 가서 몸에 물을 묻혀다가 불을 꺼서 주인을 구한 그런 사연 때문에 개 동상을 세운 거예요. 이처럼 충직하고 의리 있는 개를 먹는다는 것은 인간 스스로가 신의를 저버리는 무자비한 일입니다. 그럴 수는 없는 거예요. 업이 달라서 그런 몸을 받고 나온 것이 개입니다. 업이 다르기 때문에 그런 모습을 하고 나온 중생들입니다. 개한테는 미안한 소리지만, 개만도 못한 사람이 얼마나 많습니까? 이것은 개와의 관계만이 아니라, 인간 생활의 모든 영역에 무자비한 영향을 미치게 되는 일입니다.

옛날에는 요즘과 달라서 먹을 것이 없었어요. 특히나 흉년이 들면 아무것도 먹을 것이 없어서 하는 수 없이 집 안에서 기르던 개를 잡아먹었어요. 그런데 요즘에는 개 아니어도 먹을 것이 얼마나 많습니까? 식도락으로 개를 먹는다고요. 충직한 짐승을 잡아서 식도락을 누린다는 게 말이 됩니까? 입장을 바꾸어서 사나운 맹수가 식도락 때문에 우리의 귀여운 자녀를 잡아먹는다고 가정해 보세요. 사람 입장에서는 식도락을 위해서 개 좀 먹으면 어떠랴 하지만, 개의 입장에서 보면 지독히도 잔인한 일입니다. 그렇게나 충실한 짐승을 잡아먹는 것은 개와 인간의 관계를 단절시키는 것뿐 아니라, 인간이 관계하고 있는 모든 영역을 비정상으로 만드는 일입니다.

비단 개고기 문제만이 아닙니다. 육식 위주의 식생활을 개선해야 돼요. 생명의 존엄성도 문제이고, 지구 환경과 식량난을 위해서도 개선해야 됩니다.

　　　　　　　　　　　　　•

　　이것은 미국의 통계입니다. 우리나라는 그런 통계를 내지
않아서 알 수 없지만 우리나라도 사정은 비슷할 거예요. 쇠고기
1킬로그램을 생산하는 데 사료로 5킬로그램의 옥수수와 콩이
필요하다고 합니다. 또 물이 3,000리터, 휘발유가 2리터나 든대
요. 결과적으로 육류를 소비하는 사람들을 먹이기 위해서 세계
곡물 생산량의 40퍼센트가 사료로 공급되고 있는 거예요. 또 세
계 전체 경작지의 4분의 1에서 생산되는 곡물이 사료로 소비됩
니다. 결국 쇠고기 때문에 식량난이 초래되는 거예요.

　　그러니까 현대인들은 곡식 그 자체를 먹지 않고 먼저 소나
돼지, 닭에게 곡식을 먹인 다음에 가축의 고기나 우유, 계란으로
바꾸어 먹는 셈이에요. 문제는 그 과정이 너무나 비효율적이고
환경 파괴적이라는 겁니다. 냉동, 수송, 포장에 드는 자원과 에
너지, 비용이 엄청납니다.

　　식량난뿐만이 아닙니다. 초지를 조성하기 위해서 산소 공
급원인 삼림이 베어져 나가면서 지구가 황폐화되고 있습니다.
유엔 식량기구의 통계에 의하면, 전 세계 인구의 5퍼센트밖에
안 되는 잘사는 나라의 사람들, 60억 인구의 3억이 지구 자원의
3분의 1을 탕진하고 있습니다.

　　지금까지는 그럭저럭 꾸려 왔습니다만, 미래 세계의 식량

난과 지구 자원 보존, 환경 문제를 위해서라도, 또 인간의 심성을 순화시키기 위해서라도 육식 위주의 식생활은 개선해야 됩니다. 살아 있는 모든 생명에 대한 존중 없이는 앞으로 인간은 더욱 포악해질 수밖에 없어요. 채식하는 사람들은 포악하지 않습니다. 기운이 넘쳐나지 않아요. 펄쩍펄쩍 뛰어다니는 짐승을 잡아먹는 사람들은 그 짐승을 먹고 어디로 소화합니까? 짐승과 마찬가지로 펄쩍펄쩍 뛰어다녀야지요. 고기를 먹고 넘치는 힘을 감당하지 못해서 포악해질 수밖에 없습니다.

이 지구는 사람들의 독무대가 아닙니다. 사람들만 사는 곳이 아닙니다. 많은 생물이 서로 도우면서 살아야 할 생명의 터전이에요. 상생의 문화가 정착되지 않고는 인간의 미래가 밝을 수 없습니다. 인류의 목표가 물질을 추구하는 것에서 정신의 깊이를 추구하는 방향으로 바뀌지 않는다면, 인간의 탐욕은 머지않아서 이 생명의 끈을 황폐화시키고 말 거예요.

밀렵꾼들과 환경 파괴 때문에 야생 동물이 사라져 가고 있어요. 이 지구상에서 야생 동물이 사라지면 생태계에 큰 이변이 일어나서 인간의 생활도 위험해질 수밖에 없어요. 일부 사람들의 잘못된 식생활 습관 때문에 인류의 미래가 위협을 받고 있는 거예요. 그러니 너무 고기 좋아하지 마세요.

제가 우스갯소리로 자주 하는 말이 있습니다. 영국의 극작가 버나드 쇼는 채식을 했습니다. 그래서 사람들이 물어요. "왜 당신은 채식을 합니까?" 그랬더니 버나드 쇼가 답을 해요. "왜 내가 짐승의 시체를 먹어야 되죠?"

고기가 다 건강할까요? 사람도 백 퍼센트 건강한 사람이 어디 있습니까? 짐승도 암을 비롯한 여러 가지 병에 걸릴 수 있어요. 또 살려고 이 세상에 나온 생명이라면 어느 존재라도 억울하게 죽을 때는 원한을 품게 됩니다. 또 가축과 짐승에게도 친척이 있고 가족이 있고 자식이 있어요. 이들의 죽음을 목격하면서 두려움을 느끼지 않겠어요? 고기를 좋아한다면, 그 원한과 두려움까지도 같이 먹는 겁니다.

물론 하루아침에 갑자기 식생활을 바꿀 수는 없습니다. 집안마다 입맛들이 달라서 어느 집에서는 고기 없이는 밥을 못 먹기도 하잖아요. 그래서 갑자기 바꿀 수는 없겠지만, 최소한 불자들이라면 불살생의 생활 규범을 목표로 하루하루 조금씩 개선해 나가십시오. 건강을 위해서라도 육식보다는 채식이 좋습니다.

생일이면 잔치한답시고 고기 잔뜩 사다 구워 먹잖아요. 그런데 그건 도리를 몰라서 하는 행동입니다. 새로운 생명이 탄생한 날, 왜 다른 생명을 죽인 고기를 먹습니까? 간접 살생이에요. 그날만이라도, 생신잔치를 하는 그날만이라도 중생을 죽이지 않는, 산목숨을 죽이지 않는 채식을 지킬 수 있어야 돼요. 또 누가 돌아가신 날, 우리 가족이었고 이웃이었던 한 생명이 사라져 버린 이런 날만이라도 위령을 한다는 뜻에서 고기 없이 지낼 수 있었으면 좋겠습니다. 중요한 것은 우리의 성의와 정성입니다. 혼백이 와서 그 고기를 먹습니까? 이런 생활의 질서가 이루어져야 됩니다. 그렇게 조금씩 개선을 해야 돼요. 또 할 수 있다면, 특정한 날을 정해서 그날은 온 집안 식구들이 채식만 하는 날로 정하는 것도 바람직한 일입니다.

『삼국유사』 제5권에 보면, 혜통惠通 스님에 대한 이야기가 나옵니다. 이 스님이 출가하기 전의 이야기입니다. 그가 세속에 있을 때 경주 남산 서쪽 기슭의 운천동에 살았어요. 하루는 동쪽 시냇가에서 놀다가 수달 한 마리를 잡아서 고기를 먹고 뼈는 동산에 버렸어요. 다음 날 아침에 동산에 가 봤더니 뼈가 없어졌어요. 이상한 생각이 들어 살펴보다가 전날 뼈를 버렸던 그 둘레에 핏방울이 방울방울 떨어져 있는 것을 발견했습니다. 그래서 그 핏자국을 따라가 봤더니, 수달이 살던 굴로 돌아간 그 뼈가 새끼 다섯 마리를 안고 있더래요. 죽은 수달의 뼈가 새끼를 못 잊어서 자기 옛 집으로 돌아가 새끼를 안고 있었던 거예요. 『삼국유사』

에 나올 정도면 순전히 지어낸 이야기는 아닐 겁니다. 새끼에 대한 마음이 얼마나 지극했으면 그랬겠어요? 이게 모성애고 어미 마음입니다. 이게 모든 생명의 원천입니다. 이런 광경을 목격하고 큰 충격을 받은 그는 출가해서 스님이 됩니다. 중국에 가서 아주 분발하여 정진해서 큰스님이 되어서 신라로 돌아옵니다.

이런 이야기를 그냥 옛날 책에 있는 전설로만 생각하지 마십시오. 있을 수 있는 일이에요. 동물의 모성애가 그렇게 지극하기 때문에 그런 현상이 있을 수 있는 겁니다. 자식을 잃어 본 보살님들은 아실 거예요. 엄마들은 자식을 대신해서 죽을 수도 있어요. 그만큼 지극한 거예요. 그게 어머니의 사랑이에요. 그것은 짐승이나 사람이나 다를 게 하나 없습니다. 어떤 의미에서는 짐승이 더 지극하지요.

저를 따라서 함께 외우십시오. 보살계 첫 행입니다.

첫째, 중생을 죽이지 말라.
살아 있는 생명을 스스로 죽이거나 남을 시켜 죽이거나 수단을 써서 죽이거나 칭찬해 죽게 하거나 죽이는 것을 보고 기뻐해서는 안 된다. 죽이는 인연과 죽이는 방법과 죽이는 업으로 살아 있는 것을 죽여서는 안 된다. 불자들은 항상 자비스러운 마음과 겸손한 마음으로 모든 중생을 구제해야 한다. 그럼에도 오만한 생각과 통쾌한 마음으로 살아 있는 것을 죽인다면 그것은 큰 죄가 된다.

또 이런 법문이 나옵니다.

모든 생명은 폭력을 두려워하고 죽음을 두려워한다. 이런 도리를 자기 몸에 견주어 다른 생명을 죽이거나 죽게 하지 말라.

맑은

가난을
살라

밖이 추울 텐데 따뜻하게 해 드리지 못해 죄송합니다. 지금 감기를 앓은 끝이라서 이야기 도중에 혹시 기침을 할는지 모르겠습니다. 미리 양해를 구합니다.

요즘 만나는 사람마다 경제 불황을 이야기합니다. IMF 때보다도 더하느니 덜하느니 말들이 많습니다. 또 요즘 불황의 주요 원인이 소비 위축 현상에 있다고들 합니다. 내수 경기가 살아나지 않는다, 수출은 괜찮은데 내수가 부진하다고 말하기도 합니다. 그렇다면, 소비가 활성화된다면 우리 경제가 다시 안정을 이룰까요? 내수가 살아나서 소비가 활성화되고 고도성장이 다시 지속된다면 우리는 과연 행복할까요?

저는 요새 이런 생각을 합니다. 시절이 좋았을 때 우리는 흥청망청하지 않았습니까? 하지만 얼마만큼 쓰고 누려야 우리가 만족할까요? 우리는 고도성장이 지속되었을 때의 결과도 예상해야 됩니다. 흥청망청하는 동안 생태적 파국이 앞당겨지지 않을까요? 우리는 지금 한정된 지구의 자원에 의존하고 있습니다. 하나밖에 없는 우리 삶의 터전인 이 지구는 그동안 너무 착취를 당해서 지금 크게 몸살을 앓고 있습니다. 날로 심각해지는 지구 온난화 현상은 무엇을 말합니까? 이 지구는 단순한 무기물이 아닙니다. 살아 있는 커다란 생명체입니다. 지구 온난화는 지구가 중병이 들어서 신음하고 앓으면서 나타나는 현상입니다. 우리 몸이 병들었을 때 오는 신열과 같은 겁니다. 과도하게 화석 연료를 소비하고 난 찌꺼기가 배기가스가 되어 지구를 더럽히고 있습니다. 고도성장을 향한 대량 생산, 대량 소비, 대량 폐기와 같은 미국식 생활 행태가 지구 온난화를 재촉하고 있습니다. 경제가 어려운 원인이 소비 부진에 있다면 경기 활성화를 위한 더 많은 소비는 결과적으로 더욱 심각한 지구의 파멸을 불러일으킬 것입니다.

세계의 저명한 기상학자들의 말에 의하면 금세기 중에 지구의 온도가 지금보다도 5~8℃까지 올라갈 것이라고 합니다. 그때는 우리로서는 상상도 할 수 없는 큰 재앙이 닥칠 거라고 경고하고 있습니다. 또 갠지스강과 메콩강, 양쯔강을 비롯한 아시아 많은 강들의 수원水原 역할을 하는 히말라야의 만년설이 앞으로 40년 안에 모두 사라질 가능성이 있다고도 합니다. 작년에 파리 길상사 창립 10주년 기념행사에 참석하느라 파리에 갔습니다. 돌아오는 길에 10년 만에 스위스의 융프라우Jungfrau에 다시 한 번 올랐습니다. 그런데 산기슭들에 두텁게 쌓여 있던 눈들이 다 녹아서 앙상한 바위가 드러나 있었습니다. 지구 온난화 현상을 실감했습니다. 만약에 앞에서 예견한 것처럼 갠지스강와 양쯔강 등이 말라 버리면 인류의 3분의 1이 의존하고 있는 쌀농사는 모두 망치게 됩니다. 결국 세계는 큰 기아 상태에 직면하게 될 수밖에 없습니다. 생각만 해도 끔찍한 일입니다.

그러나 너무 두려워할 필요는 없습니다. 미래는 현재의 연속입니다. 우리가 하루하루 살고 있는 지금 이 시간의 연장입니다. 지금 어떤 식으로 사느냐에 따라서 미래는 더욱 좋아질 수도 있고 더욱 나빠질 수도 있습니다. 그 선택은 우리에게 달려 있습니다. 때문에 오늘날에는 생태 윤리가 절실하게 요구되고 있습니다. 생태 윤리란 어머니인 대지의 건강을 위해서 자식 된 도리를 깨달아 실천하는 일입니다. 지구로부터 얻은 물자를 소중하게 다루는 것은 곧 우리 삶의 터전인 지구 환경을 돌보는 일입니다. 여기서 우리는 '맑은 가난'의 의미를 새삼 되새길 필요가 있습니다.

지금 이 순간에도 세계 도처에서 3만 5,000명의 아이들이 굶어 죽고 있다고 합니다. 세계 전역에서 10억 명의 사람들이, 여섯 사람 중의 한 사람이 하루 1달러, 우리 돈으로 단돈 1,100원으로 목숨을 이어 갑니다. 이러한 현실인데 세계에서 먹다가 남은 음식을 많이 버리는 나라 중 하나가 우리, 대한민국이라고 합니다. 참으로 어이없는 일입니다. 더 늦기 전에 우선 주부들부터 정신 차려야 됩니다.

사람들은 다들 부자가 되고 싶어 합니다. 더 크고, 더 높고, 더 많은 것에 대한 욕망이 들끓고 있습니다. 그런데 과연 많이 차지하면 행복하겠습니까? 20~30년 전 우리의 어려웠던 현실을 한번 생각해 봅시다. 가진 것은 지금에 비해서 훨씬 적고 빈약했지만 지금처럼 삭막하지 않았습니다. 살벌하지 않았습니다. 행복으로 따진다면 지금보다 훨씬 행복했습니다. 연탄 몇 장 들여놓고도, 쌀 몇 바가지만 들여놓고도 다들 뿌듯함과 행복을 누렸습니다. 그러나 지금은 그 무엇을 가지고도 만족할 줄 모릅니다. 고마워할 줄도 모릅니다. 사람이 아쉬움과 궁핍을 모르면 불행해집니다. 아쉬움과 궁핍을 통해서 귀하고 고마운 줄 압니다.

오늘과 같은 경제 불황 앞에서 우리 선인들이 남긴 맑은 가난의 의미를 되새길 필요가 여기에 있습니다. 이웃과 함께 어려움을 나누는 덕을 익혀야 됩니다. 함께 가난을 나누어 갖지 않고서는 이 생태적인 파국을 면하기 어렵습니다. 오늘날 도처에서 미국이 도전을 받고 있는 것도 이웃의 어려움을 모르기 때문입니다. 가난을 나누어 갖지 않기 때문에 그렇습니다. 이것은 미국만이 아닙니다.

지나간 인류의 자취를 통해 볼 때 모든 성자들의 가르침은 크게 나누어 두 가지로 요약할 수 있습니다. 첫째는 남을 도우라는 것입니다. 이웃과 나누라는 겁니다. 다시 말하면 혼자 독차지하지 말라는 거예요. 남이란 누구입니까? 크게 보면 나의 분신입니다. 또 다른 나 자신입니다. 나눔을 통해서 객체가 전체에 도달할 수 있습니다. 둘째는 남을 도울 수 없다면 그에게 해를 끼치지 말라는 것입니다. 우리 옛말에 동냥은 못 줄망정 바가지는 깨지 말라는 말이 있습니다. 우리 어린 시절만 하더라도 흉년이 들면 멀쩡한 이웃들이 바가지를 들고 끼니때면 구걸하러 다녔습니다. 이게 먼 옛날이야기가 아닙니다. 자식들을 굶길 수가 없어서 동냥을 하러 다니면 이웃들은 먹던 밥을 나누어 주었습니다. 우리는 그러한 과정을 거쳐서 오늘에 이르렀습니다.

남을 도우면 도움을 주는 쪽이나 받는 쪽이 다 같이 충만해집니다. 받는 쪽보다는 주는 쪽이 더욱 충만해집니다. 이것이 나눔의 비밀입니다. 이 절이 처음 문을 열 때 제가 바로 이 자리에서 가난한 절이 되기를 내세웠던 기억이 있습니다. 그 이념이 이 도량에서 오늘 얼마나 실현되고 있는지 함께 되돌아보아야 합니다. 이 절에 드나드는 불자들도 각자 가정에서 맑은 가난을 어떻게 실천하고 있는지 스스로 물어보아야 됩니다.

경제적 불황 앞에서 우리의 미래를 위해서 가난의 의미를 되새겨 보았습니다. 삶의 질은 결코 물질적인 부에만 달려 있는 것이 아닙니다. 어떠한 여건 속에서도 우리가 잠들지 않고 깨어 있다면 삶의 질을 얼마든지 좋은 쪽으로 펼쳐 나갈 수 있습니다. 무엇보다도 사람은 살 줄 알아야 합니다.

날씨도 차고, 밖에서 떨고 있는 분들을 위해서 이만 마치겠습니다.

모자라고
부족한 데서

오는

행복

오랜만에 부산에 왔습니다. 부산이 아주 좋은 곳이라는 사실을 오늘 새삼 깨달았습니다. 제가 사는 강원도 산골에는 아직 골짜기에 얼음이 얼어 있고 응달에는 눈이 남아 있는데, 부산에 오니까 꽃이 활짝 피어 있네요. 또 조금 전에 김광석 씨가 〈꽃씨〉라는 노래를 비롯해 좋은 노래를 불러 주었는데, 제 마음 같아서는 제 얘기를 하기보다는 하루 종일 노래를 들었으면 좋겠다는 바람을 가져 보았습니다. 노래라는 것은 역시 좋은 겁니다. 우리 피를 맑게 합니다.

먼저 사과의 말씀부터 드려야겠습니다. 요즘 불교 교단에서 일어난 사태에 대해서 같은 옷을 입고 있는 한 사람으로서 그저 부끄럽고 죄송하고 면목이 없습니다. 가지 많은 나무에 바람 잘 날 없다고, 이렇게 우리 기억에서 좀 희미해질 만하면 자기 존재를 과시하느라 뉴스거리를 제공합니다. 요즘 워낙 뉴스거리가 없다 보니까, 새로운 메뉴로 이렇게 활극을 연출한 것 같습니다.

이런 불미스러운 일이 생길 때마다 저는 휴정 선사와 유정 선사의 법문이 떠오릅니다. 『선가귀감』에 나오는 법문인데, '출가하여 수행자가 되는 것이 어찌 작은 일이랴. 편하고 한가함을 구해서가 아니며 따뜻이 입고 배불리 먹으려고 한 것도 아니며 명예나 재산을 구해서도 아니다. 오로지 생사의 괴로움에서 벗어나려는 것이며 번뇌의 속박을 끊어 내는 것이고 부처님의 지혜를 이으려는 것이며 끝없는 중생을 건지려 해서다.' 한마디로 자기 형성과 중생 구제를 위해서 출가 수행하는 것입니다. 이것이 바로 출가 정신입니다.

'중 벼슬이 닭벼슬만도 못하다.'는 말이 있어요. 중 벼슬이 양계장의 닭볏보다 못하다는 거예요. 세속적인 직위에 연연해서 폭력으로 자리를 지키겠다는 것은 가소롭고 한심한 일입니다. 더구나 폭력을 가장 멀리하고 자비를 실천해야 할 집단이 폭력을 동원해서 자기 자리를 지키겠다는 것은 용납될 수 없는 일입니다.

그러나 바른 불법은 이런 무리에 의해서 전해 내려온 것이 아닙니다. 소수의 사람들이 이렇게 세상을 시끄럽게 합니다. 먹는 것을 줄이고 밤잠을 줄여 가면서 투철하게 수행하는 늘 깨어 있는 산중의 수행자들이 많습니다. 또 시중에서 지혜와 자비를 실천하면서 교화의 소임을 다하고 있는 스님들도 계십니다. 그리고 올바른 신앙생활을 하고 있는 재가 불자들이 계십니다. 이분들에 의해서 이 땅의 불교는 이어져 왔고, 앞으로도 계속 이어질 것입니다.

1,600년이나 된 고목이에요. 한쪽 가지가 삭고 다른 쪽 가지에서는 새로운 움이 트는 겁니다. 저는 한국 불교의 장래를 낙관하는 편입니다. 왜냐하면 지금 새로이 출가하여 수행하고 있는 좋은 스님들이 많고, 또 양심을 갖춘 재가 불자들이 많으며, 또 종교의 본질이 무엇인지 일반인들이 잘 알고 있기 때문에 안이한 수행과 교화와 행정으로는 더 이상 발붙일 수 없을 것이기 때문입니다. 불미스러운 일이 있지만 이런 일을 통해 보다 새로운 도약이 있을 거라고 기대합니다.

∙

    저를 개인적으로 아시는 분들은 알고 계시겠지만, 제가 요즘 안 하던 일을 더러 하고 있어요. 강원도 산골에 처박혀 있다더니 무슨 일을 이렇게 벌이나 하실 분도 계실 겁니다. 작년과 재작년에 프랑스 파리에 절을 세운다고 세상을 귀찮게 했고, 또 이번에는 공연히 한 생각을 일으켜서 여러분까지 이렇게 수고롭게 하고 있습니다. 저를 아는 스님이 "번거로운 것 싫어하면서 어떻게 이런 일에 발 벗고 나섰습니까?" 하고 묻기에 제가 대답하기를 "중이 밥값은 해야지요."라고 했지만, 저 자신은 이렇게 일을 벌인 것이 밥값을 하는 것인지, 새로운 빚을 지는 것인지 알 수가 없습니다. 두고 봐야 알겠지요.

    인도의 위대한 시인 까르비는 이렇게 노래합니다.

    너는 왔다가 가는 한 사람의 나그네. 재산을 모으고 부를 사랑하지만 떠날 때는 아무것도 가지고 가지 못한다. 너는 주먹을 쥐고 이 세상에 왔다가 갈 때는 손바닥을 펴고 간다.

    저는 아버지가 되어 보지 못해서 아이들이 태어나는 현장을 목격하지 못했습니다. 그러나 죽는 모습은 절에서 많아 봤어요. 젊은 스님들이건 노스님들이건 죽을 때는 모두 손을 펴고 가요. 아무것도 가지고 가지 않는 거예요. 내 것이 아니기 때문에, 맡아서 가지고 있던 것을 되돌리고 가는 겁니다.

나눔으로 인간관계가 형성됩니다. 세상을 살아가는 데 으뜸가는 덕이 무엇이냐 하면 나누는 일이에요. 나눔으로써 이웃이 됩니다. 기쁨을 나누면 그 기쁨은 몇 곱으로 늘어납니다. 슬픔이나 고통은 나누면 절반 이하로 줄어들어요. 나눔에는 이처럼 미묘한 율동이 따릅니다.

관계는 서로 주고받으면서 만들어집니다. 한쪽만으로는 이루어지지 않아요. 그러면서 그 관계가 또 우리 자신을 만들어 갑니다. 좋은 관계는 우리를 좋게 만들고, 나쁜 관계는 우리를 나쁘게 만듭니다.

제 글만 읽다가 오늘 저를 처음 본 분들은 실망하셨을 거예요. 사진으로 보고 글을 통해 생각하면서 싱싱한 줄 알았더니 다 늙어 빠지고 비쩍 마른 이가 잔소리한다고 그럴지도 몰라요. 모든 것은 나이를 먹어 가면서 시들고 기울어요. 누가 되었건 거죽은 언젠가는 늙고 허물어집니다. 부처님이라 하더라도. 그러나 중심은 늘 새로워요. 영혼에는 나이가 없습니다. 시작도 끝도 없는 빛이에요. 거죽에서 살지 않고 중심에서 사는 사람은 어떤 세월 속에서도 시들거나 허물어지지 않습니다. 죽는 그 순간까지도 삶의 외양에 팔리지 마십시오. 삶의 내면과 질을 추구해야 합니다.

●

꽃 한 송이가 되었건 차 한 잔이 되었건 조그맣고 조촐한 것이 우리를 감동시킵니다. 우리를 향기롭게 만들어요. 작은 것과 적은 것이 귀하고 소중하고 아름답고 고마운 것입니다. 귀하게 여길 줄 알고 소중하게 여길 줄 알고 아름답게 여길 줄 알고 감사하게 여길 줄 아는 데서 맑은 기쁨이 솟아납니다. 맑은 기쁨이란 무엇입니까? 행복입니다.

차를 좋아하는 사람들은 가끔 경험할 거예요. 차가 떨어져서 한 잔 정도 우려먹을 만큼 남았을 때 그 마지막 잔을 마시면서 얼마나 고맙고 귀하게 여겨집니까? 한 통 가득할 때는 그런 것을 알 수 없습니다. 쌀통에 쌀이 가득할 때도 고마움을 모릅니다. 바닥이 나서 두어 끼 먹을 정도만 양식이 남았을 때 그제야 쌀이 귀하다는 걸 알게 됩니다.

저는 해외여행을 하게 되면 문구류 파는 가게에 꼭 들릅니다. 거기에 가면 이것저것 볼 만한 것들이 많고 선물을 준비하더라도 내가 글을 쓰니까 만년필 같은 것을 고를 때가 많아요. 지금은 가리지 않지만 한때 저는 몽블랑 만년필, 그중에서도 엑스트라 파인이라는 제품을 썼어요. 촉이 아주 가는 것을 즐겨 썼

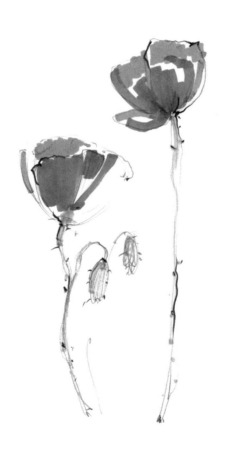

습니다. 펜이 무디면 섬세한 감성을 다 담을 수 없어서 촉이 아주 가느다란 펜을 고집했습니다. 몇 년 동안 아주 잘 썼어요. 해외에 나갔을 때 몽블랑 만년필 파는 가게에 들러서 당시에 내가 쓰고 있던 만년필과 똑같은 것을 한 자루 더 샀습니다. 그런데 집에 돌아와서 그걸 다시 쓰려고 하는데 처음 한 자루 가졌을 때의 오붓함과 소중함이 사라진 거예요. 두 자루 있으니까 내 의식이 분산된 겁니다. 그래서 도반한테 한 자루를 주었더니, 그제야 다시 그러한 마음이 회복되기는 했는데 찜찜했습니다. 무언가 내 마음에 상처가 남은 것 같고 첫 만년필에 대해서 배신을 한 것 같고 그랬어요.

하나가 필요할 때 둘을 가지려 하지 마세요. 하나로 만족해야 합니다. 둘이나 셋을 갖게 되면 본래의 하나마저 잃게 됩니다. 과소유란 무엇입니까? 그건 허욕이에요. 모자랄까 봐 미리 걱정하는 그 마음이 바로 모자람이에요. 집이나 자동차, 가재도구, 심지어 지식까지도 거기에 집착하게 되면 그러한 대상이 인간 존재보다 중요한 것이 되어 버립니다.

제가 잘 아는 친구가 인도에서 겪은 일이라며 저한테 들려준 이야기가 있습니다. 인도 가 보신 분들은 아시겠지만, 매우 복잡한 나라입니다. 델리라는 지역은 올드델리와 뉴델리로 나뉘는데, 올드델리에는 주로 무슬림, 회교도들이 살고 뉴델리에는 힌두교도들이 주로 살아요. 회교도들이 사는 올드델리에는 은으로 만든 세공품을 내다 파는 가게가 많습니다. 친구가 그곳에 갔더니 눈을 잡아끄는 물건들이 많더래요. 그중에서 딱 갖고 싶은 물건이 눈에 띄어서 값을 물었더니 주인이 1,000루피를 달라고 하더래요. 우리나라 돈으로는 1만 6,000원 조금 더 되지만 인도에서 1,000루피는 꽤 큰돈입니다. 노동자의 하루 임금이 미화 1달러밖에 안 돼요. 1,200원 꼴이죠. 그러니까 1,000루피라면 큰돈이에요. 그래서 친구가 너무 비싸다고 하면서 100루피만 하자고 사정없이 깎아 버렸다고 해요. 그랬더니 가게 주인이 150루피를 내라고 하더래요. 그 말을 듣고는 더 깎아야겠다는 생각이 들어서 70루피까지 깎아 달라고 했어요. 가게 주인과 옥신각신하다가 가게를 나서려고 하니까, 그러면 70루피에 가져가라고 하면서 내주더래요. 1,000루피짜리를 70루피에 샀으니 얼마나 기분이 좋겠어요? 가게를 나서려는데 주인이 그러더래요. "Are you happy?" 그렇게 싸게 사서 행복하냐는 거예요. 그 소리를 듣자 친구는 정신이 아찔해지더래요. 그것은 행복하고는 상관없는 일입니다. 그것은 행복이 될 수 없어요. 그러면서 가게 주인이 이렇게 덧붙이더래요. "당신이 행복하면 나도 행복하다. 그러나 당신이 행복하지 않다면 그건 나와는 상관없는 일이다." 친구는 그곳에서 행복에 대한 교훈을 얻었다고 이야기해 주었습니다.

　필요에 따라 살되 욕망에 따라 살지는 말아야 합니다. 필요와 욕망의 차이를 분별할 수 있어야 돼요. 필요는 우리가 생존하기 위한 기본적인 욕구입니다. 욕망은 분수 밖의 욕구예요. 허욕입니다.

　　　　　　　　　　　●

　만족할 줄 모르면 늘 갈증 상태에 있는 거예요. 만족할 줄 알면 비록 가진 것이 없더라도 부자나 다름없고, 가질 만큼 가지고 있으면서도 만족할 줄 모르고 욕심을 부린다면 그런 사람이야말로 진짜 가난한 사람입니다.

　행복의 척도는 얼마나 많이 가지고 있느냐에 있지 않습니다. 불필요한 것으로부터 얼마나 자유로워졌느냐에 있어요. 행복은 배부른 상태가 아닙니다. 홀가분한 상태예요. 모든 굴레로부터 벗어나 홀가분한 상태, 이것이 행복입니다.

　과잉 소비와 포식 사회가 인간을 병들게 만듭니다. 소비자라는 말은 인간을 모독하는 말이에요. 부르기 좋게 흔히들 생산자, 소비자 이렇게 무심코 부르지만, 소비자라는 말이 얼마나 인간을 모독하는 말입니까? '소비자는 왕'이라는 말에도 속지 마세요. 왜 소비자가 왕입니까? 쓰레기를 만들어 내는 사람이 어

떻게 왕이 될 수 있어요? 소비자는 곧 쓰레기를 만들어 내는 사
람이에요. 다시 말해서 환경을 오염시키는 사람들입니다. 영혼
을 지닌 인간이 어찌 한낱 물건의 소비자로 전락할 수 있습니
까? 더 말할 것도 없이 소비는 미덕이 아니라 악덕이에요.

●

우리는 자연의 일부입니다. 날씨가 화창한 날에는 컨디션
이 좋잖아요? 반면에 잔뜩 흐린 날에는 우리도 몸이 찌뿌드드하
고 쑤시거나 결립니다. 꽃이 활짝 피어 있는 걸 보면 우리 마음
의 문도 활짝 열립니다. 우리가 자연의 일부이기 때문에 그런 거
예요. 어디에서 살든 인간은 생태계의 순환에서 벗어날 수 없습
니다. 자연을 훼손하는 우리의 행위가 결과적으로는 우리 자신
에게 되돌아옵니다.

경기도 광릉의 수목원에 가니까 게시판에 쓰레기의 썩는
기간이 적혀 있어요. 양철 깡통이 썩는 데는 백 년이 걸린대요.
알루미늄 캔은 오백 년이 걸리고, 플라스틱과 유리는 영구적이
랍니다. 몇 만 년이 가도 썩지 않는다는 거지요. 비닐 역시 반영
구적이고, 스티로폼은 천 년 이상 간대요. 나무 조각은 13년, 종
이는 한 달 이상 걸린다고 해요. 물론 주위 여건에 따라서 다소
의 가감이 있겠지만, 우리가 무심코 버리는 쓰레기 하나하나가

완전히 사라지기까지 몇 생이 걸린다는 거예요. 우리가 금생만 살고 말 강산이 아니잖아요? 내생에도 여기 와서 또 살아야 할 텐데 우리 뜰을 우리 스스로 그렇게 망가뜨리고 있어요.

오늘날의 문명은 자연이 만들어 놓은 자원의 이자만으로 모자라서 원래 있던 원금까지 갉아먹고 있어요. 지하수를 개발하는 게 뭐예요? 땅 위로 솟아서 흘러가는 물만 가지고는 모자라기 때문에, 또 우리 스스로 더럽혀 놓고 믿을 수 없다고 새롭게 지하수를 개발하잖아요. 지하수는 대지의 피예요. 혈관이에요. 또 절에서도 못된 짓을 하는데, 고로쇠 물이라고 해서 나무에 상처를 내서는 거기서 흐르는 물을 마시잖아요. 그렇게 하지 않아도 사람은 먹을 것이 충분한데 말이에요. 그 물은 나무의 1년 양식이에요. 이런 식으로 우리가 자연을 훼손하고 있는 겁니다.

대량 생산과 대량 소비를 부추기는 산업 구조, 이것은 미국식입니다. 자원이 풍부한 미국식이에요. 그런데 자원도 없는 우리나라가 흉내를 내다 보니까 우리 국토가 그렇게 망가져 가는 거예요. 농경 사회에서는 쓰레기가 없었어요. 채소라든가 밭에서 나오는 것은 다시 밭으로 돌아갔어요. 또 나머지는 아궁이에서 군불 지펴 때우면 되었어요. 산업 사회에 이르러 쓰레기가 생겨났어요. 산업 사회를 누가 만들었습니까? 과학 문명을 누가

215

만들었어요? 우리 자신입니다.

그렇다고 해서 다시 농경 사회로 뒷걸음칠 수는 없습니다. 문제는 우리가 보다 인간다운 삶을 이루기 위해서는 될 수 있는 한 생활용품을 적게 사용하면서 간소하게 사는 것입니다. 우리가 쓰고 있는 모든 물건은 지구상의 한정된 자원의 일부입니다. 이것은 우리만이 쓸 것이 아니에요. 조상 대대로 물려받은 자원이고 또 미래가 다하도록 우리 후손에게 물려주어야 할 인류의 공유 자원이에요. 그런데 20세기 들어 우리 시대에 이 자원을 얼마나 탕진하고 있습니까? 다시 말하면, 복을 짓는 일을 하는 게 아니라 자꾸 복을 덜어내는 방향으로 가고 있는 거예요.

모든 물건은 공장에서 기계와 기름과 화공 약품을 사용하여 만들기 때문에 과다한 소비는 반드시 자연 훼손과 환경 오염을 가져옵니다. 신발 한 켤레, 옷 한 벌, 가전제품 하나, 가구 한 개를 만들어 내는 데에는 그만큼 매연과 산업 쓰레기와 더러운 물이 생긴다는 사실을 명심해야 됩니다. 낙동강 페놀 사건이라는 게 뭡니까? 어제오늘 시작된 일이 아니에요. 산업 사회가 만들어 낸 당연한 결과예요.

모든 생명체는 스스로 자기 자신을 치유하고 정화하는 자정 능력을 가지고 있습니다. 우리 몸만 하더라도 어디 상처가 나면 피가 나와 응고되고 오래지 않아 상처가 낫습니다. 자기 방어고, 자기 정화예요. 자연도 마찬가지입니다. 스스로 정화하는 능력을 가지고 있어요. 그런데 일정한 한계를 넘어서 버리면 자정 능력을 상실해 버려요. 생명을 잃어버리는 겁니다. 그 속에서 살아가는 우리 자신의 생명력 역시 고갈된다는 말이에요.

•

비교는 시샘과 열등감을 낳습니다. 반드시 그래요. 다른 누구와 우리 자신을 비교하는 일에는 반드시 시샘과 열등감이 따릅니다. 시샘과 열등감은 병든 마음이에요. 고질적인 학원 비리와 부정, 이것은 나를 남과 비교하는 데서 나오는 거예요. 내 자식과 남의 자식을 비교하는 데서 오는 시샘과 열등감 때문에 무리하게 일을 추진하다가 비리와 부정으로 터지는 거예요.

남과 비교하지 않고 자신의 삶에 충실할 때 자기 자신답게 존재할 수 있습니다. 사람마다 그 사람의 몫이 있고 그릇이 있어요. 그 사람이 지닌 몫을 다하고 그릇을 채우면 되는 거예요. 왜 내 자식을 남의 자식과 비교합니까? 저마다 특성이 있는데 어떻게 남과 비교할 수 있어요? 남이 어떻게 산다고 해서 나도 똑같이 그렇게 살라는 법은 없잖아요?

사람이 사람답게 살기 위해서는 자기 나름의 질서가 있어야 됩니다. 사회에서 지켜야 할 공동체의 질서도 필요하지만, 개인의 질서도 필요해요. 내 인생, 나의 생사관을 가지고 내 소신대로 나답게 사는 거예요.

사들여서 한동안 간직하고 있다가 시들해지면 내다 버리고 다시 새것으로 사들이는 소비의 악순환에 사로잡혀 있는 한 결코 내적인 평온과 맑은 기쁨을 얻을 수 없습니다. 소유하는 것은 꼭 없어서는 안 될 것으로 제한하고 자제하는 것이 우리 정신을 풍요롭게 합니다. 그리고 우리의 생활환경과 자연을 덜 훼손하는 결과를 가져옵니다. 전통 사회에서는 경제적으로 여유가 있으면서도 검소하게 사는 것을 인간의 미덕으로 여겨 왔어요. 그런데 오늘날에 와서는 그런 미덕이 점점 사라져 가고 있습니다.

끝으로 당부의 말씀이 있습니다. 나누어 드린 봉투에 스티커가 들어 있는데, 오늘 이 행사가 끝나면 그 스티커를 집안의 대문에 붙일 사람은 대문에 붙이고, 화장실에 붙일 사람은 화장실에 붙이고, 또 차가 있는 사람은 차에도 붙이고, 이것도 저것도 없는 사람들은 자기 이마에 붙이세요. 괜히 폼 재라고, 나는 불교 신자다, 어떤 행사에 참여했다, 그런 게 아니에요. 이 일은 종파하고는 아무런 상관이 없어요. 연꽃은 가장 맑고 향기로운 꽃이에요. 만약 집에 붙인다면 붙인 날부터 맑고 향기로운 삶이 이루어져야 합니다. 또 차에 붙이고 다니면 누구보다도 맑고 향기롭게 운전을 하면서 교통질서를 잘 지켜야 돼요. 그럴 자신이 있는 분은 붙이고 그럴 자신이 없는 분들은 되돌려 주세요. 어디, 이 자리에서 저하고 약속하시겠습니까? 강제가 아닙니다.

오늘 이와 같이 성대한 실천 모임을 준비하고 이끌어 주신 분들과 바쁜 시간을 내어 이 자리에 참석해 주신 여러분에게 거듭 감사의 말씀을 드립니다. 감사합니다.

경제
위기와 불황이

우리에게

말해 주는 것

　'맑고 향기롭게 근본 도량!'

　이 말을 들을 때마다 저는 몸과 마음에 전율을 느낍니다. 과연 저 자신이 맑고 향기롭게 살고 있는가, 스스로 묻게 됩니다. '맑음'은 개인의 청정을 뜻하고 '향기로움'은 그 청정의 사회적인 메아리입니다. 하지만 저 자신이 과연 그렇게 청정하게 살고 있는지, 그 청정의 울림이 사회적으로 널리 전해지고 있는지 늘 의문이 듭니다. '맑고 향기롭게'라는 이 말은 이 도량이 존속하는 한 인연이 있는 모든 사람에게 공통의 화두가 되어야 할 것입니다.

　12월은 지나온 한 해를 마무리 짓는 달입니다. 뒤로 미루지 않고 그때그때, 그날그날 마무리를 짓는 것이 바람직한 삶의 질서입니다. 이와 같은 마무리는 끝없이 이어지는 막연한 흐름에 매듭을 짓고 새롭게 시작하려는 의지에서 나온 결의이기도 합니다. 오늘과 같은 전 세계적인 경제 위기도 따지고 보면 그때그때 마무리 짓지 않고 안이하게 대처해 온 결과라고 할 수 있을 겁니다.

　앨런 그린스펀이라는 이름을 뉴스를 통해 익히 들어 보았을 것입니다. 미국 연방준비제도이사회 의장입니다. 이 사람이 의장이 된 뒤로 아이젠하워 정부 이후 가장 낮은 금리를 유지하면서 미국인에게 더 많은 대출을 받아 더 많이 소비하라고 부추겼습니다. 유혹을 한 겁니다. 집값이 올라서 엄청난 거품이 생긴 상태이건만 대출을 늘리는 것이 재산 가치를 창출하는 것이라는 아주 애매모호한 말로 미국 국민을 현혹한 겁니다. 또 일자리가 줄어들면 그것이 생산성 향상의 증거라고 말하는 일부 자유주의 경제학자들도 있습니다. 이런 것들이야말로 오늘날 미국 제국을 무너뜨린 원흉이라고 할 수 있습니다. 문제는 이들의 추종자들이 우리나라에도 너무 많다는 겁니다. 시장 경제와 금융 자본주의를 맹신한 이른바 주류 경제학자와 관료들이 우리 사회에 지천으로 널려 있습니다.

　요즘처럼 어려운 때 주식을 사 두면 앞으로 떼부자가 될 거라고 큰소리치는 사람이 있다고 합니다. 이 어려운 살림에 서민들이 주식에 투자할 여유가 어디 있습니까? 그와 같이 생각하는 사람은 자신이 돈을 많이 가졌거나, 일찍이 투기를 통해서 한몫 잡은 전력이 있는 이임에 틀림없습니다. 어려운 서민 경제를 살리겠다고 하면서 기껏 한다는 소리가 지금 주식을 사 두면 앞으로 부자가 될 거라고 이렇게 표현합니다. 우리는 지금 이런 시대에 살고 있습니다.

　현재 전 세계 모든 나라가 한결같이 뉴딜 정책을 들고나옵니다. 새로운 성장 정책을 다시 거론하고 있는 겁니다. 뉴딜 정책이나 경기 부양 정책도 모두 에너지와 천연자원의 착취를 경제 성장의 제물로 삼는, 즉 미래 시대의 몫까지 빼앗는 아주 나쁜 경제 정책이라는 것을 우리는 알아야 합니다. 골드만삭스, 리먼브라더스, 이들은 모두 미국의 금융 재벌들입니다. 그리고 그 리더들은 대개 유대인이라고 합니다. 이런 금융 재벌들이 석유를 매점매석하는 바람에 우리가 얼마나 곤욕을 치렀습니까? 유가가 곧 배럴당 200달러로 오를 거라고 엄포를 놓으면서 온 지구인들을 공포와 두려움에 떨게 한 것이 바로 저들입니다. 이런 과오로 결국은 그들 자신이 망하면서 오늘과 같은 금융 위기를 초래한 거라고 저는 생각합니다. 그것도 전 세계적으로 말입니다. 그전에는 어떤 금융 위기가 닥치더라도 국지적으로, 그 지역과 그 나라에만 한정되었는데 이제는 온 세계로 번지지 않습니까? 이게 세계화의 허상입니다.

만약 세계 경제가 고도성장으로만 줄달음을 친다면 그 결과는 어떻게 되겠습니까? 상상만으로도 끔찍한 일입니다. 그것은 이 세상의 종말을 재촉하는 것이나 다름이 없습니다. 지구 자원은 한정되어 있는데, 파괴된 환경과 기후 변화 때문에 인간을 비롯한 생물들이 더 살아갈 수 없게 될 것이기 때문입니다.

무절제한 경제 팽창, 이것은 지극히 부도덕합니다. 또 그 실현도 불가능합니다. 모든 탐욕은 다른 사람들의 몫까지 빼앗습니다. 물질적인 재화는 한정되어 있기 때문에 무한정한 경제 팽창을 실현하는 일은 가능하지 않습니다. 지구상의 모든 나라들이 탐욕에 눈이 어두워서 앞 다투어 고도성장만을 추구한 결과가 오늘과 같은 위기를 초래한 거라고 저는 생각합니다.

철없는 생각일지 모르지만 저는 요즘 세태를 바라보면서 한편 다행이라는 생각도 듭니다. 현재의 인간 능력으로는 고도로 흘러가는 이러한 흐름에 제동을 걸 수 있는 자제력이 없습니다. 때문에 외부적인 힘, 타력에 의해서 지금 제동이 걸린 겁니다. 모든 현상에는 그 배후에 반드시 커다란 의미가 있습니다.

왜 '희망의 21세기'라는 구호가 무색하도록 2008년에 와서 이렇게 온 지구가 경제 위기에 봉착하게 된 걸까요? 여기에 중요한 메시지가 있습니다.

이런 난국이라고 절망할 필요가 없습니다. 요즘보다 몇 배 어려운 시절도 인류는 잘 극복해 왔습니다. 우리나라만 하더라도 1970년대 제1차 오일쇼크, 제2차 오일쇼크 또 문민정부 말기에 IMF란 것까지 다 겪어 왔지 않습니까?

모든 것이 넘치는 세상에서 만족할 줄 모르고 고마워할 줄 모르면서 산더미처럼 쓰레기만 만드는 우리의 현실을 한번 생각해 보십시오. 온 인류가 다 그렇습니다. 분에 넘치는 풍요로운 환상에서 그만 깨어나라는 우주의 메시지로써 오늘 이 경제 위기가 닥친 거라고 저는 확신합니다.

잘못 길들여진 생각과 생활 습관에 일대 전환이 있어야 됩니다. 인간으로서의 품위를 지니고, 인간 된 도리를 제대로 하면서 사람답게 살 수 있어야 합니다. 그래야 온전한 세상으로 회복됩니다.

모든 것은 변합니다. 어느 것도 고정된 것은 없습니다. 항상 유동적입니다. 오르막이 있으면 반드시 내리막이 있고, 맑은 날이 있으면 흐린 날도 있게 마련입니다. 오늘 같은 경제 불안과 어려움도 한두 해 지나면 풀리기 마련입니다. 이것이 우리 인류가 거쳐 살아온 역사입니다. 그러므로 이런 때일수록 유동적인 상황에 기죽거나 휘말리지 말아야 됩니다. 신문이고 방송이고 밤낮 들어 보면 기죽이는, 죽어 가는 소리뿐 아닙니까? 맑은 정신으로 이런 현상을 냉철히 바라보십시오. 이러한 현상 배후에 숨은 뜻을 캐내십시오. 자신의 삶을 그때그때 마무리 지으면서 새로운 각오를 가지고 인간답고 지혜롭게 사는 길을 다 함께 모색해 갑시다.

불필요한 것으로부터

자유로워질 때

행복이
찾아온다

오늘 부처님께서 도道를 이룬 성도절에 여러분과 만나게 된 시절인연에 먼저 감사드립니다. 사월 초파일은 부처님의 육신이 탄생한 날이고, 성도절은 육신의 존재가 법신이 된 날입니다. 일체중생이 본래 부처라는 진리를 깨달으신 날이 바로 오늘입니다. 조사 어록에도 본래 우리는 이루어져 있는 존재, 모자람이 없는 존재라고 되어 있습니다.

그럼 왜 새삼스럽게 수행을 하는 걸까, 의심을 할 수 있습니다. 교육을 받고 훈련을 하는 것도 마찬가지입니다. 다 갖추어진, 온전한 존재인 우리가 무엇인가를 배우고 익혀야 하는 이유는 사람이 되기 위해서, 부처가 되기 위해서가 아닙니다. 사람 구실을 하기 위해서, 본래 갖추어진 불성을 드러내기 위해서 수행하고 교육을 받는 겁니다. 그래야 이미 이루어져 있는 불성이 더럽혀지지 않고 그 밝음을 드러낼 수 있습니다. 이런 성도절의 의미를 충분히 이해하고 더욱 정진해 가시길 바랍니다.

우리는 지금 쓰레기를 만들어 내는 세상, 인간 자체도 쓰레기가 되어 버린 세상에서 살고 있습니다. 쓰레기란 대량 소비 사회에서 나온 배설물입니다. 통계에 의하면 우리나라에서 하루 동안 버려지는 생활 쓰레기의 양이 무려 7만 5,000톤이나 된다고 합니다. 이 중 3분의 1인 2만 5,000톤이 음식 쓰레기라고 합니다. 이것을 돈으로 환산하면 한 해 8조 원의 돈이, 우리나라 예산의 15%에 달하는 돈이 쓰레기로 버려지고 있는 셈이라고 합니다.

여기서 우리는 '현대인들이 소비하고 있는 만큼, 물건을 가지고 있는 만큼 행복해하는가?', '얼마만큼 가지면 만족할 수 있을까?'라는 물음을 던져 볼 수 있습니다. 대답은 '현대인은 어떤 것을 가진다 해도 행복해하지 못한다.'는 것입니다. 10~20년 전만 해도 우리는 물건의 내구성을 따져 보고 구입했습니다. 그런데 요즘은 겉모양만 보고 간단히 사 버립니다. 대충 쓰다가 버리면 그만이라고 생각하지 그 물건에 대해 오래도록 만족하고 고마워하고, 감사해하는 마음을 갖지 않습니다. 생각만 해도 불쾌한 일입니다만 상상을 초월한, 정치권력을 위한 부정 축재로 감옥에 가 있는 두 전직 대통령을 생각해 봅시다. 과연 그들이 거액의 부정 축재를 하고 난 뒤 만족했을까요? 모르긴 해도 그들도 만족하거나 행복하진 않았을 것입니다. 오히려 그 돈을 남모르게 관리하느라 늘 불안했을 겁니다. 이것은 비단 두 전직 대통령뿐 아니라 현대인들이 공통적으로 가지는 병폐이기도 합니다.

미국식 산업 구조에서 온 소비 현상, 그리고 소비주의적 생활 방식은 인간에게 삶의 기쁨이나 충만감을 주지 못합니다. 오히려 환경을 파괴하고 오염시켜 생태계를 죽어 가게 하고 있습니다. 생태학자와 미래학자들은 21세기까지 인간이 지금과 같이 대량 소비를 지향하는 생활 방식으로 살아간다면 이다음 세기에도 우리가, 우리 자손들이 이 지구상에 살아남을 수 있을까 의문을 가지고 있습니다. 왜냐하면 생태계가 죽어 가고 있다는 것은 곧 그 안에서 살고 있는 인간들이 병들어 가고 있음을 의미하기 때문입니다. 인간은 생태계의 순환에서 벗어날 수 없는 존재이며 자연의 일부입니다. 자연을 허물고 거스르는 인간의 행위는 자연계에 직접 영향을 미치게 되고, 그 행위는 다시 결과로써 우리에게 되돌아옵니다.

농경 사회에서는 자연이 낳아 준 이자만 가지고도 살 수 있었습니다. 하지만 오늘의 물질문명은 자연이 수만 년을 두고 쌓아 오고 축적해 온 자본까지 빼먹고 있는 비정한 현실을 만들고 있습니다. 지구의 자원이란 한정된 것임에도 불구하고 과잉 소비와 포식 사회를 지향하는 인간들은 건강해질 수 없으며 우리들 삶의 터전은 끝내 파괴될 수밖에 없을 겁니다.

소비 사회에서는 광고의 해독도 심각한 문제입니다. 신문과 방송, 전단을 통해 퍼부어지고 있는 똑같은 내용의 무수한 광고들은 사람들의 소비 욕구를 불러일으킵니다. 기능에는 별 차이가 없는데 모양과 이름만 바꾼 신제품들이 수시로 선전되고 있습니다. 오늘날의 신문과 방송은 상업주의의 용병입니다. 그 숱한 광고를 게재하면서 과소비를 부채질하는 신문과 방송들이 한편으로 그린 캠페인이다 뭐다 하는 환경 운동을 벌이고 있는 아이러니, 그 신문을 만들어 내느라 일 년에 수십만 평의 숲이 사라지고 사막이 늘고 있는 이 아이러니가 이를 증명해 줍니다.

행복의 척도는 필요한 것을 얼마나 많이 가지고 있느냐가 아니라 불필요한 것으로부터 얼마나 자유로워지느냐에 달려 있

습니다. 물론 생활에 필요한 것은 가져야 합니다. 그러나 있어도 그만 없어도 그만인 것이라면 그것은 불필요한 것입니다. 불필요한 것으로부터 자유로워지는 것, 그것은 해탈에 이르는 지름길입니다. 적게 가지고 있으면서도 기죽지 않고 그 단순과 간소함 속에서 생의 기쁨과 순수성을 잃지 않고, 늘 생동하면서 하루하루 꽃처럼 피어나는 사람, 그가 진정 행복한 사람이요, 살 줄 아는 사람입니다.

남과 비교하지 마십시오. 사람은 저마다 독창적인 존재, 삶의 방식이 다른 존재들입니다. 저마다 삶의 몫이 있는데 남과 비교하는 것은 쓸데없는 시기심만 유발할 뿐입니다. 아이들이 제일 싫어하는 것 역시 부모님이 자신과 다른 집 아이를 비교하는 것이라고 합니다. 입장을 바꿔서 만약 아이들이 엄마에게 누구네 엄마처럼 책도 읽으라는 둥, 텔레비전 좀 그만 보고 돌아다니지도 말고 집안일이나 하라는 둥 얘기를 한다고 생각해 보십시오. 부모님들 역시 기분이 좋지 않을 것입니다.

복잡한 현대 산업 사회에서 살고 있는 우리에게 가장 아쉬운 것이 단순한 삶입니다. 이 사회 자체가 너무 복잡하기 때문입니다. 단순하다는 것은 본질적인 것입니다. 복잡한 것은 우리를 피곤하게 만들 뿐입니다. 인간관계를 복잡하게 맺고 있으면 그만큼 신경 쓸 일이 많으니 머리가 무거울 뿐입니다.

부처와 보살, 성현들이 남긴

삶의 비결

불교
수업

하루에

한 가지씩

선한 일을
행하라

더위에 안녕하셨습니까? 누가 이런 법회를 만들었는지, 더운 날에 사람 오라 가라 하는 것 피차 못 할 일입니다. 더울 때는 좋은 말씀이라는 것도 무더워요. 오늘은 간단하게 할 테니, 모처럼 여기 오신 김에 소풍 오신 기분으로 점심이나 잘 들고 가십시오.

오늘이 무슨 날이죠? 광복절입니다. 빛 광光자, 다시 복復자, 찾을 복자. 빛을 되찾았다는 거예요. 광복절이라는 것은 빛을 되찾은 날이라는 의미입니다. 잃었던 국권을 되찾은 것을 광복이라고 합니다. 오늘은 54년 전 일제의 압제에서 해방된 날입니다. 그런데 과연 우리는 빛을 찾았는가? 또 모든 억압에서 우리는 해방되었는가? 진정한 광복과 해방이란 무엇인가? 또 광복과 해방은 어디에서 오는가? 함께 생각해 보아야 할 날이 오늘입니다.

여기 오신 불자님들은 집에서도 경전을 독송할 것입니다. 하루에 몇 차례씩 『천수경』과 『반야심경』을 독송합니다. 그런데 과연 뜻을 음미하면서 독송하고 있는지 아닌지 스스로 물어보세요. 입술만 따라서 외우는 그런 독송은 아무런 공덕도 없습니다.

경전을 어떻게 읽는가 하는 것은 부처님의 가르침, 성현의 가르침을 우리가 어떻게 받아들이는가 하는 문제와 직결됩니다. 경전은 신문이나 잡지 보듯이 눈으로만 읽어서는 안 됩니다. 반드시 소리를 내어서 읽어야 돼요. 소리라는 것은 신비합니다. 영혼의 메아리를 울립니다. 신문, 잡지, TV 보듯이 눈으로만 경전을 읽으면 경전이 지니고 있는 깊은 의미를 받아들일 수 없게 됩니다. 경전은 온몸으로 읽어야 돼요.

모든 경전, 특히 대승경전 끝에 보면 신수봉행信受奉行이라는 법문이 나옵니다. 신수봉행하라. 믿고 받아서 받들어 행하라, 이런 교훈이 경전 끝에 실려 있어요. 신부봉행하라는 것은 몸으로 그렇게 행하라는 뜻입니다.

오늘 법문의 내용은 부처님이 설법한 경전 중에서 가장 초기에 결집된 『숫타니파타』에 있는 것입니다. 숫타니파타는 '경집經集'이란 뜻인데, 여기에 「자비경」이라는 짧은 경전이 있어요. 이 경전을 함께 음미하도록 합시다.

잘 아시겠지만 경전은 처음부터 문자로 쓰인 것이 아닙니다. 부처님이 돌아가신 뒤 평소에 부처님이 어떻게 말씀했던가 하는 것을 기억력이 좋은 부처님의 시자, 아난다가 외웠어요. 그 외운 것을 오백 명의 스님이 모여서 과연 바르게 외우고 있는지 아닌지 낱낱이 점검했습니다. 그렇게 해서 바르게 정리되면 같이 합송을 해요. 같이 소리 내서 외우는 거예요. 이렇게 전승되다가 기원을 전후해서 문자로 기록이 됩니다. 그렇기 때문에 우리가 부처님의 가르침을 소리 내어 합송한다는 것은 부처님의 교훈을 오늘 우리가 받아들인다는, 함께 편집한다는 그런 의미가 있습니다. 때문에 경전을 읽을 때는 반드시 소리 내어 읽어야 됩니다.

길지 않은 경전이기 때문에 제가 한 구절씩 외우면 여기 오신 불자들도 같이 따라서 외우세요. 그러면 부처님의 말씀을 우리가 같이 오늘 이 시대에 이 자리에서 편집하게 되는 거나 다름이 없습니다.

사물에 통달한 사람이 평안한 경지에 이르러 해야 할 일은 다음과 같다.

만족할 줄을 알고 많은 것을 구하지 않고 잡일을 줄이고 생활도 간소하게 한다.

마음이 안정되어 흐트러지지 않고 남의 집에 가서도 탐욕을 부리지 않는다.

이웃으로부터 비난 살 만한 행동은 결코 하지 않는다.

살아 있는 모든 것은 다 행복하라, 태평하라, 안락하라.

어떠한 생물일지라도 살아 있는 모든 것은 다 행복하라.

마치 어머니가 목숨을 걸고 외아들을 감싸듯이 모든 살아 있는 것에 대해서 한량없는 자비심을 발하라.

온 세상에 대해서 한량없는 자비를 행하라.

위아래로 또는 옆으로 장애와 원한과 적의가 없는 자비를 행하라.

서 있을 때나 길을 갈 때나 앉아 있을 때나

누워 잠들지 않는 한 이 자비심을 굳게 가지라.

이런 상태를 거룩한 경지라 부른다.

이런 경지에 이르면 윤회의 고통에서 벗어나게 되리라.

이게 오늘 제가 소개해 드릴 부처님 말씀입니다. 간단합니다.

지금도 스리랑카 같은 남방 불교권에서는 혼사가 있을 때 결혼하기 전날, 스님들을 집으로 초청해서 이 경전을 함께 독송하고 또 이 경전에 대해서 해설하는 법회를 갖는다고 해요. 때문에 남방 불교권에서는 지금도 이 경전이 불자들의 일상생활에서 두루 쓰이고 있습니다.

　　'사물에 통달한 사람이 평안한 경지에 이르러 해야 할 일은 다음과 같다.' 여기서 사물에 통달한 사람이라고 했는데, 거창하게 깨달은 사람이 아니라 바로 우리예요. 종교에 귀의한, 불교에 귀의한 우리 자신으로 생각하세요.

　　경전을 읽을 때 주의할 점은 거기에 나오는 사리불이라든가 아난존자 같은 등장인물을 2,500년 전 부처님 살아 계실 당시의 인물로 생각하지 않는 겁니다. 오늘 우리 자신으로 생각해야 됩니다. 그래야 경전 속에 우리 스스로 들어갈 수 있어요. 2,500년 전에 어떤 특정 지역에서 자기들끼리 말하는 것으로 생각하면 나에게는 아무런 해당이 안 됩니다. 독송하는 의미가 없어요. 내 스스로 부처님 제자가 되어 오늘 부처님으로부터 그런 법문을 듣는다고 생각하면 내 삶과 경전이 직결됩니다. 우리의 삶에 부처님의 가르침이 그대로 들어오기 때문에 경전을 읽는 공덕이 있는 거지요. 그렇기 때문에 과거의 인물로 생각하지 말고 오늘 내 자신을 그 현장에 세워야 됩니다.

'사물에 통달한 사람이 평안한 경지에 이르러 해야 할 일은 다음과 같다.' 불교에 귀의한 불자들이 해야 할 도리가 무엇이냐는 거예요. 만족할 줄 알아야 돼요. 지금 우리 시대의 큰 불행 가운데 하나는 무엇을 가지고도 만족할 줄 모른다는 데 있습니다. 부자가 뭡니까? 만족할 줄 알면 부자예요. 아무리 많이 가지고 있으면서도 만족할 줄 모르면 그건 가난한 사람입니다. 조그만 것을 가지고도 만족할 줄 알아야 돼요.

'만족할 줄을 알고 많은 것을 구하지 않고' 실제로 살아 나가는 데 많은 것이 필요 없잖아요. 세상을 살다 보면 이것저것 많은 것을 갖게 됩니다. 가령 해방 직후라든가 6·25 전쟁이 났을 때, 어렵고 궁핍하게 살던 시절에는 많은 것이 필요 없었어요. 갖고 싶어도 가질 수 없었어요. 지금에 비하면 십 분의 일도 못 가졌어요. 그 어려운 조건과 궁핍한 환경 속에서 많은 것을 가지지 못했지만, 지금보다 훨씬 인간답게 살았어요. 지금은 편리한 가전제품이 얼마나 많아요? 그런데도 그 시대에 비해서 지금 우리는 인간답게, 가볍게 못 살고 있어요. 무엇을 가지고도 만족할 줄 몰라요. 가진 것이 너무 많아요. 또 이것저것 관계된 일들이 얼마나 많아요? 그런 여러 가지 일들에 관계하다 보니까 진짜 우리가 해야 할 본질적인 일에 소홀해지고 있어요.

'만족할 줄을 알고 많은 것을 구하지 않고 잡일을 줄이고'

시시껄렁한 일을 줄이라는 겁니다. 동네방네 다니면서 반상회장 노릇 하지 말라는 거예요.

'생활도 간소하게 한다.' 우리의 삶이 너무 복잡하기 때문에 생활 자체가 간소해져야 돼요. 서양 사람들이 가장 이상적으로 생각하는 삶이 단순한 생활입니다. 심플 라이프Simple Life. 아주 단순한 생활을 원해요. 가구가 됐건 옷이 됐건, 옛날에는 복잡한 것을 좋아했는데, 지금은 간소하고 단순한 것을 좋아해요. 단순한 것이 본질적인 것이에요. 복잡한 것은 비본질적이고 사람을 피곤하게 만듭니다.

'잡일을 줄이고 생활도 간소하게 한다. 마음이 안정되어 흐트러지지 않고' 신앙생활 하는 사람은 늘 안에 무언가를 쥐고 있잖아요. 부처님을 모시고 늘 정진하기 때문에 생활의 중심이 잡혀 있어서 쉽게 흐트러지지 않아요. 누가 무슨 소리를 하든 흔들리지 않아요. 여기 오신 분들은 어때요? 연속극 보면서 주인공이나 등장인물하고 같이 놀아나지는 않습니까? 마음에 중심이 잡히면 누가 무슨 소리를 하건 흐트러지지 않습니다.

'마음이 안정되어 흐트러지지 않고 남의 집에 가서도 탐욕을 부리지 않는다.' 욕심이라는 것이 다른 게 아닙니다. 남이 가지고 있는 것을 갖고자 하는 것, 그것이 욕심이에요. 어떤 친구가 이사를 하고 집으로 초청을 해요. 차를 마시다 보니까 우리 집에 없는 게 있어요. 그러면 눈에 쌍심지를 켜고 나도 어떻게 하든 저걸 구해야겠다는 마음을 먹어요. 자기 처지도 모르고 자기 취향도 모르면서 꼭 그렇게 갖추어야 하는 것처럼 착각하잖아요. 그건 그 사람의 처지예요. 나하고는 상관없는 겁니다. 남이 3,000cc 차를 타면, 사실은 프라이드나 티코도 고마운데 이게 시시해집니다. 이런 생각에서 벗어나야 돼요. 그것은 그 사람의 처지입니다.

내가 아는 대학교수가 있는데, 이분은 20년이 더 된 고물차를 지금도 몰고 다녀. 돈이 없어서요? 그것은 긍지예요. 자기 생각은 그렇지 않은데, 유행에 뒤지면 촌스럽다고 할까 봐, 흉볼까 봐 거기에 따르잖아요. 그런데 자기중심이 잡힌 사람은 누가 무슨 소리를 하든 상관없어요. 자기 삶의 철학이 있기 때문에, 주관이 있기 때문에 휩쓸리지 않는 거예요.

'남의 집에 가서도 탐욕을 부리지 않는다. 이웃으로부터 비난 살 만한 행동은 결코 하지 않는다. 살아 있는 모든 것은 다 행복하라, 태평하라, 안락하라.' 늘 그런 염원을 지니고 있어야 돼요. 내가 부처님의 제자이기 때문에, 불교에 귀의한 제자이기 때문에, 신앙생활을 하기 때문에 나 자신, 우리 집안 식구들만이 아니라 살아 있는 모든 것이 행복하고 태평하고 안락하기를 염원하는 거예요.

이제는 전체를 생각할 때입니다. 개체만 가지고는 미래를 헤쳐 나갈 수 없습니다. 기업도 그렇고 개인도 그렇습니다. 세계의 흐름 자체가 그래요. 공해 문제, 대기 오염이 날이 갈수록 심각해지잖아요. 이것은 개인의 의지만 가지고는 안 됩니다. 전체를 생각해야 돼요. 나 하나쯤 세제를 흘려보낸다고 해서 대단한 일이 일어나겠냐고 저마다 그렇게 생각하기 때문에 지금 세상이 이렇게 어지러운 거예요. 이건 다른 누구의 탓이 아닙니다. 우리 스스로가 자초하고 있는 거예요.

'어떠한 생물일지라도 살아 있는 모든 것은 다 행복하라.' 여기서 말하는 살아 있는 것은 사람만이 아닙니다. 서양의 기독교적인 사랑은 인간 본위예요. 동양의 자비는 생명 본위입니다. 서양에서는 짐승들과 가축들을 창조주가 사람을 먹이기 위해서 만든 거라고 생각해요. 그런데 동양에서는 살아 있는 모든 생명은 한 뿌리에서 나누어진 가지이기 때문에 똑같이 봅니다. 다 신성하게 여겨요. 사람 이외의 그 어떤 생명일지라도 수단이 될 수 없어요.

옛날에는 우리가 가난했고 형편이 안 되어서 채식 위주로 했어요. 그래서 병원 찾는 일이 별로 없었습니다. 그런데 요즘에는 우리의 식습관이 육식 위주로 되어 있어요. 왕년에 못 먹었던 한이 이어졌는지 끼니때마다 고기를 찾아요. 그런데 온전한 고기가 어디 있어요? 고기가 죽을 때 원한을 품어요. 살려고 세상에 나왔는데, 제명대로 살지 못하고 도살을 당하기 때문에 원한을 갖는다고요. 사람도 병드는데 고기라고 해서 백 퍼센트 건강한 고기가 어디에 있습니까? 또 외국에서 다이옥신이니 뭐니 하는 걸 잔뜩 묻혀서 자기들은 먹지 않고 후진국에 수출하는 게 얼마나 많아요? 이걸 우리가 먹고 있어요. 그러다 보니까 옛날보다 잘 먹으면서도 건강 상태는 안 좋아요. 병원을 가까이할 수밖에 없어요.

식생활이 개선되지 않고는 국민 건강, 인류의 건강은 예측할 수 없습니다. 그전에는 없던 병들이 많이 생겨난 이유가 뭐예요? 너무 많이 먹고, 먹을 것 안 먹을 것 가리지 않고 먹기 때문이에요. 특히 한국 남성들은 정력제라고 하면 사족을 못 쓰잖아요. 저 죽는지도 모르고 그냥 아무거나 먹어 대요. 산에 개구리가 남아나지 않아요. 겨울에도 동면하는 개구리를 잡으러 다니잖아요. 어쩌다가 우리가 이렇게 되었는가? 그런 것 안 먹고도 얼마든지 살 수 있는데 이렇게 탐욕스러운 존재가 되어 버렸어요. 중이 고기 안 먹는다고 해서 하는 소리가 아닙니다. 초식 동물은 포악하지 않습니다. 반면에 육식 동물은 포악해요. 마찬가지로 육식 좋아하는 사람은 그 남아도는 기운을 어디다 씁니까? 채식 좋아하는 사람은 자기 숨을 쉬고 다니는 만큼만 먹기 때문에 그렇게 난폭해지지 않아요.

'어떠한 생물일지라도 살아 있는 모든 것은 다 행복하라. 마치 어머니가 목숨을 걸고 외아들을 감싸듯이 모든 살아 있는 것에 대해서 한량없는 자비심을 발하라. 온 세상에 대해서 한량없는 자비를 행하라.' 자비심을 발할 뿐 아니라 몸소 행하라는 겁니다. 경전을 온몸으로 읽어야 된다는 말의 의미가 그것입니다. 좋은 말씀을 입으로만 외우고 머리에만 담아 두지 말고 그대로 일상생활에서 행하고 실천하라는 겁니다.

'온 세상에 대해서 한량없는 자비를 행하라. 위아래로 또는 옆으로 장애와 원한과 적의가 없는 자비를 행하라. 서 있을 때나 길을 갈 때나 앉아 있을 때나 누워 잠들지 않는 한 이 자비심을 굳게 가지라. 이런 상태를 거룩한 경지라 부른다. 이런 경지에 이르면 윤회의 고통에서 벗어나게 된다.' 이런 경지에 이르면 온갖 갈등에서 해소될 수 있습니다. 마음속으로 다짐하기 위해 다시 한 번 저를 따라 합송합시다.

사물에 통달한 사람이 평안한 경지에 이르러 해야 할 일은 다음과 같다.
만족할 줄을 알고 많은 것을 구하지 않고 잡일을 줄이고 생활도 간소하게 한다.

마음이 안정되어 흐트러지지 않고 남의 집에 가서도 탐욕을
부리지 않는다.

이웃으로부터 비난을 살 만한 행동은 결코 하지 않는다.

살아 있는 모든 것은 다 행복하라, 태평하라, 안락하라.

어떠한 생물일지라도 살아 있는 모든 것은 다 행복하라.

마치 어머니가 목숨을 걸고 외아들을 감싸듯이 모든 살아
있는 것에 대해서 한량없는 자비심을 발하라.

온 세상에 대해서 한량없는 자비를 행하라.

위아래로 또는 옆으로 장애와 원한과 적의가 없는 자비를
행하라.

서 있을 때나 길을 갈 때나 앉아 있을 때나
누워 잠들지 않는 한 이 자비심을 굳게 가지라.

이런 상태를 거룩한 경지라 부른다.

이런 경지에 이르면 윤회의 고통에서 벗어나게 되리라.

다시 말하면, 자비심으로 인해서 생사윤회의 고통에서 벗어
나 해탈할 수 있다는 뜻입니다. 어떤 경전에 보면, '자비심이 곧
부처님이다.'라는 말이 있어요. 사랑이 곧 하느님이라고 하듯이.
우리가 가지고 있는 가장 아름답고 향기로운 본래의 심성
이 사랑입니다. 자비예요. 자비심은 우리를 깨달음으로 이끕니

다. 하지만 가만히 앉아 있다고 해서 깨달음이 찾아오지는 않습니다. 끝없는 자비를 행함으로써 언젠가 눈을 번적 뜨게 돼요.

　다가오는 21세기, 다음 새 천년을 두고 언론에서는 이러쿵저러쿵 말이 많습니다. 20세기 말에 우리는 지구의 환경 문제, 불안한 미래, 핵에 대한 공포, 생명 공학에 의한 생명 복제 문제 등 엉뚱한 데로 뻗어 나가고 있어요. 이것은 전체를 생각하지 않기 때문에 일어난 일들입니다. 개인의 이기심, 과학자들의 공명심, 지나치게 이윤을 추구하려는 기업가들의 욕심, 이런 것으로 인해 세계가 뒤죽박죽이 되었고, 세상 살기가 어렵게 되었어요. 날씨 한번 보세요. 예측할 수가 없어요. 예전에는 태풍이 닥치면 태풍이 지나간 그 지역만 피해를 입었는데, 이제는 방방곡곡 피해를 입지 않는 지역이 없어요. 온 지구적인 현상이에요. 우리의 생활이 잘못된 탓에 이런 재앙을 불러들인 겁니다.

　자비심이란 무엇입니까? 자기 혼자만 생각하고 자기 가족만 생각하는 것은 이기심이에요. 자비심이라는 것은 전체를 생각하는 마음입니다. 인간의 진정한 해방은 자비심에 의해서 이루어질 수 있어요. 자비심 없이는 해방이 이루어지지 않습니다. 자비심이 곧 구원입니다.

거듭 말하지만, 경전을 읽을 때는, 부처님의 교훈을 접할 때는 온몸으로 받아들여야 해요. 입으로만 읽는 경전이란 무슨 의미입니까? 치료법을 읽기만 한다면 환자에게 무슨 도움이 되겠어요?

인간의 보편적인 이상은 반드시 구체적인 인간관계를 통해서 실현됩니다. 인간사란 무엇입니까? 나와 당신, 우리 사이에 이루어진 관계예요. 자비심은 이웃을 보살피고 거드는 봉사를 통해서 현실적으로 전개됩니다. 봉사란 건 우리의 일상생활 속에서 어려운 처지에 있는 이웃을, 한 뿌리에서 나뉜 가지들을 보살피고 거드는 일이에요. 이게 자비심이에요. 이것은 전체를 생각하는 일입니다. 우리가 그러한 생활 습관을 회복하지 않는 한 미래는 없어요.

우리가 농사짓고 어렵게 살던 시절에는 이웃이 있었습니다. 그런데 지금은 이웃이 없잖아요. 아파트 현관문 닫으면 앞집이건 윗집이건 전혀 남남이에요. 겨울이면 문풍지가 바람에 울고 방 안에 물을 놓아두면 얼 정도로 춥고 궁핍하게 살았지만, 그때는 이웃이 있었습니다. 그 이웃의 어려움을 동정하고 거들고 보살폈어요. 그런데 지금은 이웃이 없어요.

이처럼 잘못된 생활에서 벗어나려면 자비심이 깃들어야 됩니다. 우리 마음의 근본적인 기운이고 미덕인 자비심이 움터야 돼요. 전체를 생각하는 겁니다. 이웃은 '큰 나'예요. 우리가 부처님의 가르침을 배우고 닮는다는 것은 일체중생, 함께 살아가는 무수한 이웃을 보살피는 일입니다. 거듭 말씀드립니다만, 앞으로 우리 인류가 제대로 존속하려면 개체보다는 전체를 생각해야 됩니다.

『화엄경』「십행품十行品」에 이런 법문이 있습니다. '이 중생들은 내 복밭[福田]이고 내 선지식이다. 내가 찾아가지도 않고 청하지도 않았는데, 일부러 찾아와 나를 불법 가운데 들게 하는구나. 나는 마땅히 이와 같이 배우고 닦아서 일체중생의 마음을 저버리지 않으리라.' 인간사란 인간관계예요. 무수한 이웃과의 관계입니다.

이웃이라는 존재가 나한테 덕만 베푸는 것은 아니에요. 자꾸 귀찮게 하고 뭘 뜯어 가려는 그런 이웃도 있어요. 그런데 알고 보면 까닭이 있어요. 이럴 때는 생각을 돌이켜야 돼요. '아, 내가 전생에 빚진 것을 이제 받으러 왔나 보다.' 혹은 '이다음에 내가 받아서 쓸 것을 미리 예치하라는 이런 소식이구나.' 이렇게 생각하세요.

'이 중생들은 내 복밭이고 내 선지식이다. 내가 찾아가지도 않고 청하지도 않았는데, 일부러 찾아와 나를 불법 가운데 들게 하는구나.' 이웃이 찾아와 내 마음을 열게 한다는 거예요. 자비심을 발하도록 유도한다는 겁니다. '나는 마땅히 이와 같이 배우고 닦아서 일체중생의 마음을 저버리지 않으리라.' 그러면서 보살은 이렇게 스스로 다짐해요. '만약 한 중생이라도 만족케 하지 않는다면 나는 끝내 위없는 보리를 이루지 않으리라.' 만약 한 중생이라도 만족케 하지 않는다면 나는 끝내 위없는 보리, 깨달음에 이르지 않겠다, 이런 뜻입니다. 내 이웃의 고통과 재난을 건져 줄 때 나 자신도 함께 건져진다, 이것이 보살도예요.

나만 건너는 것이 아닙니다. 『반야심경』에 '도일체고액度一切苦厄'이라는 말이 나오잖아요. 관세음보살이 이 세상을 살아갈 때 어떻게 살았느냐? 일체중생의 고통과 재난을 건져 주었던 거예요. 건져 줌으로써 자기 자신도 건짐을 받는 겁니다. 혼자만 건너는 것이 아닙니다. 이것이 종교의 세계예요.

여기 오신 불자님들, 그동안 얻어들은 부처님의 가르침이 얼마나 많습니까? 이것을 하루 한 가지씩이라도 행하세요. 행해야 그게 정진입니다. 한 방울 한 방울이 모여서 항아리를 채우고, 개울물이 모여서 큰 강을 이룹니다. 작은 선이라도 좋으니까 하루 한 가지씩 행하세요. 이것이 정진입니다. 가만히 선방에 앉아서 좌선하는 것, 그것은 행하기 위한 준비예요.

거듭 말씀드립니다. 작은 선이라도 좋으니까 이웃을 위해 하루에 한 가지씩이라도 행하십시오. 그렇게 되면 내 정진력이 그만큼 자라게 됩니다. 내 안에 있는 자비심의 싹은 그렇게 움트는 거예요. 이것이 진정한 해방이고 해탈입니다.

더운데 잔소리 그만하겠습니다. 소풍 삼아서 오셨으니까, 절 음식 맛있게 드시고 나무 그늘 아래서 쉬어 가시기 바랍니다.

바른
생활
규범으로

삶의 중심을
세우라

　　불교에 귀의한다는 것은 불佛·법法·승僧 삼보三寶에 귀의
하고 계를 받는 일입니다. 계를 받아야 불자가 되는 겁니다. 그
동안 3개월 동안 문화 강좌에 열심히 참여한 공덕으로 회향 날
계를 받게 되는 인연에 감사드립니다.

　　무슨 일이든지 한 번 시작을 하면 그 일이 남에게 폐가 되
지 않고 좋은 일이라면 끝을 보아야 됩니다. 무슨 일이든 시작을
해서 그만두게 되면 그게 업이 되어서 이다음에 무슨 일을 할
때도 끝을 보지 못하는 그런 폐단이 있습니다. 그렇기 때문에 일

단 시작한 일은, 남에게 해가 되지 않고 자기 자신에게 덕이 되는 일이라면, 끝까지 추진해서 원만한 회향을 보는 것이 정진입니다.

계를 귀찮은 규제라고 생각하지 마십시오. 우리가 살아가는 데에는 질서와 규범이 있어야 됩니다. 질서와 규범이 없으면 아무렇게나 살게 되기 때문에 앞길이 막히게 돼요. 질서와 규범을 따라 살면 큰 탈 없이 이 세상을 무난하게 살게 됩니다.

길이 뚫려 있는데 차선이 없다고 생각해 보세요. 고속도로건 국도건 혹은 시내 도로건 차선이 없는 길을 차들이 멋대로 질주한다고 한번 상상해 보세요. 얼마나 혼란스럽겠어요? 이와 같이 계란 하나의 차선과 같습니다. 차선을 따라 도로를 달리면 아무 탈이 없어요. 교통 법규를 준수하면 큰 장애 없이 가고자 하는 목적지까지 도달할 수 있습니다. 그런데 교통질서를 지키지 않고 제멋대로 추월하고 과속하거나 한눈팔면 가고자 했던 목적지까지 도달하기 전에 도중에 탈이 나게 됩니다. 계도 마찬가지예요. 계는 청정한 생활 규범이기 때문에 이 규범대로 살면 큰 탈이 없습니다. 하나의 울타리와 같은 겁니다. 울타리 안에서 살면 답답할 것 같지만 든든합니다. 또 생활 규범 없이 제멋대로 살면 편할 것 같지만, 삶의 중심이 잡히지 않기 때문에 종잡을 수 없어요. 계는 타율적인 것이 아니라 자율적인 것입니다. '무엇무엇 하지 말라.'가 아니에요. '무엇무엇 하지 않겠습니다.' 하는 스스로의 다짐이고 그렇게 살려고 하는 의지입니다.

또 계는 그릇과 같습니다. 그릇이 온전해야 그 안에 물건을 담을 수 있지 않습니까? 그릇이 성하지 않으면 그 안에 선정의 물, 고요히 정진하는 선정의 물이 담기지 않아요. 선정의 물이 없으면 지혜의 달이 떠오르지 않습니다. 그래서 계와 선정과 지혜, 이것을 삼학三學, 우리가 배워야 할 세 가지라고 말하지 않습니까? 또 부처님이 팔십 평생을 사시다가 마지막으로 돌아가실 때 제자들이 묻습니다. "부처님이 안 계실 때 저희들은 누구를 스승으로 의지해야 합니까?" 부처님은 계를 스승으로 삼으라고 하십니다. 계를, 청정한 생활 규범을 스승으로 삼으라는 거예요.

계라는 말의 어원을 살펴보면, 습성이나 반복, 습관적으로 닦아서 익혀야 할 지속적인 수행을 말해요. 계가 몸에 배면 우리가 무심코 잘못을 범하게 되더라도 마음속에 다져진 잠재력의 씨앗이 있기 때문에 계에 어긋난 행위를 하지 않게 됩니다. 계의 덕과 향기가 몸과 마음에 배게 되니까요.

불법승, 부처님과 부처님의 가르침, 그리고 가르침을 실천하는 승가僧家를 두고 삼보라고 합니다. 삼보에 귀의한 뒤 지켜야 할 다섯 가지 생활 규범이 있는데, 그 첫째가 산목숨을 죽이지 말라는 겁니다. 이는 자비로운 마음으로 모든 중생을 아끼고 사랑하라는 뜻이에요.

제가 며칠 전에 벽제 화장터에 다녀왔어요. 연습 삼아서요. 머지않아 우리도 거기에 갈 테니까. 요즘은 기독교 신자들도 화장을 많이 하더라고요. 기독교는 부활을 믿기 때문에 그 전에는 매장을 했지 화장을 하지 않았는데, 지금은 해요. 국토 관리 차원에서도 바람직한 일입니다. 그리고 화장을 하면 두 번 죽는다고 하는데, 매장을 하면 골백번 죽잖아요. 벽제 화장터가 예전에는 시설이 엉성했는데, 이번에 가 봤더니 완벽해요. 시설이 좋아서 나도 이다음에 죽게 되면 산중에서 화장하지 않고 이런 화장터에 와서 화장하면 깨끗하겠구나, 하는 생각을 했습니다. 산중에서 화장하게 되면 얼마나 시끄러워요. 온 동네방네가 들뜨고 기자들이 달려들어서 제대로 죽을 수도 없어요. 또 한 사람 태우는 데 얼마나 많은 나무가 희생됩니까? 수십 그루의 나무가 희생된다고요. 그런데 화장터에서는 가스로 하기 때문에 깨끗해요. 두 시간만 지나면 깨끗이 증거가 인멸된다고요.

그런데 웬 젊은 여자가 온 화장막이 떠나가도록 통곡을 해요. 알아보았더니, 2개월 된 아이가 죽었대요. 어떻게 죽었는지 곁에서 물어보니까, 잠을 자다 엎어져서 질식사를 했대요. 엄마들, 그것 조심하세요. 한동안 머리가 좋아진다고, 또 뒤통수 예뻐지라고 아이를 엎어서 재웠잖아요. 미국에서도 요즘에는 아기들 엎어서 재우지 못하게 한대요. 아무튼 그래서 통곡을 합니다. 저도 다른 때는 울지 않는데, 그 엄마의 통곡을 듣고 있으려니 저절로 눈물이 나왔어요. 성인들은 넉넉잡고 두 시간이면 다 타는데, 그 2개월짜리 어린애는 한 삼십 분 되니까 끝났어요. 뼈도 얼마 안 돼요.

왜 이런 얘기를 하는가 하면, 거기에는 까닭이 있을 것이기 때문입니다. 2개월밖에 안 된 천진한 아이가 무슨 죄를 지었다고 그렇게 질식을 해서 죽겠어요? 뭐라고 단정할 순 없지만, 이게 우연한 일이 아닐 겁니다. 엄마나 가족들의 전생에 무언가 까닭이 있었을 거예요. 자식을 웬수, 원수가 아니고 웬수라고 하잖아요. 그 엄마가 일찍이 상처받을 수 있을 업을 지었기 때문에 금생에 그 어린 자식을 여의고 그렇게 통곡하게 된 업보를 받지 않았을까, 이런 생각을 하게 돼요. 한 생명이 태어나서 채 피어나지도 않은 채 죽는 것은 흔히 있는 일이 아닙니다. 이런 것을 돌이켜볼 때 산목숨을 해치는 일은 어떤 경우라도 삼가야 돼요.

제가 이 계를 설할 때마다 느끼는 점이 있습니다. 저 자신이 부처님 제자가 되어 산목숨을 죽이지 않겠다는 불살생계 한 가지만이라도 지니려고 노력하는 것이 얼마나 다행한가, 이런 생각을 해요. 그 계를 받지 않았다면 내가 알게 모르게 산목숨을

256

얼마나 많이 해쳤겠어요? 그런데 내가 산목숨을 해치지 않겠다는 맹세를 했기 때문에 어떤 미물을 탁 쳐서 죽이고 싶은 마음이 나더라도 그것을 돌이키는 거예요.

산목숨을 죽이지 말라고 하는 것은 자비로운 마음으로 모든 중생을 아끼고 사랑하라는 뜻입니다. 살생을 하게 되면 우리 심성에 본래 갖추어진 자비의 씨앗, 사랑의 씨앗이 소멸됩니다. 모기나 파리를 쳐 죽일 때도 그 순간에는 살기가 작동해요. 살생하는 사람들의 얼굴이나 눈을 보세요. 살기등등하잖아요.

우리가 지켜야 할 다섯 가지 계 가운데 둘째는 남의 물건을 훔치지 말라는 것입니다. 이는 보시하는 마음으로 항상 남을 도움으로써 한량없는 복덕을 지으라는 뜻입니다. 훔친다는 것은 담 넘어가서 남의 물건을 가져오는 것만을 말하는 게 아닙니다. 남이 주지 않는 것을 갖는 것, 이것이 훔치는 것이고 도둑질입니다. 우리가 내 것이 아닌 남의 것을 함부로 취하게 되면 우리 심성 가운데 갖추어져 있는 복과 덕의 씨앗이 훼손되는 겁니다.

셋째, 삿된 음행을 하지 말라고 하는 것은 신의와 순결을 지킴으로써 가정의 평화를 이룩하고 청정하게 살라는 뜻이에요.

또 넷째, 거짓말하지 말라는 것은 남에게 피해를 주는 쓸데없는 말과 이간질하는 말, 악담 등을 경계하라는 뜻입니다. 진실한 말은 믿음을 주고, 믿는 마음은 불자의 근본정신이 됩니다.

거짓말을 하게 되면 사람이 실없어지고 진실성을 잃게 됩니다.

다섯째, 술 마셔 취하지 말라고 함은 혼미한 정신으로 실수하는 것을 미연에 방지하고, 지혜의 선영으로 마음의 휴식을 얻어 맑은 정신으로 인격을 완성하라는 뜻입니다. 술을 많이 마시면 지혜가 사라지고 바보가 되지 않습니까? 알코올 중독은 일종의 불치병이고 정신질환입니다. 『인과경』에 그런 말씀이 있습니다. 술을 마시면 이다음에 똥물지옥에서 태어난다고요. 똥통에 들어가서 똥물을 잔뜩 마시게 돼요. 이것은 다음 생의 일이 아닙니다. 술 취하면 더러운 건지 깨끗한 건지 분간을 못 하잖아요. 완전히 이성을 잃어요. 또 술만 마시고 마나요? 제정신이 아니기 때문에 무슨 짓을 할지 알 수 없잖아요. 그래서 취하지 말라는 겁니다. 맑은 정신을 가지고 살아도 이 세상을 살기가 어려운데, 일부러 정신을 흐리게 하지 말라는 거예요.

계는 우리가 드나드는 문과 같아요. 그래서 열고 닫을 줄 알아야 됩니다. 물론 계를 그대로 지켜야 되겠지만, 때로는 자기가 맹세했던 것을 스스로 허무는 경우도 있습니다. 이런 것을 개차법開遮法이라고 합니다. 열고 닫을 줄 알아야 된다는 건데, 이것을 다른 말로 방편方便이라고 해요. 보다 큰일을 위해 작은 것을 희생하는 경우, 한 생명을 구하기 위해 거짓말하지 않겠다는 맹세를 어기는 경우, 이때는 그것이 그렇게 허물이 아니라는 말입니다. 하지만 코에 걸면 코걸이, 귀에 걸면 귀걸이 식으로 하는 것은 해당 사항이 없습니다. 그것은 계를 지키는 것이 아니에요. 불가피한 경우에 계를 지키지 못할 때, 그것은 계를 파하는 일이 아니라는 가르침입니다. 이것을 개차법이라고 해요.

우리가 이 어지러운 세상을 살아오면서 알게 모르게 지은 허물이 많습니다. 오랜 세월 동안 쌓인 모든 잘못을 부처님 앞에, 삼보 앞에 참회하는 의식이 있습니다. 나를 따라 하십시오. 입으로만 하지 말고 진심으로 하세요. 그래야 영험이 있어요. 제가 한 구절 한 구절 외우면 따라 하십시오.

계를 받는 저희들이
지난 오랜 세월에서 오늘에 이르도록
탐내고 성내고 어리석고 게으른 탓으로
많은 잘못을 저질렀음을
몸과 말과 생각을 가다듬어
지극한 마음으로 참회하겠나이다.

또 일어나십시오.

계를 받는 저희들이

지난 오랜 세월에서 오늘에 이르도록
탐내고 성내고 어리석고 게으른 탓으로
많은 잘못을 저질렀음을
몸과 말과 생각을 가다듬어
지극한 마음으로 참회하나이다.

또 일어서십시오.

계를 받는 저희들이
지난 오랜 세월에서 오늘에 이르도록
탐내고 성내고 어리석고 게으른 탓으로
많은 잘못을 저질렀음을
몸과 말과 생각을 가다듬어
지극한 마음으로 참회하였나이다.

이렇게 말로써 '참회하겠습니다', '참회하나이다', '참회하였나이다' 했는데, 그 표로서 염비라는 것이 있어요. 팔뚝에 향을 뜸으로써 내가 다시는 잘못을 범하지 않고 새롭게 태어나겠다는 그런 다짐을 하는 것입니다. 우리가 한 생각에서 허물을 짓기 때문에 그 한 생각을 돌이키면 그 허물이 소멸됩니다. 자기가 지은 허물을 후회하지 말고 선행으로서 보상하면 됩니다. 그런 다짐에서 염비를 합니다.

이제 선남자, 선녀님들이 참회를 마쳤으니, 이제까지 지은 모든 잘못이 소멸되고 몸과 마음이 깨끗하고 착해졌습니다. 이제 바로 삼보에 귀의하여야 합니다. 모두 이 계사를 따라 하십시오.

계를 받는 저희들이 거룩한 부처님께 귀의하겠습니다.
계를 받는 저희들이 거룩한 가르침에 귀의하겠습니다.
계를 받는 저희들이 거룩한 승가에 귀의하겠습니다.

이제 삼보에 귀의했습니다, 선남자, 선녀님들이 삼보에 귀의하는 계를 받았으니, 벌써 계체戒體가 갖추어졌습니다. 계의 몸이 갖추어졌다는 것입니다. 내 몸이 단순한 아무개 엄마의 몸이 아니고 청정한 계를 받은 그런 몸이 된 겁니다. 다시 오계를 낱낱이 외울 것이니, 잘 가질 것을 다짐해야 합니다.

첫째, 산목숨을 죽이지 말고 자비심으로 중생을 사랑하십시오.
둘째, 주지 않는 남의 물건을 훔치지 말고 보시를 행하여 복덕을 지으십시오.

셋째, 삿된 눈을 하지 말고 몸과 마음에 청정함을 갖추십시오.

넷째, 거짓말하지 말고 진실을 말하며 신의를 지키십시오.

다섯째, 술을 마셔 취하지 말고 언제나 밝고 맑은 지혜를 가
지십시오.

선남자, 선녀님들이여, 방금 삼귀三歸와 오계를 받았으니,
믿고 행하고 원하는 것이 서로 이루어지도록 원을 세워야 합니
다. 따라 하십시오.

저희들은 지극한 마음으로 원을 세우나이다.

이 삼귀와 오계를 받은 공덕으로

나쁜 것을 행하지 아니 하고 부처가 되어 중생들을 구제하고

모든 중생이 다 함께 행복하게 하소서.

이웃을
구할 때

나 자신도
구제된다

　설은 잘 쇠셨습니까? 새해 복 많이 받으시고, 소원들 이루십시오.

　오늘 우리는 이 자리에서 새롭게 만났습니다. 설을 쇠었다고 해서 새로운 것이 아니라 우리가 살아가는 순간순간이 늘 새롭습니다. 때문에 한 번 지나가 버린 과거사에 집착하지 말아야 됩니다. '과거를 묻지 마세요.'라는 노래도 있듯이, 지나간 과거사는 흘러가 버린 물과 같기 때문에 거기에 집착해서는 안 됩니다. 또 지나간 과거를 두고 후회하지도 말아야 됩니다. 자책하지 말고, 원망하지도 마십시오. 왜냐하면 그것은 이미 전생의 일이기 때문입니다. 우리가 불행한 이유 가운데 하나가 이미 지나가 버린 과거에 집착하기 때문입니다. 과거 때문에 현재가 소멸돼요.

이런 말이 있습니다. '시간의 발걸음은 세 겹이다. 미래는 망설이면서 다가오고, 현재는 화살처럼 빨리 날아가고, 과거는 지켜 서 있다.' 미래는 불안하기 때문에 주저주저하면서 다가와요. 현재는 화살처럼 빨리 날아갑니다. 아침 먹고 조금 있으면 금세 점심, 저녁이잖아요. 과거는 영원히 지켜 서 있습니다. 우리를 지켜보고 있어요.

과거, 현재, 미래가 따로 떨어진 별개의 시간이 아니라, 지금 이 순간에 함께 있습니다. 동시적인 거예요. 그렇기 때문에 앞으로 닥쳐올 일을 앞질러 미리 맞이하지 말아야 됩니다. 지금 당하고 있는 일을 두고 지나치게 소란피울 것도 없어요. 또 이미 지나간 일을 오래 마음에 담아 두어서는 안 됩니다. 저절로 오도록 맡겨 두고, 저절로 가도록 내버려 두세요. 그렇게 되면 근심과 걱정 또한 저절로 사라집니다.

우리의 일상생활을 가만히 돌이켜 보십시오. 한 번 지나가 버린 과거, 어제나 그제의 일에 집착하느라 오늘 주어진 이 좋은 날을 고마워할 줄 모르지 않습니까? 과거에 살아서는 안 됩니다. 그건 이미 지나간 전생의 일이에요. 현재를 살 줄 알아야 됩니다. 그래야 앞으로 다가올 미래가 밝아져요.

모든 살아 있는 것들은 끊임없이 형성되어 가는 과정에 있어요. 우리가 하루를 산다는 것은 끝이 아니에요. 삶의 과정입니다. 좋은 일을 통해서만 사람이 되는 것은 아닙니다. 좌절과 실패를 통해서도 사람은 얼마든지 새롭게 형성되어 갑니다. 자식이 입시에 낙방했다고 낙담하지 마십시오. 대학에 한두 해 먼저 들어가고 나온다고 해서 인생의 성공과 실패가 거기에 좌우되는 것은 아닙니다. 그런 일에 너무 집착하지 마세요. 자기 차례가 있습니다. 사람은 언젠가는 자신을 채웁니다. 그러니 입시에 실패했다고 기죽을 필요 없습니다. 그 사람은 좌절과 실패를 통해서 합격자들로서는 경험할 수 없는 인생의 또 다른 면을 몸소 체험하고 있는 거예요. 세상을 살아가는 동안 이런 경험들이 다 양식이 됩니다. 그 나름의 의미가 있어요.

무한한 잠재력을 지닌 인생을 한정된 틀에 끼워 맞추려고 해서는 안 됩니다. 어떤 틀이 있는 게 아니에요. 모두가 그렇게 살아야 되는 것도 아닙니다. 그런데 사회적인 통념과 인습 때문에 누구나 그렇게 살아야 하는 것처럼 생각합니다. 인류사에 빛을 남긴 대부분의 사람들은 그런 틀에 갇히지 않았습니다. 그러니 자라나는 자식들을 어떤 틀에 가두려고 하지 마세요. 보다 넓은 시야로 바라볼 수 있어야 됩니다. 지금 겪고 있는 일들을 전부라고 생각해서는 안 됩니다. 전 생애의 한 과정으로 보아야 됩니다. 우리가 거쳐 가야 하는 하나의 과정으로 본다면 우리가 당하고 있는 현실에 너무 급급하지 않게 될 것입니다.

•

새해에 어떤 원들을 세우셨습니까? 왜 웃기만 해요? 새해에 무슨 원들을 세웠습니까? 제가 아까 복 많이 받으시고 소원 성취하라 그랬는데, 성취할 어떤 소원들이 있습니까? 이 시간에는 우리의 원에 대해서 생각해 보겠습니다.

사람은 원을 세우고 살아야 됩니다. 특히 신앙생활을 하는 사람들에게는 원이 있어야 합니다. 원은 삶의 지표이고 목표입니다. 원을 가지고 살면 어떤 역경 속에서도 참고 이겨 낼 수 있는 저력이 생겨요. 어떤 목표와 지표가 있기 때문에 그렇습니다. 하지만 원이 없으면 이 세상의 물결에 이리저리 흔들리게 마련입니다.

원이 무엇입니까? 욕심하고는 다릅니다. 욕심은 개인적인 것입니다. 사적이고 이기적인 욕망이 욕심입니다. 그러나 원은 나 자신만 아니라 이웃에게까지 덕을 입히는 이타적인 소망입니다. 원은 타인의 구제를 통해서 나 자신도 함께 구제되는 그런

길이에요.

중생은 자신이 짓는 업력, 업의 힘에 이끌려서 삽니다. 그러나 보살은 자신이 세운 원력願力으로 살아갑니다. 업력과 원력이 이렇게 달라요. 한번 돌이켜 보십시오. 나 자신이 지금 원력으로 살아가는지, 업력에 이끌려 살고 있는지 스스로 돌아보십시오.

따라서 중생은 의존적인 삶을 살고 보살은 자주적인 삶을 살아갑니다. 중생과 보살을 거창하게 생각하지 마십시오. 한 생각 일으켜서 보다 넓은 뜻을 지니고 당당하게 살겠다고 노력하는 사람은 보살이고, 그냥 주어진 여건 속에서 되는대로 사는 사람은 중생입니다.

일찍이 모든 부처님과 보살들은 하나같이 넓고 큰 원을 세웠어요. 아미타불은 수행 시절에 마흔여덟 가지 원, 사십팔원四十八願을 세웠지 않습니까? 보현보살은 십대원十大願을 세웠습니다. 『천수경』에 보면 「여래십대발원문如來十大發願文」이 있어요. 또 지장보살, 문수보살 할 것 없이 모두 원을 세웠습니다. 원을 세우지 않은 불보살이 없어요. 여기서 우리가 알아야 할 것은 그들이 부처님이나 보살이 되고 나서 원을 세운 것이 아니라, 그들이 세웠던 원의 힘으로 부처와 보살이 되었다는 사실입니다. 일찍이 세웠던 그 원력으로, 원의 힘으로 부처와 보살이 된 것이지, 부처와 보살이 되고 나서 새삼스럽게 원을 세운 게 아닙니다.

보살계 받으신 분들은 아시죠? 보살계법인 『법망경』에도 모든 불자들이 원을 세우라고 강조하고 있어요. 그 내용은 십중대계와 사십팔 경계인데, 열 가지 큰 계와 마흔여덟 가지 가벼운 계로 이루어져 있습니다. 그런데 마흔여덟 가지 가벼운 경계輕戒 중에 이런 구절이 있습니다. '원을 발하라.' 원을 세우라는 거예요. '부모와 스승에게 은혜 갚기를 발원하며, 어진 도반과 함께 공부할 선식 만나기를 발원하며, 마음이 밝게 열려 법답게 수행하기를 발원하며, 계율을 굳게 지켜 잠시도 마음의 흐트러짐이 없기를 발원해야 한다.' 이렇게 원을 발하라는 겁니다.

'부모와 스승에게 은혜 갚기를 발원하며' 부모와 스승이 아니었다면 우리가 어떻게 이렇게 클 수 있었겠습니까? 어떻게 정신적 육체적으로 자랄 수 있겠습니까? '어진 도반과 함께 공부할 선식 만나기를 발원하며, 마음이 밝게 열려 법답게 수행하기를 발원하며, 계율을 굳게 지켜' 계율이라는 것은 청정한 생활 규범이죠. '계율을 굳게 지켜 잠시도 마음의 흐트러짐이 없기를 발원해야 한다.' 그다음에 바로 서원誓願을 세우라는 구절이 또 나옵니다. '불자는 계율을 지키면서 다음과 같은 서원을 세워야 한다.' 여기서는 재가 보살과 출가 보살 중에 출가 보살을 상대

로 하는 얘기입니다. 이게 무서운 소리예요. 이런 소리를 들으면
중노릇이 얼마나 어렵다는 것을 알 수 있습니다. 내용에 이런 게
나와요. '차라리 이 몸을 훨훨 타오르는 불구덩이나 날카로운 칼
날 위에 던질지언정 삼세 부처님의 계율을 어겨 부정한 짓을 하
지 않겠습니다.' 차라리 이 몸을 훨훨 타오르는 불구덩이나 날카
로운 칼날 위에 던질지언정 삼세(과거, 현재, 미래) 부처님의 계율
을 어겨 부정한 짓을 하지 않겠다고 맹세하는 거예요. '차라리
뜨거운 쇠 그물로 이 몸을 얽을지언정 계를 지키지 못한 몸으로
신심 있는 신도가 주는 옷을 입지 않겠습니다. 차라리 이 입으로
벌겋게 단 쇳덩이를 삼킬지언정 계를 지키지 못한 입으로 신심
있는 신도가 주는 음식을 먹지 않겠습니다.' 이 밖에도 의자라든
가 방석 혹은 약, 집, 방 이런 것에 대한 서원이 나옵니다.

　이와 같은 발원과 서원은 삶의 강인한 의지예요. 자기 질서
를 가지고 살겠다는 비장한 다짐입니다. 원을 세우고 나서 그것
을 실천하는 것이 정진입니다. 정진이 따로 있는 것이 아니라,
원을 세우고 나서 그 원을 이루기 위해 실천하는 행行이 바로 정
진이에요. 원만 세우고 행이 따르지 않으면 그 원은 이룰 수 없
습니다. 따라서 원이 없는 행은 맹목적이고 빗나갈 수 있어요.
원과 행이 하나가 되어야 합니다. 많은 행 가운데 하나가 참회입
니다. 자기의 허물을 뉘우쳐서 다시는 되풀이하지 않겠다고 다

짐하는 행이에요.

이 추운 날씨에 지금 이 자리에 우리가 이렇게 모였지만, 혹여 금생에 처음 우리가 이렇게 모였다고 생각하지 마세요. 우리의 삶은 금생에 처음 시작된 것이 아닙니다. 지금은 사람 몸을 받고 있지만, 수많은 생을 거쳐 오면서 이전에 어떤 몸을 받았을지 알 수 없는 거예요. 사생육도四生六道라는 말이 있지 않습니까? 태난습화胎卵濕化도 있어요. 태에서 나고, 알로 태어나며, 습기에서 나고, 화에서 나는 것 말입니다. 또 육도윤회六道輪廻도 있습니다. 과거의 생에서 어떤 몸을 받고 살았는지 알 수 없는 거예요. 수많은 생을 거쳐 오면서 어떤 허물을 지었는지 알 수 없습니다.

꿈을 꿀 때 어떻습니까? 생시에는, 평소에는 감히 상상도 할 수 없는 일을 꿈속에서 저질러요. 살인도 할 수 있고, 도둑질도 할 수 있고, 별의별 상상할 수 없는 일을 꿈속에서 합니다. 이게 뭐예요? 우리의 잠재의식, 금생뿐 아니라 전생에 익히고 지은 업의 찌꺼기들이 남아서 꿈속에서 재현되고 있는 거예요.

불자들의 일상 정진은 참회와 발원이 기초가 되어야 됩니다. 참선을 하건 독경을 하건 간에 그 저변에는 늘 참회하고 발원하는, 이 두 가지가 받쳐 주어야 됩니다. 참회문에 그런 내용이 있지 않습니까? '제가 어리석은 바보로 무량겁을 두고 한량 없는 죄를 지어 왔습니다. 이제 뉘우쳐 참회하오니, 다시는 더 허물을 짓지 않고 세세생생世世生生토록 항상 보살도를 행하게 하소서.' 우리가 어리석어서 허물을 짓는 것입니다. 어리석지 않으면 허물을 짓지 않습니다. 한 순간 까맣게 앞이 가려져서 허물을 짓고 중생 노릇을 하지 않습니까? 어리석어서 한 생뿐 아니라, 무량겁을 두고 한량없는 죄를 지은 거예요. 돌이켜 보면서 이제 그런 도리를 알았단 말이에요. 이제 뉘우쳐 참회하오니 다시는 허물을 짓지 않고 세세생생토록, 나는 생마다 항상 보살도를 행하게 하소서, 이런 참회문입니다.

원이 쉽게 이루어지지 않는 것은 과거에 지은 업의 무게 때문입니다. 정초뿐 아니라 평소에도 희망 사항을 새깁니다. 그런데 그 희망 사항이 이루어지지 않는 것은 과거에 지은 업의 무게 때문에 그런 겁니다. 참회는 이 업의 짐을 부리는 정진이에요. 업의 짐을 내려놓는 정진입니다. 요즘 길상사에서도 용맹 기도를 계속하고 있는데, 그것이 참회예요. 내가 지금까지 지은 허물을 다 벗어 버리고, 청정하고 새로운 원대로 살려고 하는 그런 의지입니다.

모든 불자들의 공통적인 원이 사홍서원四弘誓願입니다. 절에서 외우지 않습니까? 사홍서원 가운데 첫째가 중생무변서원도衆生無邊誓願度예요. '중생이 끝없지만 기어이 건지리다.'라는 뜻이에요. 오늘은 이 중생무변서원도에 대해서 집중적으로 말씀드리겠습니다.

'중생이 끝없지만 기어이 건지리다.' 중생이 얼마나 많아요? 우리 자신을 포함해서 우리 둘레에 얼마나 많은 중생이 있습니까? 부모, 형제, 자식, 사돈네 팔촌, 앞집, 뒷집, 친구들, 직장 동료들……. 또 우리 둘레에 얼마나 많은 생물이 살아요? 우리를 필요로 하는 이웃이 얼마나 많습니까? 끝이 없어요. '중생이 끝없지만 기어이 건지리다.' 내가 자비의 가르침을 받는 불자가 되었기에, 신앙생활을 하기 때문에 보리심을 발휘해서 모든 내 이웃을 기어이 건지고 말겠다는 그런 염원이에요. 그런데 자기 하나도 어쩌지 못하면서 끝없는 중생을 건지겠다고? 한번 자문해 보세요. 자기 하나도 어쩌지 못하는 주제에 끝없는 중생을 건지겠다니, 위선 아닌가요? 바로 그렇기 때문에 발원이 필요합니다. 그렇기 때문에 넓고 청정한 원이 필요한 거예요. 자기 문제와 개인의 소망이 이 넓고 큰 발원 속에 다 들어갑니다. 이런 서원의 힘으로 하잘것없는 내가 크고 넓은 세계로 향상될 수 있어요. '중생이 끝없지만 기어이 건지리다.' 이런 서원으로 인해서 미미한 개체인 우리 자신이 우주적인 존재로 확대되고 심화될 수 있습니다.

대승보살 정신은 나 자신의 구제에 앞서 타인을 구제하는데 있습니다. 내 이웃을 먼저 돕고 보살피겠다는 그런 염원을 세우는 것입니다. 나 자신의 구제는 타인의 구제를 통해서, 내 이웃의 구제를 통해서 이루어집니다. 그래서 자타일치성불도自他一致成佛道라는 말도 있지 않습니까?

　　그런데 불자이면서도 이런 입장을 가지고 있는 사람이 있어요. 나 자신도 구제 못했는데, 어떻게 남을 구제할 수 있느냐? 말은 그럴싸하지만 그것은 소승적인 생각이에요. 나 자신도 구제하지 못 했는데 어떻게 남을 구제하느냐는 생각과 남을 구제해서 나 자신도 구제되겠다는 생각은 하늘과 땅 차이예요. 자기 문제에 집착하고 있는 사람은 평생 거기에서 벗어날 수 없습니다. 구제 불능이에요.

•

　　우리가 『반야심경』을 하루에도 몇 차례 외우잖아요. 하지만 입술로만 외우면 아무런 공덕이 없습니다. 뜻을 살펴서 외우세요. 뜻을 외워야 진짜 법문이에요. 그래야 순간순간 새롭게 눈을 뜨게 됩니다.

　　『반야심경』 내용이 뭐죠? 관세음보살이 어떻게 살았느냐하는 겁니다. 관세음보살이 깊은 지혜를 가지고 이 세상을 살아

갈 때 어떻게 했는가 하는 내용을 담고 있습니다.

관세음보살이 누구입니까? 가장 자비로운 어머니예요. 자비로운 어머니가 자식을 어떻게 대하겠어요? 도일체고액度一切苦厄. '이 몸과 마음이 실체가 없음을 알고 중생의 고통과 재난을 건졌느니라.' 여기서 도度/渡는 '건너다'라는 뜻도 있고 '건지다'라는 뜻도 있습니다. 그런데 범어 원전에는 물 수 변[氵]이 빠져 있어요. 그렇기 때문에 사람에 따라서 여러 가지로 해설됩니다. 도일체고액. 남을 건질 때 그 공덕으로 자기 자신도 함께 건져진다는 사실, 그것을 『반야심경』에서 이야기하고 있습니다.

관세음보살이 누구입니까? 관세음보살은 역사적인 존재가 아닙니다. 석가모니 부처님은 역사적으로 실재했던 존재이지만 관세음보살은 역사적인 존재가 아니에요. 그래서 늘 실재할 수 있는 거예요. 어디서나 어떤 몸으로든 나타날 수 있습니다. 여기 오신 분들도 관세음보살이 될 수 있어요. 우리 마음과 관세음보살의 마음이 둘이 아닙니다. 우리의 어머니들도 다 관세음보살이에요. 어머니는 자식을 위해서 얼마나 앓아요? 네가 앓기 때문에 나도 앓는다, 이런 가슴을 지닌 사람이 어머니이고 아버지입니다. 관세음보살을 딴 데서 찾지 마세요. 관세음보살을 지극히 염원한다고 해서 갑자기 허공에서 관세음보살이 나타나는 게 아니에요. 내 안에 잠든 관세음의 요소인 사랑과 자비의 씨앗이 움트는 것입니다.

좌선할 때도 그래요. 한 소식 하겠다고 좌선하잖아요. 좌선할 때의 마음가짐을 이야기하는 글에도 맨 허두虛頭에 먼저 보리심을 발하라고 나옵니다. 바르게 깨달으려면 먼저 보리심을 발하라는 겁니다. 그래서 이런 글귀가 나옵니다. '지혜를 배우는 발심 수행자는 먼저 큰 자비심을 일으키고 큰 서원을 세워야 한다. 중생을 제도하고자 할 때는 자기 한 몸만을 위해 해탈을 구해서는 안 된다.'

여러 보살님들이 정진을 합니다. 그런데 어떤 절의 선방을 보면, 좌선할 때의 마음가짐이 되어 있지 않아요. 내가 해인사에 있을 때예요. 암자에서 보살들이 좌선을 한다고 해서 가만히 들여다보니까, 빨랫줄을 가지고 서로 싸워요. 서로 빨랫감을 널겠다고 싸우는 거예요. 그게 무슨 참선이에요? 그런 사람은 불자도 아니에요. 선방에 다니는 사람들만이 아니라, 절에 다니는 사람들도 마찬가지예요. 밥 먹는 데서 아귀다툼을 하지 않습니까? 자리를 양보하지 않겠다고 말이에요. 반성해야 됩니다. 선량한 불자들은 행동 하나하나를 불자답게 해야 돼요. 먼저 보리심을 발하라는 거예요. 그래야 도에 이를 수 있습니다.

이웃의 구제를 통해서만 나 자신도 구제될 수 있다는 것, 이것이 대승보살사상입니다. 지장보살의 원에 대해서 아시죠? 모든 중생이 한 사람도 남김없이 다 성불한 다음에 맨 나중에 자기도 그 대열에 끼겠다는 것, 이것이 지장보살의 원입니다.

지장보살 같은 경우에는 깨달음을 문제 삼지 않습니다. 성불成佛을 신경 쓰지 않아요. 모든 중생이, 모든 이웃이 다 성불한 다음에 맨 나중에 자기도 따라가겠다는 거예요. 이런 원을 대비원력大悲願力이라고 합니다. 큰 자비의 원력. 이것을 줄여서 비원悲願이라 합니다.

지장보살 또한 역사적인 존재가 아닙니다. 어디에나, 이 자리에, 우리 마음속에도 있을 수 있습니다. 그런 행을 하면 우리 자신이 지장보살이 되는 거예요.

어떤 사람이라도 그 개체만으로는 대단한 존재가 아닙니다. 그가 지닌 뜻과 하는 일에 의해서, 다시 말하면 원력에 의해서 그 개인은 우주적인 존재로 거듭거듭 형성될 수 있습니다. 넓고 큰 것 속에는 좁고 작은 것이 다 들어가요. 그렇지만 좁고 작은 것에는 넓고 큰 것이 들어갈 수 없습니다. 그렇기 때문에 넓고 큰 원을 세우라는 겁니다.

그렇지만 각자 삶의 양식과 형편이 다르기 때문에 보다 구체적인 별원別願,

개별적인 원도 필요합니다. 사홍서원 같은 공통적인 원도 필요하지만, 구체적이고 개별적인 원도 필요해요. 지극히 일상적이고 사소한 일에도 신경을 써야 돼요. 한쪽에서는 어깨가 빠지도록 설거지며 청소를 하고 있는데 한솥밥 먹는 식구가 TV만 보고 신문만 뒤적이고 있다면, 그건 가족이라고 할 수 없는 겁니다. 거창한 원은 차치하더라도 그런 것부터, 집안의 일손부터 거들 수 있어야 돼요. 그런 일, 많지 않아요? 주부들은 뼈 빠지게 집안일을 하는데, 가장이라는 사람들이 돈 좀 벌어 온다고 TV, 비디오나 보고 신문이나 들추는 경우가 얼마나 많아요? 중생 구명 서원, 이런 원은 차치하더라도 집안의 일이라도 거들 수 있어야 됩니다. 정초에 그런 원이라도 세우라는 겁니다.

●

제가 들은 이야기를 하나 하겠습니다. 한 어머니는 큰 수술을 여덟 번이나 받았어요. 배를 여덟 번이나 가른 거예요. 자궁암을 시작으로 해서 위암, 대장암 등 암이 전이되어서 그때마다 큰 수술을 받느라 죽을 고비를 되풀이했대요. 이런 수술을 여러 번 받으면서도 그 어머니가 어떻게 살았는지 담당 의사들도 놀라고 신기해한대요.

이 어머니가 죽지 않고 살아 있는 것은 집에 지적 장애를 앓고 있는 아들이 하나 있기 때문이에요. 아들은 항상 누워서 지내요. 대소변도 받아내야 돼요. 스무 살인데, 서너 살짜리 아이 정도의 지능을 갖고 있고 그 또래 정도의 말밖에 할 줄 모릅니다. 아이가 태어난 지 얼마 안 돼 남편과 이혼했대요. 나쁜 인간입니다. 자기 아내가 그렇게 몇 번이나 죽을 고비를 넘기고 아이는 또 지적 장애를 앓으니까 이혼하고 도망가 버렸대요. 의사들은 그 아이가 3년을 넘기지 못할 거라고 했대요. 그런데 의사들이 뭘 알아요? 생명의 신비는 현대 과학도 알 수 없습니다. 생명의 신비는 과학의 힘으로 도달할 수 없어요. 어쨌든 그 어머니는 아이 하나를 데리고 사는 거예요.

어머니도 먹고살아야 되기 때문에 그 몸을 해 가지고도 밖에 늘 일을 하러 다녔어요. 일을 하고 집에 돌아오면 아들은 이불 속에서 어머니를 쳐다보며 얼굴 가득 웃음을 띠고 좋아서 어쩔 줄 모른대요. 종일 혼자 아무도 없이 누워 지내다가 엄마가 돌아오니까 그렇게 반가울 수 없는 거예요. 이런 아들을 대할 때마다 어머니는 하루의 피로를 다 잊는답니다. 그러면서 생각해요. 어떻게 해서든지 이 아이를 위해 내가 살아야겠다. 보통 사람 같으면 살 수 없습니다. 많이 걷거나 무거운 것을 들면 수술한 자리가 아파서 견딜 수가 없대요. 그래서 그냥 죽으려고, 차라리 자살하려고 마음먹었다가도 아이를 혼자 남겨 두고 내가 어떻게 죽겠느냐, 아이가 집에서 나를 기다리고 있는데 내가 어떻게 여기서 주저앉을 수 있느냐, 내가 살지 않으면 저 아이 혼자서는 도저히 살 수 없는데……. 이런 한 생각, 이 한 생각으로 자신의 병도 돌아볼 여유가 없이 그렇게 살아온 거예요. 이것이 이 어머니가 여덟 번이나 큰 수술을 받아 몸이 굴뚝처럼 되어서도 살아갈 수 있는 비결입니다.

의사들 말로는 3년을 넘기기 어려울 거라던 아이가 스무 번째 생일을 맞이하던 날, 어머니는 아이가 좋아하는 팥을 넣은 찹쌀밥을 지어서 생일을 축하해 주었어요. 이날 아들은 어머니 얼굴을 뚫어지게 쳐다보면서 "엄마, 감사해요."라고 말하더랍니다. 그 아이는 그저 생일을 축하해 주어서 고맙다고 말한 것이지만, 어머니로서는 스무 살 성인이 되는 오늘까지 키워 주어서 고맙다는 말로 들리더래요.

지적 장애를 앓고 있는 자식을 보살핀 어머니의 이 지극한 정성이 죽을 고비를 몇 번이나 무사히 넘기게 한 것입니다. 도일체고액. 한 중생의 고통과 재난을 건져 줌으로써 자기 자신도 건져진 거예요. 단 한 명의 중생을 위해서도 인생은 살아갈 만한 가치가 충분히 있습니다.

저는 이 얘기를 전해 들으면서 이런 생각을 하게 되었어요. 어쩌면 그 어머니를 병고로부터 구제하기 위해서 보살이 지적 장애인이 되어 그 집에 태어났는지도 모른다는. 그 지적 장애인 아들이 아니라면 그 어머니는 그 큰 수술을 여덟 번이나 받으면서 살아갈 수 없었을 거예요.

살아갈 이유를 가지고 있는 사람은 어떤 어려운 환경 속에서도 살아남습니다. 병든 자식을 위해서 어떻게든 살아야 한다는 것도 청정한 원이 될 수 있습니다.

합장을 하고 저를 따라 외우십시오.

중생이 끝없지만, 기어이 건지리다.

오늘 법회는 이만 마치겠습니다. 추운데 고생 많으셨습니다.

간절한 마음으로

소원한 것은

반드시
열매를 맺느니

　기도 열심히 해야 됩니다. 절이란 그래요. 더구나 이 길상사
는 옛날에 요정을 하던 곳입니다. 터라든가 집만 가지고 절이 되
는 것이 아닙니다. 스님들과 신도들이 뜻을 같이해서 간절한 마
음으로 기도를 함으로써 절이 되어 가는 겁니다. 원래부터 절인
곳은 없어요.
　청정한 도량, 청정한 수행을 하고 또 청정하게 기도하는 그
런 자리에서 절이 되어 가는 겁니다. 길상사는 절이 된 지가 얼
마 안 된 터인데, 스님들과 여러 불자님들이 간절한 기도를 함으

로써 지금 절이 되어 가고 있습니다.

부처님도 그래요. 부처님도 나무나 쇠붙이, 흙으로 조각해 놓은 불상 아닙니까? 처음에는 상품 가치밖에 없어요. 하지만 우리가 살아 계신 부처님을 대신하는 형상으로서 간절하게 예경하고 기도하면 이 불상에 부처님의 얼이 생겨요. 영혼이 생겨서 진짜 부처님의 화신이 됩니다. 부처님께서는 천백억 화신을 낸다고 하지 않습니까? 사람의 손으로 만든 불상이지만, 그 앞에서 간절히 예배드리고 기도하면 영험이 생겨요. 다시 말해서, 부처님의 그 많은 화신 가운데 한 분이 되는 겁니다.

기도할 때 보면 건성으로 하는 경우가 많습니다. 동참금만 잔뜩 쌓아 놓고 똑딱거리고 말아요. 그래서 중놈 소리를 듣는 거예요. 다행히 길상사는 스님들이 앞장서고, 또 기도 법사 스님 혼자만이 아니라 모두가 기도 법사가 되어 돌아가면서 기도를 했고 신도님들도 기도한 덕분에 한시름 놓았습니다. 저도 산에 있으면서 늘 조석으로 기도를 했어요. 길상사 백일기도가 아무런 장애 없이 원만하게 이루어지기를 바라는 염원으로 저도 기도를 했습니다.

기도는 우리 인간에게 주어진 최후의 자산입니다. 사람의 이성과 지능을 가지고 어떻게 할 수 없을 때, 간절한 기도가 우리를 구원해요. 우리를 도와줍니다. 개인의 신상이나 집안에 어려운 일이 있을 때 간절하게 염원하는 기도가 우리를 도와요. 그러니까 기도는 인간에게 주어진 최후의 자산입니다. 기도는 마음의 안정을 가져오고 재난을 극복할 수 있는 길을 열어 줍니다.

여기 오신 보살님들은 다 겪어 봤을 거예요. 집안에 우환이 있거나 고등학교 3학년이 있을 때 엄마들, 얼마나 고통스러워요? 특히 고등학교 3학년, 그 귀찮은 존재들. 그런데 사실 고등학교 3학년짜리는 귀찮은 존재가 아닙니다. 집에 우환이라든가 대학 진학하는 아이들이 없다면, 간절한 마음으로 어디 가서 빌고 싶은 그런 생각이 안 나요. 똥줄이 타고 잔뜩 아쉬워져야 매달리잖아요. 그것은 인간의 본능이고, 누구나 그렇습니다. 종교를 갖건 갖지 않건 위급한 일이 있을 때, 불안할 때, 우리 힘으로는 어떻게 해 볼 수 없을 때, 매달리는 거예요. 하느님한테 매달리고, 부처님한테 매달리고 그러는 거예요. 그것은 인간의 기본적이고 원천적인 욕구 가운데 하나입니다. 때문에 집안에 우환이 있다거나 진학 문제를 겪고 있는 아이들은 귀찮은 존재가 아닙니다. 그들을 통해서 우리가 새롭게 보리심을 발하게 되고, 신심을 내게 되고, 안 하던 기도도 하게 되는 겁니다.

뿐만 아니라 하루하루 우리가 생활해 가는 일상사 속에서 시들해지는 날들이 얼마나 많습니까? 그러다 보면 사는 일 자체가 시들해져요. 때문에 이런 경우에도 한 생각을 일으켜서 내 삶을 재충전하기 위해, 그동안 소모된 삶의 배터리를 충전하기 위해서 이렇게 절에 와서 기도를 하는 겁니다.

그동안 아미타 기도를 열심히 하지 않았습니까? 여기 모신 부처님이 아미타불이고, 여기가 극락전입니다. 그래서 아미타 기도를 하면서 '나무아미타불'을 수천 번 부르셨죠? 무슨 뜻인지 알고 부르셨어요? 뜻을 알고 염불을 하게 되면 더욱 간절해져요. 건성으로 하게 되면 입술만 극락세계에 가지, 마음과 몸은 따라가지 못합니다.

나무아미타불. 옛날 인도 말이에요. 나무는 '어디에 의지하다.', '돌아가 의지하다.'라는 뜻이에요. 옛 인도말로는 나마스, 나모입니다. 이걸 한국말로 옮기다 보니까 나무가 되었어요. 아미타불은 뭐냐? 이것은 원래 인도 말인 아미타바, 아미타유스에서 나온 말인데, 아미타바는 '끝없는 빛', 무량광無量光이라는 뜻이에요. 그리고 아미타유스는 무량수無量壽, '끝없는 목숨'입니다. 그러면 끝없는 빛과 끝없는 목숨은 무슨 뜻인가? 끝없는 빛은 지혜를 상징하고, 끝없는 목숨은 자비를 상징해요. 그러니까 나무아미타불, '아미타불에 귀의합니다.', '아미타불에 돌아가 의지하겠습니다.'라는 건 제가 지혜와 자비로 충만한 부처님께 의지하겠습니다, 라는 다짐입니다.

그러면 지혜와 자비가 충만한 부처님은 어디 계십니까? 아미타불은 저기 서방 극락세계에만 계신 것이 아닙니다. 경전에서는 아미타불이 서방 정토에 계신다고 했습니다. 하지만 아미타불은 거기에만 계신 것이 아니라 지극한 자비와 지극한 지혜, 끝없는 사랑과 끝없는 지혜로 충만한 우리의 맑고 투명한 심성 가운데 계신다고 해요. 그래서 우리는 자성불自性佛이에요. 다시 말하면, 우리의 청정한 자성불이 바로 아미타불입니다. 우리가 아미타불을 염불하는 것은 그 자성불, 본래의 나 자신에게, 어디에도 때 묻지 않고 어디에도 얽매이지 않는 내 본래의 자성불에 귀의합니다, 라는 뜻입니다.

'마음이 청정하면 국토가 청정하다.' 이런 말이 있습니다. 경전에 나오는 부처님 말씀입니다. 우리가 간절히 염불하고 기도할 때 어디에도 얽매이지 않고 어떤 두려움도 없으며 마음이 얼마나 정결하고 평온합니까? 이게 정토예요. 이것이 청정한 세계입니다. 마음이 이렇게 청정할 때, 내가 사는 우리 집이, 우리 사회가 청정해진다는 소리예요. 한 마음이 청정하면 온 국토가 청정해진다는 뜻입니다.

•

백일기도 회향 날을 맞이해서 기도할 때 유의할 점 몇 가지를 말씀드리겠습니다.

첫째, 기도는 지극한 정성과 간절한 마음으로 해야 돼요. 이것은 누가 시켜서 되는 것이 아닙니다. 남들이 하니까 나도 한다는 식으로 해서는 지극하지도 간절하지도 않습니다. 기도를 하면 오로지 그 일에 집중해야 돼요. 동참금만 내고 기도에 참여하지 않으면, 그건 기도의 본래 의미가 아닙니다. 바빠서 늘 나올 수는 없겠죠. 만약 집안에 무슨 일이 있어서 그 장소에, 그 절에 갈 수 없으면 그 시간에 집에서라도 해야 됩니다. 기도를 꼭 절에서만 하라는 법은 없습니다. 일단 기도에 뜻을 세웠으면, 절에 올 형편이 안 될 때는 집에서라도 시간을 내서 해야 돼요. 그래야 기도의 공덕이 쌓입니다. 기도는 지극한 정성과 간절한 마음으로 오로지 거기에만 집중해야 됩니다. 절에 와서 사분정근四分精勤한다고 해서 그것으로 끝나서는 안 됩니다. 24시간, 잠자는 시간이나 집에서 일하는 시간, 직장에 나가는 시간에도 늘 한결같이 기도하는 마음을 지녀야 해요.

둘째, 기도는 조용하고 은밀하게 해야 됩니다. 집안 식구들도 모르게 해야 돼요. 물론 기도에 동참하게 되면 절에 와서 자연히 서로가 알게 되고 그로 인한 인연 공덕도 있죠. 그리고 큰소리로 외치면서 기도를 하기도 해요. 큰 소리로 염불을 하는 고성염불도 공덕이 없는 것은 아닙니다. 그러나 원천적으로 기도는 조용하고 은밀해야 됩니다. 나무아미타불을 염불할 때, 기도

288

를 할 때, 그 목소리를 자기가 다시 듣게 돼요. 그 소리를 다시 들어야 합니다. 큰 목소리가 나면 거기에 신경 쓰느라고 정신을 팔면서 그저 입술로만 하는 염불은 염불이 아닙니다. 나무아미타불이 됐건 관세음보살이 됐건 자기가 하는 소리를 다시 들어야 돼요. 그렇게 되면 곁에서 아무리 큰 소리로 외치더라도 조용하게 홀로 하는 기도가 됩니다. 사실 기도는 홀로 해야 돼요. 여럿이 동참해서 하는 기도라 하더라도 한 사람 한 사람이 자신의 기도를 해야 됩니다. 왜냐하면 각자 염원이 다르기 때문입니다. 기도는 사적인 것이고 개인적인 것이에요.

또 기도는 침묵 속에 해야 됩니다. 될 수 있으면 기도할 때는 말수가 적어야 돼요. 말을 많이 하게 되면 모처럼의 기운이 소멸됩니다. 안에 무엇인가 고이는 것이 있어야 돼요. 기도하고 돌아가서라도 불필요한 말, 필요하지 않은 말은 안 하는 게 좋아요. 여기저기 전화를 하는 등 말을 많이 하게 되면 모처럼 기도해서 고인 정기가 새어나가기 때문에 기도한 뒤에는 될 수 있으면 말이 적어야 됩니다.

어떤 일이 마음속에서 깊어지기를 바란다면, 우리가 하는 일과 기도 혹은 정진이 마음속에서 깊어지기를 바란다면, 결코 그것에 대해서 말해서는 안 돼요. 기도하는 사람들끼리 무슨 꿈을 꾸었냐고, 아무개는 꿈에서 관세음보살이 입을 벌리라 하고는 청심환인지 환약인지를 주었다 하더라는 등의 얘기들을 하는데, 그런 일이 있다 하더라도 꿈에 팔리지 말아야 됩니다. 꿈 자체가 허망한 겁니다. 지금 우리가 살아 있는 것도 꿈속이에요. 꿈속에서 또 꿈을 꾼 것을 가지고 이러쿵저러쿵 이야기한다는 건 허망한 일입니다. 물론 기도하든 안 하든 얼마든지 꿈을 꾸어요. 기도 기간에 무슨 색다른 꿈을 꾸었다고 해서 발설하지 말라니까요. 안에 담아 두세요. 쏟아 버리면 허전해요. 기도를 통해서 어떤 영적인 체험이 내 안에서 일어날지라도 그것에 대해서 발설하지 말아야 됩니다. 꼭 말하고 싶을 때는 믿을 만한 스승을 찾아가서 이야기하고는 그냥 잊어버리세요. 마음에 담아 두지 말라는 겁니다. 그러면 그 꿈에 걸려서 제대로 기도가 안 됩니다. 기도는 묵언으로, 침묵으로 일관할 때 비로소 법계의 소리가 내 안에서 울려와요. 될 수 있으면 말을 적게 하라는 거예요.

또 기도하는 장소를 너무 가리지 마십시오. 흔히들 낙산사 홍련암, 남해 보리암, 또 무슨 갓바위, 선바위 등등 영험하다고 알려진 곳이 있잖아요? 고요하고 맑은 도량이면 기도할 수 있는 장소예요. 번거롭고 분주해서는 집중이 안 됩니다. 알려진 기도 처소 같은 데 가 보세요. 사람이 너무 많이 몰려서 남의 궁둥이에 절해야 돼요. 부처님한테 절할 여백이 없어요.

굳이 서쪽에만 극락세계가 있으란 법이 없습니다. 정토가 서쪽에만 있으란 법이 없어요. 흰 구름이 걷히면 어디나 청산이에요. 굳이 어떤 절에 가야 기도를 성취하고 어디서는 안 된다는 둥 가리지 말라는 거예요. 그곳이 맑은 도량, 청정한 스님들이 수행하는 도량이고, 조용하고 깨끗하면 기도할 만한 장소이지 굳이 멀리 찾아가지 말라는 뜻입니다. 때로는 그런 곳에 가서 기도할 수도 있지만, 너무 그런 것에 집착하지 말라는 뜻에서 말씀드립니다.

•

다음은 기도의 공덕에 대해서 얘기하겠습니다. 기도의 공덕을 한마디로 하면 마음이 활짝 열리는 데 있어요. 겹겹으로 닫혔던 우리의 마음이 활짝 열리는 것이 기도의 공덕입니다. 백일기도 끝났다고 해서 하루아침에 내 인생이 달라지는 것은 아닙니다. 지극하고 간절한 마음으로 기도하는 과정에서 겹겹으로 닫혔던 마음의 빗장이 활짝 열립니다. 이것이 기도의 공덕이에요.

마음이 열리면 불안이 가시고 편안해집니다. 마음이 활짝 열리면 두려울 것이 없어요. 마음이 열리면 개인의 소망이 법계의 의지에 닿아서 뜻한 바를 이루게 돼요. 다시 말해서 불보살의 원력과 나의 지극하고 활짝 열린 청정한 마음이 하나가 된단 말이에요. 그래서 뜻한 바를 이루게 돼요.

승가에 이런 이야기가 전해 내려옵니다. 어떤 가난한 사람이 부자가 되게 해 달라고 십 년을 하루같이 기도했어요. 너무 가난했던 탓에 아내와 아이들이 힘들어하니까 부자가 되어서 소원을 들어주겠다는 생각으로 십 년 동안 열심히 기도를 했어요. 그런데 십 년을 기도해도 아무런 영험이 없었어요. 그래도 중단하지 않고 꾸준히 계속했어요. 그러던 어느 날, 기도 중에 문득 부富의 허망한 실체를 깨닫게 돼요. 잘산다는 것, 떵떵거리고 산다는 것이 다 허망한 일이구나, 내 분수 바깥이구나, 공연히 내가 엉뚱한 것을 원했구나, 부자가 된다고 해서 내가 하루에 대여섯 끼를 먹는 것도 아니고 어차피 지붕 밑에서 잘 텐데 내 분을 모르고 허황된 것을 구했구나, 그것을 기도 중에 깨닫게 돼요. 그리고 자책하면서 그 길로 깊은 산속에 들어가 수행자가 됩니다.

하루는 참선을 하면서 선정에 들었다가 눈을 떠 보니 눈이 부시도록 빛나고 덕스러운 얼굴을 한 아름다운 부인이 앞에 서 있어요. 그래서 깜짝 놀라 "당신이 누구시기에 여기 와 계십니까?"라고 물어요. 그 부인이 입을 열고 얘기합니다. "나는 그대가 그토록 열심히 찾았던 관세음보살이다. 이제 그대의 소원을 들어주러 왔노라." 십 년 동안 기도 끝에 부에 대한 허망함을 느끼고 이제 마음의 평안을 찾았는데, 그제야 관세음보살이 찾아온 거예요. 그래서 이 남자가 말해요. "관세음보살님, 이제 저는 선정의 기쁨을 누리게 되었고, 한때 부자가 되고 싶었던 욕망을 버렸습니다." 더 이상 바랄 것이 없기 때문에 부자가 되고 싶다는 과거의 소망을 다 버렸다는 거예요. 그래서 덧붙입니다. "당신은 너무 늦게 오셨습니다. 그런데 한 가지 묻고 싶은 것이 있습니다. 어째서 십 년이나 미루시다가 이제야 오셨습니까?" 이렇게 물으니까 관세음보살이 답합니다. "그대가 그토록 간절한 마음으로 십 년을 한결같이 정성을 다해 기도를 올린 그 공덕을 보고 그대의 소원을 들어주고 싶었다. 그렇지만 내가 그대를 가엾게 여겼기에, 그리고 그대의 진정한 행복을 위해서 그것을 오늘까지 미루어 온 것이니라." 이 이야기를 통해 우리가 생각할 것은 자기 분수 밖의 욕구는 허황된 것이라는 점입니다. 진짜 우리가 추구해야 할 것이 무엇인가, 최고가는 덕이란 무엇인가를 생각하게 됩니다.

이런 응답이 기도의 공덕이에요. '백일기도를 했는데 영험도 없고 동참금하고 시간만 빼앗겼구나.' 이렇게 생각하는 분은 없겠지요? 거사님들과 보살님들이 그동안 열심히 기도한 공덕은 어디로 가지 않았습니다. 다 축적되어 있어요. 내가 뿌린 씨앗은 헛되이 소멸되지 않습니다. 눈앞에 어떤 현상이 곧바로 나타나지 않는다고 해서, 내가 소원했던 일이 곧 일어나지 않는다고 해서 실망하지 마세요. 그 공덕은 어디로 가지 않아요. 간절하게 기도한 만큼 그것은 어딘가에 뿌려져 있단 말이에요. 시절인연을 통해서 잎이 피고 꽃이 피고 열매를 맺는 겁니다.

•

기도의 미덕은 회향에 있습니다. 오늘이 회향 날이죠? 회향이 무슨 뜻이죠? 그동안의 기도를 끝내는 거죠? 그래요. 보통 회향 날을 무슨 일을 마치는 날로 알고 있어요. 그런 뜻도 있지만, 회향의 원뜻은 내가 지은 공덕을 이웃에게 널리 돌리는 것이에요. 회전취향廻轉趣向. 겹겹으로 닫혔던 마음이 활짝 열리기 때문에 너와 나가 없어요. 이웃의 일이 곧 내 일이에요. 내가 지은 공덕을 돌이켜서 이웃으로 향하게 하는 것이 회향의 원뜻입니다. 그래서 대개 불사 끝에 회향 발원문을 외우지 않습니까? 원이차공덕願以此功德 보급어일체普及於一切 아등여중생我等與衆生 개공성불도皆共成佛道. 이것을 알아듣기 쉬운 말로 옮기면, '원컨대 제가 지은 이 공덕이 모든 이웃에게 두루 이르러 나와 남이 함께 부처님의 도를 성취하게 하소서.'라는 뜻입니다. 이 얼마나 아름다운 마음씨입니까? 기도의 공덕으로 마음이 활짝 열리기 때문에 이런 회향 발원이 저절로 나오게 됩니다.

　신앙인들, 절에 다니시는 분들은 이웃과 타인에 대해서 좀 더 따뜻하고 부드럽고 친절한 마음씨를 가져야 돼요. 아까 아미타불의 뜻을 말씀드렸습니다. 무량광, 무량수, 이것은 끝없는 지혜와 자비를 상징한다고 했습니다. 같은 종교인이 아니고 같은 절에 다니는 사람이 아니며 다른 신앙을 가진 사람이라도 따뜻하고 부드럽고 친절하게 대해야 됩니다.

　요즘 세태가 얼마나 험악합니까? 보험금을 타기 위해서 자식의 손가락을 베어 내고 철도에 발목을 넣어서 자르는 일까지 있습니다. 이런 사람들에게는 생활의 중심이 없어서 그래요. 자기 생활의 규범이 있다면 이런 허황된 짓은 하지 않아요.

　아버지들이 들으면 기분 나쁘겠지만, 이제 집안의 중심은 어머니들이에요. 때문에 한 가정의 중심인 어머니가 늘 기도하는 마음을 가져야 돼요. 우리가 상상할 수 없는 끔찍한 사건과 사고와 얼마나 빈번하게 일어납니까? 우리 가족이, 우리 친척이, 우리 이웃이 안정되기 위해서는 집안의 중심인 어머니가 기도하고 명상하면서 생활의 중심을 잡아야 됩니다. 그렇게 되면 본분을 이탈하지 않기 때문에 허황된 짓을 하지 않아요.

　기도라는 것은 법당에서만 하는 것이 아니라고 말씀드렸습니다. 기도할 때는 24시간 기도해야 된다고 말씀드렸습니다. 한 결같아야 돼요. 법당에서 목탁 두드리면서 하는 기도는 한 부분입니다.

그리고 기도가 열 시에 시작된다고 하면 시간에 맞추려고 합니다. 그 생각은 좋아요. 그런데 그렇게 오다가 만약 도중에 내 이웃이 어떤 불행한 일을 당하는 것을 보고도 모른 체하고 온다면 그 사람은 기도하는 사람이 아닙니다. 거기서 기도해야 돼요. 그곳에서 기도하는 마음으로 거들어야 합니다. 명심하세요. 끝없는 자비와 끝없는 지혜를 발휘하겠다고 다짐했기 때문에 내 눈앞에서 이웃이 어려운 일을 당할 때 그 일을 거드는 것이 절에 와서 기도하는 몇 배의 공덕이 있어요. 그리고 그것은 우리를 시험하는 거예요. 우리가 남이 하지 않는 기도를 하기 때문에 불보살이 그런 화신으로 나타나 그렇게 연출하는 거예요. 그런 도리를 안다면 즉각 그곳에서 기도하는 거예요. 기도하는 마음으로 어려움을 거드는 거예요.

또 회향했다고 해서 그것으로 끝나는 것이 아닙니다. 백일 동안 배터리 충전하듯이 내 안에 아미타불을 모셨기 때문에 오늘부터 나 자신이 아미타불의 화신이 되는 거예요. 또 한 명의 아미타불이 되어서 내 둘레를 끝없는 자비와 끝없는 지혜로 비추어야 됩니다. 그렇게 하면 하루하루 삶이 달라져요. 그동안 축적되었던 정진력으로, 기도의 힘으로 일상생활 자체가 달라져야 됩니다. 그게 기도의 공덕을 두고두고 꽃피우는 겁니다.

좋은 생각을 하면 좋은 일이 생깁니다. 착한 마음이 있으면 착한 일이 내 앞에 닥쳐요. 반대로 내가 심술을 부린다든지 언짢은 생각을 하게 되면 그게 메아리가 되어 내 앞에 심술궂고 언짢은 일만 생깁니다.

'마음이 청정하면 국토가 청정하다.' 한 마음이 청정하고 맑으면, 온 집안이, 온 둘레가 다 청정해진다는 말입니다. 따라서 기도하는 사람은 어느 누구와도 맞서지 마세요. 맞서서는 안 됩니다. 그건 기도하는 사람의 태도가 아니에요. 설령 맞서야 할 경우가 생기더라도 생각을 돌이켜서 내가 먼저 물러서야 됩니다.

마음속에 벽을 쌓아 두어서는 안 됩니다. 지금까지 어떤 이웃이나 친척과 갈등을 겪고 있다면 오늘 여기서 나간 뒤로 다 풀어야 돼요. 그 알량한 자존심, 그것을 풀어야 됩니다. 내가 짐으로써 마음이 편안해집니다. 내 마음이 편해지면 상대방의 마음도 편해져요. 맺힌 것이 있거나 서운한 것, 맞선 것이 있다면 오늘 회향을 기점으로 풀어야 됩니다. 그것이 기도하는 사람의 태도예요. 그것이 기도의 공덕 가운데 하나입니다.

·

　　정신의 깊이를 추구하는 사람은 새로운 샘물만을 찾아서 헤매어서는 안 됩니다. 가끔 불교방송을 보면 신도들이 물어요. 물을 것도 없이 스스로 생각하면 알 수 있는 시시콜콜한 것을 묻습니다. 관세음보살도 부르고 아미타불도 부르고 지장보살도 부르고 하다가 어떤 것이 좋으냐고 그래요. 어떤 것이 좋습니까? 어떤 것이 좋아요? 좋고 나쁜 것이 없잖아요. 똑같은 부처님 명호名號예요. 염불하고 기도하는 사람의 태도가 문제지요. 주문을 외웠더니 잘되고, 이걸 했더니 안 되고 꿈자리가 사납더라고 하는데, 그런 요사스러운 데서 벗어나세요.

　　정신의 깊이를 추구하는 사람은 새로운 것에서 답을 찾지 마세요. 어떤 하나를 선택했으면, 그걸 가지고 꾸준히 나아가야 돼요. 맑은 샘 하나를 찾아냈다면, 그 샘에서 물을 길어 마시세요. 여기저기 새로운 샘을 찾겠다고 다니지 말고. 우리 속담에도 한 우물을 파라는 소리가 있잖아요. 무엇이든 다 좋은 일이고 부처님 가르침 가운데 하나이기 때문에 꾸준히 그것을 가지고 기도와 명상으로 삼아야 됩니다.

　　거듭 말씀드립니다. 기도는 절에서만 하는 것이 아닙니다. 가정에서, 직장에서 얼마든지 할 수 있는 겁니다. 간절하고 지극한 마음으로 자신의 삶에, 자신이 하는 일에 열과 성을 다하고 순수하게 집중하고 몰입하면서 깨어 있다면 그게 기도입니다. 이번에 절에 오셔서 기도에 동참했던 이 인연으로 해서 집에서도 지속해야 됩니다.

기도하는 마음이 있는 가정은 늘 화목하고 건실해요. 가정의 중심인 어머니가 늘 기도하고 있으면 그 가정은 늘 화목하고 건실하며 아무런 탈이 없게 됩니다. 또 기도하는 마음이 있는 직장과 사회에는 비리나 부정이 발붙일 수 없어요.

우리는 예측할 수 없는 사건과 사고 속에서 불안한 나날을 보내고 있습니다. 언제 우리에게, 우리 집안에 재앙이 닥칠지 알 수 없는 거예요. 세상은 덧없습니다. 늘 변해요. 한결같지 않습니다. 건강할 때 업을 닦아야 됩니다. 병들면 아무것도 할 수 없어요.

하루하루 기도하는 마음으로 사신다면 이 어려운 세태를, 이 어려운 고비를 무난히 넘길 수 있습니다. 기도를 통해서 신앙의 꽃이 피고 깨달음의 열매가 맺힙니다. 이번 백일기도의 공덕으로 불자로서 새롭게 태어나기를 빕니다. 그동안 스님들과 신도님들이 열심히 간절하게 기도해 주셔서 대단히 감사합니다. 성불하십시오.

보왕삼매론에

대하여

오늘은 '보왕삼매론寶王三昧論'에 대해서 얘기하려고 합니다.

신앙생활은 끝없는 복습입니다. 우리가 절에 가서 법문을 듣다 보면 대개 어슷비슷하잖아요? 신앙생활에 예습은 없습니다. 하루하루 정진하고 익히는 복습이지요. 종교적이고 영적인 체험은 하루하루 비슷하게 되풀이되는 복습의 과정을 통해서 얻어지는 것입니다. 그러나 복습은 단순한 반복이 아니라 새로운 시작입니다. 어제까지 익혔던 정진은 어제로 끝나는 것입니다. 오늘부터 새로운 시작입니다.

보왕삼매론은 많이 들어 보셨죠? 이제 다시 복습 삼아서 말씀드립니다. 지금까지 들었던 것은 모두 잊으세요. 그건 과거사예요. 오늘 이 자리에서 함께 음미하는 겁니다.

우리가 사는 이 세상을 사바세계라고 합니다. 사바세계가 무슨 뜻입니까? 산스크리트 범어에서 온 말인데 '사하다트', '사브하', '사하'를 중국말로 옮기다 보니 '사바'가 되었습니다. 우리말로 하자면 '참고 견디어 나가야 하는 세상'이라는 뜻이에요. 이 세상이 참고 견디면서 살아가는 곳이기 때문에 삶의 묘미가 있어요. 모든 것이 우리 뜻대로 된다면 좋을 것 같지만 세상을 살아가는 재미가 없을 거예요.

보왕삼매론은 이런 사바세계를 살아가면서 어떤 마음가짐을 갖고 살아야 할 것인가를 옛 선사들이 교훈으로 남긴 것입니다. 말하자면 생활의 지혜예요. 그리고 순경계順境界가 아니라 역경계逆境界, 삶을 거스르면서 터득하는 생활의 지혜와 자기 관리에 관한 일종의 처세라고 말할 수 있습니다. 이제 제가 읽고 해석하겠습니다.

첫째, 몸에 병 없기를 바라지 말라.
몸에 병이 없으면 탐욕이 생기기 쉽다. 그래서 성인이 말씀하기를 '병고病苦로써 양약良藥을 삼으라.' 하셨느니라.

301

우리의 몸은 지수화풍地水火風 네 가지로 이루어졌다고 하지 않습니까? 또 『반야심경』에 나오듯 인간은 오온五蘊, 즉 색수상행식色受想行識이라는 다섯 가지 물질적 · 정신적 요소가 합쳐진 유기적 존재입니다. 본래부터 있었던 것이 아니라 어떤 인연이 닿아 이런 형상을 갖추고 나왔습니다.

인연이 다하면 흩어지고 말아요. 그렇기 때문에 이 몸 자체가 무상한 거예요. 늘 변하는 겁니다. 고정되어 있지 않습니다. 생로병사라고 하잖아요.

저를 오랜만에 만난 신도나 스님들이 "아이고, 스님도 이제 많이 늙으셨네요."라고 합니다. 중이라고 안 늙는 재간이 있습니까? 부처님도 생로병사를 겪으셨어요. 그게 우주의 질서입니다. 그러나 영혼에는 생로병사가 없다고 해요. 거죽은 생로병사를 겪지만, 알맹이는 생도 없고 노도 없고 병도 없고 사도 없다는 거예요. 그러나 여기에서는 일상적인 우리의 몸을 가지고 얘기하고 있습니다.

몸에 병이 없을 수는 없어요. 유기체인데 탈이 나는 것이 당연합니다. 하지만 병을 앓을 때 신음만 하지 말고 병의 의미를 터득하라고 보왕삼매론은 가르칩니다. 평소 건강할 때는 생각해 보지 못했던 일들을 앓을 때 생각해 보라는 겁니다. 내가 하루하루를 어떻게 살아왔는지, 나의 인간관계는 어떠했는지, 직장에서는 성실했는지 성찰할 수 있는 계기로 삼으라는 것이고, 병고 자체가 죽을병이 아니라면 그 병을 통해서 새로운 눈을 뜨라는 거예요. 병을 좋은 약으로 삼으라는 뜻입니다.

사람의 몸은 허망한 유기체입니다. 지금 우리가 이 자리에 함께 모여 있지만, 이다음 순간에 어떻게 될지 몰라요. 예측할 수 없는 것이 인생입니다. 본래 그런 거예요. 그렇기 때문에 이 몸이 늘 건강하기만을 바라지 말라는 겁니다. 이 말인즉 건강할 때, 내게 건강이 주어졌을 때 잘살라는 뜻입니다. 인생을 무가치한 곳에 쏟아 버리지 말라는 겁니다.

육신의 병은 약으로 다스릴 수 있어요. 정신적인 병은 약으로 다스릴 수 없습니다. 오늘날 우리는 얼마나 허약합니까? 옛날보다 가진 것이 많고 아는 것도 많고 여러 가지 편리한 시설 속에 살고 있는데, 체력과 의지는 점점 떨어져요. 그러다가 어떤 것이 몸에 좋다고 하면 하루아침에 모두 그쪽으로 쏠립니다. 이렇게 허약합니다. 농사짓고 살면서 흙에 뿌리를 내리고 살던 시절에는 땅으로부터 많은 기운을 받아들이고 흙의 교훈을 몸소 익혔기 때문에 그리 허약하지 않았는데, 자꾸 흙으로부터 멀어지니까, 대지로부터 멀어지니까 허약해지는 거예요. 생각 자체가 허약해졌어요.

중생의 병은 업에서 나옵니다. 업이란 무엇입니까? 하루하루 익히는 생활 양식이에요. 생각과 먹는 음식과 생활 습관이 우리를 건강하게도 만들고 병들게도 합니다. 그럼 보살의 병은 어디에서 오는가? 『유마경』에 중생이 앓기 때문에 내가 앓는다는 말씀이 있잖아요? 어머니들은 자식이 아플 때 같이 앓아요. 이게 정상적인 일이고, 어머니란 그런 존재입니다. 어머니는 한 생명의 뿌리이기 때문에 그래요. 자신이 낳은 생명이 앓고 있는데 모른 체한다면 어머니가 아니에요. 이건 누가 시켜서 하는 일이 아닙니다. 원천적으로 자식이란 모태에서 나온 가지예요. 가지가 앓을 때 뿌리가 앓지 않을 수 없는 겁니다. 중생의 병은 업에서 오지만, 보살의 병은 자비심에서 나오는 거예요. 어머니들이 보살이에요.

배우려고 하는 사람들에게는 둘레에 있는 모든 사람이 선지식입니다. 좋은 일은 좋은 일대로, 언짢으면 언짢은 대로 우리의 삶에 교훈을 주고 있어요.

첫째, 몸에 병 없기를 바라지 말라.
몸에 병이 없으면 탐욕이 생기기 쉽다. 그래서 성인이 말씀하기를 '병고病苦로써 양약良藥을 삼으라.' 하셨느니라.

다시 말하면 순경계가 아닌 역경계에서 그것을 어떻게 극복할지 가르쳐 주는 처세훈處世訓입니다.

둘째, 세상살이에 곤란 없기를 바라지 말라.
세상살이에 곤란이 없으면 제 잘난 체하는 마음과 사치한
마음이 일어난다. 그래서 성인이 말씀하기를 '근심과 곤란
으로써 세상을 살아가라.' 하셨느니라.

이 세상을 고해苦海라고 하지 않습니까? 고통의 바다. 사바
세계라는 말 역시 그런 뜻이에요. 우리가 어려운 세상, 고해, 사
바세계를 살아가면서 모든 일이 순조롭게 풀리기만 바랄 수는
없습니다.

모든 집안에는 밝은 면도 있고 어두운 면도 있습니다. 개인
의 인생도 그렇습니다. 세상살이에 곤란이 없게 되면 잘난 체하
고 남의 어려운 사정을 모르게 됩니다. 마음이 사치해지는 겁니
다. 그래서 근심과 곤란으로 세상을 살아가는 거예요. 근심과 걱
정을 밖에서 오는 귀찮은 것으로 생각하지 말고, 삶의 한 과정으
로 생각해야 합니다. 숙제로 생각해야 돼요. 집안에 어떤 걱정과
근심이 있다면 회피해서는 안 됩니다. 그걸 딛고 일어서야 돼요.
이 일에 어떤 의미가 있는가, 왜 우리 집안에 이런 액난이 닥치
는가, 이것을 안으로 살피면서 딛고 일어서라는 거예요.

우리는 저마다 자기 짐을 지고 나옵니다. 누구나 이 세상에 남들이 넘겨볼 수 없는 짐을 지고 나와요. 그것이 인생이에요. 그러니까 집안에 무슨 어려움이 닥쳤다고 나쁘게만 생각하지 마세요. 그 어려움을 통해서 그걸 딛고 일어서는 새로운 창의력과 의지력을 계발하라는 우주의 소식으로 받아들일 수 있다면, 그래도 이 세상이 살아갈 만한 곳이 됩니다.

사바세계라는 곳, 참고 견뎌야 하는 세계. 그런데 여기에 묘미가 있어요. 만약 이곳이 극락이나 지옥이라면 아무런 재미가 없어요.

극락? 고통이 없다는 거예요. 생각만 해도 다 이루어지는 곳이에요. 물론 우리가 이상적으로 추구해야 할 세계입니다. 그러나 재미가 없어요. 지옥? 너무 고통스러워서 감내할 수 없어요. 사바세계는 그 중간이에요. 그러니까 참고 견딜 만한 세상이라는 거죠.

셋째, 공부하는 데에 마음에 장애 없기를 바라지 말라.
마음에 장애가 없으면 배우는 것이 넘치게 된다. 그래서 성인이 말씀하기를 '장애 속에서 해탈을 얻으라.' 하셨느니라.

공부라는 것은 스님이나 신도들이 정진하는 것만을 뜻하는 게 아닙니다. 또 학생들이 공부하거나 스님들이 수행하는 것만을 뜻하는 것도 아니에요. 공부는 세상을 살아가는 일이에요. 장애 없는 사람이 어디 있습니까? 다 장애가 있어요. 누구나 삶의 장애를 겪으면서 살아가고 있어요.

한평생 살아간다는 것은 무수한 벽을 넘는 장애물 경주예요. 지금까지 살아오면서 얼마나 많은 장애를 헤치고 왔습니까? 아직 끝나지 않았습니다.

해탈이라는 게 뭐죠? 그런 장애물을 넘어서 안팎으로 자유로워지고 홀가분해진 상태를 해탈이라고 합니다. 그러니까 장애라는 것은 해탈에 이르는 디딤돌이고 발판이에요. 그런 장애가 없으면 해탈도 있을 수 없습니다. 모든 게 다 필요한 존재예요. 어떤 미생물이 되었건 이 우주에는 모두 필요한 거예요. 그래서 생겨났어요.

그런데 그런 미생물이, 벌레가 귀찮다고 해서 농약이나 강력한 살충제로 죽여 보세요. 그 미생물만 없어지는 것이 아니라 연쇄 반응을 일으켜서 우리에게 없어서는 안 될 이로운 것까지 모두 죽여 버리잖아요. 오늘날 우리가 겪는 생태계의 변화와 환경 문제, 지구 온난화가 무엇입니까? 전체적인 흐름과 조화를 망각한 채 부분에만 갇혀서 생각하고 행동한 결과예요. 지구가 인간의 그러한 행위를 감당하지 못해서 일어난 일들이에요. 그래서 지구가 지진도 일으켰다가 불도 일으켰다가 하는 거예요. 지구에 사는 인간들이 마치 물것처럼 하도 귀찮게 하니까 털어내느라 지구가 몸살을 앓고 있는 겁니다.

지구가 무엇이에요? 우리가 기대어 살아가는 생명의 바탕이에요. 그리고 우리만 살고 떠날 곳이 아니에요. 영원히 존속되어야 할 생명의 바탕입니다. 그런데 20세기 후반 들어서 우리가 지구를 너무 함부로 대했기 때문에 그 대가로 지금과 같은 여러 가지 이변을 겪는 거예요.

장애가 없기를 바라지 마세요. 장애라는 것은 다 뚫고 지나갈 수 있는, 해탈의 길로 이어진 길목이기 때문에 장애를 거부하지 말고 받아들여야 합니다. 번뇌를 보리로 전환하고, 생사를 열반으로 전환하고, 고뇌를 기쁨으로 전환하라는 거예요. 장애 속에서 해탈을 얻으라는 거예요. 장애 없이는 해탈도 없습니다.

넷째, 수행하는 데에 마魔 없기를 바라지 말라.
수행하는 데에 마가 없으면 서원이 굳건해지지 못한다. 그래서 성인이 말씀하기를 '모든 마군으로써 수행을 도와주는 벗을 삼으라.' 하셨느니라.

마란 무엇입니까? 나쁜 거예요. 잠잠하게 정진하고 싶은데 자꾸 졸음이 온다거나 공연히 망상이 일어난다거나 하는 게 다 마입니다. 호사다마好事多魔라고, 좋은 일에는 마가 낀다고 하잖아요? 또 도고마성道高魔盛이라고 해서 도가 높을수록 마가 성한대요.

어떤 의미에서 마는 우리의 그릇을 키우는, 우리의 기량을 키우는 소식으로 받아들여야 합니다. 우리가 어떤 좋은 일을 하려고 할 때면 반드시 장애물이 생겨요. 그것을 회피해서는 안 됩니다. 회피하고 싶다고 회피할 수 있는 것도 아닙니다. 그것을 딛고 일어섬으로써 새로운 기량과 의지력, 내가 지금까지 갖추지 못한 새로운 그릇이 마련되는 거예요.

그것을 겉으로만 밀어내려고 하지 말고, 안으로 곰곰이 받아들일 수 있어야 합니다. 안에서 새기며 의미를 부여하는 거예요. 이것은 단순한 관념의 유희가 아닙니다. 소극적인 삶의 태도도 아니에요. 삶의 지혜예요. 어려움이 닥칠 때마다 그것을 어떻게 극복할 것인가 생각할 때 옛 성인들의 말씀을 의지해서 딛고 일어설 수 있어야 합니다.

'수행하는 데 마 없기를 바라지 말라. 수행하는 데에 마가 없으면 서원이 굳건해지지 못한다.' 저마다 서원이 있잖아요. 꼭 수도자의 세계에만 서원이 있는 게 아닙니다. 사업을 할 때도 그래요. 기업을 경영하거나 장사를 하는 데 있어서도 나름대로 서

원이 있어요. 이 기업을 잘 키워서 사회적으로 기여하겠다는 서원들이 있다고요. 그런데 어떤 장애가 없이 모든 일이 순조롭다면 언제 내가 그런 서원을 세웠는가 싶을 정도로 후퇴할 수 있어요. 그렇기 때문에 모든 마로써 수행을 돕는 벗으로 삼으라고 옛 성인이 말씀하신 겁니다.

다섯째, 일을 계획하되 쉽게 되기를 바라지 말라.
일이 쉽게 풀리면 뜻이 경솔해지기 쉽다. 그래서 성인이 말
씀하기를 '많은 세월을 두고 일을 성취하라.' 하셨느니라.

일이 너무 쉽게 풀리면 안 좋습니다. 쉽게 이루어지면 쉽게 무너져요. 공이 들어가야 합니다. 부실 공사라는 게 뭡니까? 정당한 과정을 거치지 않고 너무 쉽게 이루었기 때문에 일어나는 필연적인 결과예요.

인생도 마찬가지입니다. 어려움이 있어야 해요. 어려움 없이 자란 아이들은 이다음에 어려운 일에 맞닥뜨리면 극복하지 못해요. 그냥 아파트에서 뛰어내린다고요. 이 세상은 고해입니다. 참고 견뎌야 할 사바세계예요. 이 풍진 세상을 살아가려면 면역력을 높여야 해요.

일이 쉽게 되기를 원하지 마세요. 모든 것에는 차례가 있는

겁니다. 하나의 씨앗이 땅속에 들어가서도 사계절의 질서가 따라야 움이 트고 꽃이 피며 열매를 맺어요. 너무 쉽게 풀리기를 바라지 마세요. 뜸을 들이는 과정이 있어야 해요. '많은 세월을 두고 일을 성취하라.' 오랜 세월이 쌓여야 기량이 커지고 도량을 감당할 만한 자질이 갖추어지는 겁니다. 아직 내 그릇이 그런 도량을 감당할 준비가 안 되었는데 일을 성취한다면 교만해지고 안이해집니다.

여섯째, 친구를 사귀되 내가 이롭기를 바라지 말라.
내가 이롭고자 한다면 의리를 상하게 된다. 그래서 성인이
말씀하기를 '순결로써 사귐을 깊게 하라.' 하셨느니라.

친구란 무엇입니까? 또 다른 나예요. 친구와 나를 다른 사람으로 보지 마세요. 그래서 친구를 보면 그 사람을 알 수 있다고 하잖아요.

모든 인간관계가 그렇듯 믿음과 신의로 관계를 이루어야 하고, 특히 친구지간은 더욱 그래야 해요. 믿음과 의리가 없으면 친구지간이 아닙니다. 스승과 제자, 부부간의 관계도 마찬가지예요. 모든 인간관계는 믿음과 의리가 바탕이 되어야 합니다. 하나 더 덧붙인다면 예절이 있어야 합니다. 친할수록 예절을 갖추

어야 해요. 예절이 뭐예요? 사람의 도리고 품위예요. 좋은 인간 관계는 반드시 믿음과 신의, 예절이 바탕이 되어야 합니다. 친구를 수단이나 출세의 발판으로 삼아서는 안 됩니다.

인생을 살 만큼 살고 나면 무엇이 남습니까? 아무것도 없어요. 관계만 남습니다. 잘산 인생이라면 좋은 관계가 남고, 잘못 산 인생이라면 언짢은 관계만 잔뜩 남는 거예요. 관계를 통해서, 이웃을 통해서, 친구를 통해서 거듭거듭 인간 형성의 길로 나아가야 합니다.

친구는 고마운 존재예요. 왜냐하면 나를 일깨워 주니까요. 나를 풍요롭게 만들고 나를 깨우쳐 주니까. 기쁨과 고통을 나누어 갖기 때문에.

일곱째, 남이 내 뜻대로 순종해 주기를 바라지 말라.
남이 내 뜻대로 순종해 주면 마음이 스스로 교만해진다. 그래서 성인이 말씀하기를 '내 뜻에 맞지 않는 사람들로 무리를 이루라.' 하셨느니라.

'내 뜻에 맞지 않는 사람들로 무리를 이루라.' 묘미가 있는 말이에요. 뜻이 맞는 사람들끼리 살아야 하는데 뜻에 맞지 않는 사람들끼리 어울리라고 하니까 고개가 갸웃해질 거예요. 그런데 한 가정을 두고 생각해 봅시다.

아무 탈 없이 가족끼리 서로 화합하고 화목한 가정이 더러 있겠지만, 많지는 않을 거예요. 어느 집안에나 갈등이 있어요. 집안 자식들이 다 효자면 좋을 것 같지만, 그런 집안은 재미가 없어요. 인생은 묘한 겁니다. 불효가 있기 때문에 효가 빛나는 거예요. 불효자가 있어서 효의 값어치를 아는 거죠.

돌담을 쌓을 때는 똑같은 모양의 돌은 필요 없습니다. 큰 돌, 작은 돌, 모난 돌, 납작한 돌이 다 필요해요. 우리 사회와 세상도 마찬가지예요. 저마다 각기 독특한 개성을 가진 사람들이 어울려 사는 거예요. 이때 전체적인 조화를 이루도록 서로가 노력하면 돼요. 자기 개성을 마음껏 발휘하면서도 전체적인 조화를 이루는 사회가 건강한 사회입니다.

부모들이 역할을 잘해야 합니다. 큰놈은 이런데 작은놈은 저렇더라 하며 비교하지 마세요. 다 자기 몫을 할 수 있도록 가르쳐 주세요. 어디에 내놓든 사람으로서 한 몫을 하면 되는 겁니다.

여덟째, 공덕을 베풀 때에는 과보를 바라지 말라.

과보를 바라게 되면 불순한 생각이 움튼다. 그래서 성인이 말씀하기를 '덕 베푼 것을 헌 신처럼 버리라.' 하셨느니라.

공덕이란 공적과 덕행이지요. 한마디로 선행이에요. 선행을 베풀 때는 과보를 바라지 말라는 말은 결과를 바라지 말라는 뜻이에요. 과보를 바라는 것은 장삿속이에요. 신앙생활은 공리성功利性을 배제해야 합니다.

요즘 수능 시험 때문에 다급해진 엄마들이 많지요? 기도할 때는 결과에 집착하지 말아야 합니다. 합격이 됐건 불합격이 됐건 그 나름대로 의미가 있기 때문에 점수가 잘 나오든 그렇지 않든 결과에 집착하지 말고 그냥 최선을 다해야 합니다. 계약이 아니에요. 간절한 마음으로 기도할 뿐 어떤 결과를 갖고 따지지 마세요. 내가 간절한 마음으로 기도하면 메아리가 있게 마련이에요. 그게 우주의 질서예요.

아홉째, 이익을 분에 넘치게 바라지 말라.
이익이 분에 넘치면 어리석은 마음이 생기기 쉽다. 그래서 성인이 말씀하기를 '적은 이익으로써 부자가 되라.' 하셨느니라.

이 말은 작은 것에 만족할 줄 알아야 한다는 뜻입니다. 행복의 비결은 결코 크고 많은 데 있지 않습니다.

오늘날 우리의 경제 현실이 어떻습니까? 그저 입만 벌리면 경제 타령이잖아요. 그런데 인간의 생활에 경제가 전부는 아니에요. 우리는 지금 너무 경제에만 치우쳐 있어요. 그러니까 생태계를 파괴하면서 분에 넘치게 소비하고 있잖아요. 오늘날 경제가 어려운 것은 일찍이 우리가 그릇을 만들어 놓지 않고 자꾸 욕심껏 담기만 하려고 했던 과보예요.

오늘의 불황은 우리 마음이 그만큼 빈약하다는 증거예요. 그릇을 키우려면 눈앞의 이해관계에 매달리지 말고 덕을 길러야 합니다. 개체를 넘어서 전체를 생각해야 됩니다.

소욕지족小欲知足, 작은 것에 만족할 줄 알아야 돼요. 만족할 줄 모르면 늘 갈증 상태에 머물러요. 작은 것을 갖고도 고마워하고 만족할 수 있어야 합니다. 그래야 넉넉해져요.

열째, 억울함을 당할지라도 굳이 변명하려고 하지 말라.
억울함을 변명하다 보면 원망하는 마음을 돕게 된다. 그래서 성인이 말씀하기를 '억울함을 당하는 것으로 수행의 문을 삼으라.' 하셨느니라.

사필귀정事必歸正이란 뜻인데 모든 잘잘못은 반드시 바른 길로 돌아갑니다. 시간이 지나면 검고 흰 것이 저절로 드러나요. 마치 꽃향기처럼 진실을 감추려 해도 감추어지지 않습니다. 그

렇기 때문에 굳이 변명하려 들지 말라는 거예요. 변명하게 되면
거기에서 원망하는 마음과 여러 가지 잡음이 생기기 때문에 굳
이 변명하지 말라는 거예요. 참고 견디면서 안으로 자기 자신을
살펴야 합니다.

　이와 같이 막히는 데서 도리어 트이는 것이요, 트임을 구하
는 것이 도리어 막히는 결과를 낳는다. 그러므로 부처님께
서는 많은 장애 가운데서 바른 깨달음을 이루셨다. 요즘 세
상에 도를 배우는 사람들이 먼저 역경에서 견디어 내지 못
한다면, 어떤 장애에 부딪힐 때 그것을 이겨 낼 수 없다. 그
래서 마침내는 법왕의 큰 보배까지도 잃게 될 것이니 어찌
슬픈 일이 아니겠는가. 마음에 깊이 새겨 생활의 지혜로 삼
아야 할 것이다.

　결론 삼아서 말씀드리지요.
　역경을 이겨 내지 못하면 자신이 지닌 생명의 씨앗을 꽃피
울 수가 없습니다. 저마다 자기 나름의 꽃이 있어요. 다 꽃씨를
지니고 있다고요. 그런데 역경을 이겨 내지 못하면 그 꽃을 피워
낼 수가 없습니다.
　하나의 씨앗이 움트기 위해서는 흙 속에 묻혀서 참고 견디

는 그런 인내가 필요해요. 그래서 참고 견디라는 겁니다. 거기에 삶의 감추어진 묘미가 있습니다. 우리가 살아가는 이 세상이 사바세계라는 사실을 다시 한 번 상기해 주시길 바랍니다.

이 세상은 극락도, 지옥도 아닙니다. 사바세계, 참고 견딜 만한 세상, 여기에 삶의 묘미가 있습니다. 가끔 외우시면서 생활의 지혜로 삼기 바랍니다.

내 안의

부처와
보살을

깨우라

     요즘 꾀꼬리 소리 들리세요? 조금 있으면 뻐꾸기도 울 텐데, 철 따라서 철새가 우리를 잊지 않고 찾아와 준다는 것이 얼마나 기특하고 고마운 일입니까? 매연과 황사로 뒤덮인 소란스러운 세상을 철새들은 저버리지 않고 찾아옵니다. 그런 것을 보면 많은 생각이 들어요. 사람은 더러 부도를 내고 자기가 한 말에 책임을 지지 않는데, 짐승들은 철 따라서 저렇게 그르지 않고 꼭꼭 찾아옵니다. 꾀꼬리가 울 무렵에 햇차가 나와요. 차 좋아하시는 분들은 햇차를 마셔 보았을 겁니다. 햇차가 나올 무렵에 꼭 꾀꼬리가 웁니다.

오늘이 음력으로 사월 보름, 여름 하안거 결제일입니다. 원래 부처님 당시에 인도에서는 이 무렵에 우기가 시작되었어요. 우기가 시작되어 스님들이 여기저기 다니기 불편하니까, 한곳에 모여서 정진을 했습니다. 그래서 원래는 우안거예요. 거기서부터 안거 제도가 시작되었습니다. 인도에서는 한 차례 있는데, 우리나라는 겨울에 추우니까 여름과 겨울, 두 차례 있습니다.

안거에 들어가기 전에 내가 이번 안거를 어떻게 지낼 것인가 마음의 결단을 하게 되는 날이 바로 이 결제 날이에요. 맺을 結, 제도 制. 앞으로 90일 안거를 하면서 어떤 마음을 가지고, 어떤 결의를 가지고 지낼 것인가 하는 것을 결정하는 그런 날입니다. 왜 잊을 만하면 안거 날이 오고 결제 날이 오는가? 그때마다 새로운 각오로서 시작하라는 뜻에서 이런 제도가 마련된 것 같습니다.

어떤 정진을 하든 향상의 길로 나아가야 됩니다. 불가에서는 석 달을 한철이라고 하는데, 여름 한철 동안 어떤 정진을 하든 인간적으로 성숙할 수 있는 계기가 되어야 합니다. 불자로서도 성숙해야 되겠지만, 인간적으로 성숙할 수 있는 그런 계기가 되어야 해요.

그러기 위해서 각자 원을 세워야 됩니다. 내가 이번 여름 안거 90일 동안에 어떻게 살아야 되겠다는 원을 세워야 돼요. 거창한 원도 좋겠지만, 지극히 일상적인, 내가 하루 한 가지라도 남을 위해서 헌신해야겠다, 아무도 미워하지 않겠다, 담배를 끊겠다 등등 여러 가지 사안이 있지 않습니까? 저마다 자기 형편과 상황에 맞는 원들을 세워서 원을 이루도록 정진해야 됩니다. 안거 제도라는 것이 꼭 스님들만 하는 것은 아닙니다. 뜻을 가진 사람이라면 누구나 자기 생활을 개조할 수 있는 계기로 삼아야 됩니다.

무슨 일을 하든 기쁜 마음으로 해야 돼요. 참선을 하든 염불을 하든 혹은 절의 일을 돌보든 기쁜 마음으로 해야지, 마지못해서 질질 끌려가듯이 하게 되면 삶 자체가 재미없어집니다. 기쁜 마음으로 해야 그 일이 즐거울 뿐 아니라 능률도 오르고 사는 일 자체가 즐거워집니다.

가령 어떤 사람이 화두를 가지고 참선을 해요. 그런데 고슴도치처럼 잔뜩 긴장해서 이웃 사람을 조금도 배려하지 않고 불편하게 만드는 사람도 있어요. 혼자 도사가 다 된 것처럼. 그것은 잘못된 거예요. 참선을 하든 염불을 하든 어떤 정진을 하든 그것은 우리가 마음을 활짝 열기 위해서 하는 것 아닙니까? 내 마음이 활짝 열려야 세상과 하나가 됩니다. 주력呪力하는 사람들도 그래요. 이웃을 전혀 배려하지 않고 독선적으로 주력만 하는 사람이 있어요. 그것은 잘못된 정진이에요. 자기가 어떤 정진을 하든 함께 있는 이웃을 배려해야 돼요.

기쁜 마음을 품고 있으면 얼굴에 기쁨이 솟아나요. 거리에서 낯선 사람과 마주쳤는데, 그 사람이 벙긋벙긋 웃고 있으면 그 웃음이 우리에게 전해지잖아요? 내 기분도 좋아지고 서로가 공감하게 돼요. 그런데 누가 우거지상을 하고 있으면 그것을 보는 내 마음도 구겨집니다. 서로 그렇게 영향을 주고받는 거예요. 그러니까 남을 탓하기 전에 내가 지금 어떤 삶을 살고 있느냐, 어떤 얼굴을 하고 있느냐 점검하세요. 거울이라는 게 그걸 보라고 만들어 놓은 것 아닙니까? 사실 거울을 볼 필요도 없어요. 내 마음의 상태를 보면 내 얼굴이 어떻다는 걸 알 수 있습니다. 얼굴, 얼의 꼴, 사람의 정신 상태와 내면이 어떻느냐는 것이 표현된 게 바로 얼굴이에요. 그래서 정진하는 사람들은 늘 편안한 마음으로, 이웃이 보더라도 같이 기뻐할 수 있는 그런 마음을 가지고 정진해야 됩니다.

정진을 할 때 가져야 할 첫 번째 마음가짐이 보리심이에요. 발보리심. 보리심을 먼저 발하는 거예요. 다시 말해서 이웃을 먼저 배려하는 겁니다. 그래야 정진이 제대로 되지 혼자서만 무슨 일을 내겠다고, 혼자서만 깨닫겠다고 한다면 그것은 잘못된 생각이에요. 먼저 보리심을 발하고 염불을 하건 참선을 하건 주력을 하건 독경을 하건 무엇이든지 해야 됩니다.

기도가 반드시 소원이 있어야만 하는 것은 아닙니다. 기도는 신앙생활을 하는 모든 사람의 기본적인 정진 태도입니다. 기도를 다른 말로 풀이하면, 참회하고 발원하는 일이에요. 우리가 무량겁을 지나오면서 어떤 빚을 지었을지 모르기 때문에 늘 참회하는 거예요. 그리고 발원, 내가 앞으로 어떻게 살겠다는 삶의 목표를 세우는 것. 참회하고 발원하는 일 자체가 기도의 내용을 이룹니다.

기도를 할 때는 간절한 마음으로 해야 돼요. 간절한 원은 반드시 이루어집니다. 부처님이나 보살들도 그 원의 힘으로써 이루어진 것입니다. 제가 가끔 이야기합니다. 부처님이나 보살들은 원의 힘으로써 불보살이 되었고, 중생은 자기가 지은 업의 힘으로 인해 중생의 테두리에서 벗어나지 못하는 겁니다. 업과 원은 그렇게 달라요.

흔히들 지장전을 명부전, 으스스하고 어두운, 죽은 사람을 천도하는 장소로 잘못 알고 있습니다. 지장보살은 다른 보살들과 달리 스님 모습을 하고 있어요. 우리나라 같은 경우에는 지장 신앙이 그렇게 성하지 않지만, 중국 같은 곳에서는 지장 신앙이 성합니다. 중국 구화산에 가면 신라에서 건너간 스님을 지장보살로 지금도 모시고 있어요. 그래서 한국에서 온 관광객들을 그 고장에서는 마치 지장 스님의 후예나 되는 것처럼 기꺼이 맞이하고 그럽니다.

지장보살을 지옥의 문지기라고 생각하지 마십시오. 문수보살, 보현보살, 관세음보살, 대세지보살, 지장보살, 이런 분들은 청정법신淸淨法身에서 나누어진 하나의 분신이고 화신이에요. 다시 말하면 부처님의 입으로부터 태어난 보살들입니다. 그러니까 청정법신이 관세음보살로 나타날 수 있고, 지장보살로 나타날 수 있고, 대세지보살로도 나타날 수 있는 거예요. 모두 천백억 화신을 나타내는 겁니다. 그중의 한 분이 지장보살이에요.

어떤 경전에 보면, 석가모니 부처님이 열반에 드신 후 그 다음의 부처인 미륵보살이 성도成道하기까지의 그 시간과 공간을 무불 시대無佛時代, 즉 부처님이 없는 시대라고 형식적으로 말해요. 지금이라고 해서 부처님이 없는 시대는 아니지만, 형식적으로 그렇게 얘기하는 겁니다. 단단히 명심해서 이런 말에 속지 마십시오. 지금이라고 해서 부처님이 없는 시대는 아닙니다. 그런데 문서에 이르기를 석가모니 부처님이 돌아가신 후 이다음 부처님인 미륵불이 출생하기 전까지의 그 빈 공간과 기간에 부처님을 대신해서 중생 제도를 해 달라고 지장보살에게 부촉咐囑했어요. 그래서 부처님이 없는 시대에 중생 제도를 부촉 받은 보살이 바로 지장보살입니다. 잘 아시겠지만, 지장보살의 원이 얼

마나 지극합니까? 모든 중생을 다 제도한 다음에 맨 끝으로 자기가 제도를 받겠다는 원을 세우잖아요. 모든 일체의 중생이 다 부처가 된 다음 자기는 맨 나중에, 맨 말석에서 부처를 이루겠다는 원을 세운 거예요. 이 원이 얼마나 거룩하고 자비스럽습니까? 설사 부처가 되지 않는다 하더라도 이처럼 지극한 원을 세우고 있는 한 지장보살은 훌륭한 구도자이고 보살입니다. 지장보살을 어렵게 생각하지 마십시오.

집집마다 지장보살이 다 있어요. 엄마들이 지장보살입니다. 자식들 키우고 식구들 뒷바라지하느라 애간장이 다 녹잖아요. 본래부터 어머니가 되지는 않습니다. 한 사람의 여성이 자식 낳아서 기르면서 온갖 고통과 근심을 치르는 과정에서 어머니가 돼요. 경전에 나오는 지장보살과 관세음보살을 과거에 있었던, 경전에만 나오는 인물로 생각하지 마십시오. 오늘 현실에서 내가 곧 지장보살이고 관세음보살이라고 생각하세요. 그렇다면 선지식은 누구냐? 자식들이에요. 집에 애먹이는 존재가 더러 있잖아요? 이 존재들을 통해서 내가 보살이 되고, 지장보살이 되고, 관세음보살이 된다고 그렇게 생각하세요. 그런 대상을 선지식이라고 생각해야 됩니다. 그런 대상이 없다면 내가 마음을 너 그렇게 쓸 일이 없을 텐데, 그처럼 애먹이는 대상이 있기 때문에 어려움을 극복하기 위해서 내가 참선도 하고 염불도 하고 주력도 하고 그런 겁니다. 그런 과정에서 지장보살과 같은 지극한 원을 세우는 사람이 바로 어머니예요. 어머니는 저절로 되지 않습니다. 자식들을 키우는 동안 온갖 애간장을 녹이면서 어머니가 되는 겁니다.

여기서 우리가 혼동하지 말아야 할 것은, 보살에는 성차별이 없다는 사실입니다. 관세음보살은 여성이고 지장보살은 남성이라고 생각하지 마십시오. 보살에게는 성차별이 없습니다. 여성이 지장보살이 될 때가 있고 남성이 지장보살이 될 수 있습니다. 또 여성이 관세음보살이 될 수 있고, 남성이 관세음보살이 될 수 있습니다.

기도는 법당에서만 하지 않습니다. 법당에서 하는 기도는 지극히 형식적이고 기초적인 기도예요. 때와 장소를 가리지 않고 한결같이 꾸준히 나아가는 것을 정진이라고 하지 않습니까? 그렇기 때문에 기도하는 사람은 하는 말과 생각과 행동이 곧 기도로 이어져야 돼요. 법당에서만 기도하고 돌아서서는 딴생각을 하는 그런 사람은 기도하는 사람이 아닙니다. 법당에서 익혔던 정진력이 일상생활 속에서, 집에서나 거리에서나 전철이나 버스 안에서 그 마음과 생각과 행동이 바로 기도로 이어져야 돼요. 그렇지 않으면 기도의 뜸이 안 들어요. 법당에서만 하고 돌아서면 기도와는 상관없는 행위를 한다면 기도의 뜸이 안 든다고요. 한결같은 마음으로 해야 기도하는 재미가 붙어요.

제 개인적인 이야기를 좀 하겠습니다. 제가 막 중이 되어서 제일 오랫동안 산 곳이 해인사예요. 거기서 12년을 살았습니다. 선방에서 정진하고 강당에서 경도 배우고 했는데, 처음 2~3년 동안은 완전히 풋중 시절이라 겉돌았어요. 여럿이 모여서 웅성거리며 그냥 그렇게 살던 시절이에요. 그런데 한 2~3년 지나니까 중노릇이 무엇인지 서서히 생각이 잡혀요. 내가 해인사 시절에 가장 고맙게 생각하고 기억에 남는 일은 법당에서 대중과 같이 조석 예불을 한 다음에 팔만대장경을 모신 장경각 안의 법보전이라는 법당에 올라가서 기도했던 일입니다. 그 일이 내 생애에 여러 가지 좋은 덕을 베풀었습니다. 내가 그렇게 하도록 영향을 준 분이 영암 스님입니다. 당시 자운 스님이 주지이고 영암 스님이 총무였어요. 영암 스님은 사중寺中의 어려운 일을 보면 꼭 기도를 해요. 늘 장경각에서 기도를 했어요. 그 모습을 보고 나도 기도를 해야 되겠구나 생각했습니다.

큰 법당에서 대중과 같이 예불하고 나서 장경각에 올라가면 영암 스님이 기도를 하고 계세요. 그사이에 나는 장경각 주변을 돌면서 한 30분 있다가 그 스님이 나오고 나면 내가 들어가서 기도를 했어요. 조석으로 늘. 해인사에 있는 동안 그런 습관을 들였고, 정진을 했습니다. 아무 생각 없이 했던 그때의 그 정진이 내가 중노릇하는 데 커다란 초석이 됐을 거예요. 그런 과정이 없었다면 그냥 되는 대로 쉽게 지냈을 텐데, 그렇게 장경각에서 조석으로 기도를 한 공덕으로 제가 중노릇하는 동안 크게 벗어나지 않고 제 길을 걸어왔다는 생각이 듭니다.

해인사 장경각 법보전 양쪽의 주련에 '원각도량하처圓覺道場何處 현금생사즉시現今生死卽是'라는 구절이 있어요. '원각도량하처'는 '원각도량이 어느 곳이냐?'라는 뜻이에요. 원각도량은 부처님이 계신 곳입니다. 원만히 깨달은 부처님이 계신 도량이 바로 원각이에요. '현금생사즉시'는 '오늘 이 자리가 바로 그자리.'라는 뜻입니다. 극락세계가 어디 먼 데 있는 것이 아니고 2,500년 전 인도에 있는 것이 아니라, 오늘 우리가 지금 숨 쉬고 행동하고 있는 바로 이 현실 자체가 부처님 세계라는 거예요.

절에 가면 보게 되는 주련 글씨는 다 훌륭한 법문이에요. 부처님 말씀을 모아 놓은 경전에서 인용한 법문이기 때문에 하나의 장식으로 알고 건성으로 보아 넘기지 마세요. 아는 스님들한테 무슨 뜻인지 물어서 그 내용을 알고 법문으로 받아들이면 살아가는 데 여러 가지 도움이 될 것입니다.

기도는 삼억의 말과 생각과 행동을 맑히는 일입니다. 이번 여름 안거 기간에 각자 원을 세우고 지극하고 정성스러운 기도를 해서 현재의 보살이 되세요. 다들 불명佛名이 있잖아요? 그 이름과 실상이 하나가 되어야 합니다. 지극한 기도를 통해서 진짜 일월심이 되고 일심행이 되어야 합니다.

안거 기간을 스스로 거듭날 수 있는, 인간적으로 보다 성숙하고 신앙인으로서 보다 원숙해질 수 있는 계기로 삼는다면, 하루하루 소홀히 지내지 않게 될 것입니다. 여름 안거 아무 탈 없이 잘 지내십시오.

당신의

참다운
나이는

몇 살인가?

저기 뒤쪽은 천막을 안 쳐서 거기 앉으신 분들은 얼굴이 다 그을리겠는데요. 그늘로 들어가셔도 됩니다. 오늘 집중하고 계시다가 얼굴 다 그을리면 집에서 못 알아볼지도 몰라요.

오늘은 음력 7월 보름이고, 하안거 해제일입니다. 석 달 전, 그러니까 음력으로 4월 보름에 여름 안거가 결제되고 시작되었습니다. 석 달 전 이 자리에서 결제 동안에 무슨 일을 하겠다는 원을 세우자고 제가 말씀드렸습니다. 각자 원을 세우고 그 원을 얼마나 실행해 왔는지 한번 점검해 보세요. 자기가 하려고 했던 원과 실제 행이 일치할 때 안거가 원만히 성취됩니다.

안거가 끝난 날을 승가에서는 자자일自恣日이라고 합니다. 스스로 자에 방자할 자. 자자일은 수행자들끼리 안거 중에 지은 허물을 고백하고 참회하면서 용서를 비는 날이에요. 안거 기간 동안 만약 나의 행동과 말에 비난을 살 만한 일이 있었다면 저를 위해서 지적해 주십시오, 하고 자발적으로 대중 앞에 나서서 이야기합니다. 지적할 사항이 없으면 그것으로 안거를 잘 마치는 것이고, 무슨 허물이 있었다면 대중 앞에서 참회를 합니다. 이런 것을 자자라고 그럽니다. 부처님 당시부터 행해져 온 승가의 아주 좋은 미풍입니다.

안거를 원만히 마치면 법의 나이, 법랍法臘이 한 살씩 보태집니다. 대개 스님들 돌아가시면 세수는 얼마요, 법랍은 얼마다, 이렇게 말하잖아요. 세수는 육신의 나이입니다. 법랍은 안거를 성취할 때마다 한 살씩 보태진 나이예요.

수행자들에게 있어서 육신의 나이는 중요하지 않습니다. 법의 나이에 의해서 서열이 결정돼요. 아무리 나이 많은 사람이라 하더라도 출가한 기간이 짧으면 말단에 앉아요. 설사 육신의 나이가 어리다 하더라도 법랍이 높으면 윗자리에 앉습니다. 부처님 당시부터 승단 안에서 이루어진 차례이고 서열입니다.

부처님의 가르침에 귀의한 이래 법의 나이가 얼마나 되었는지 각자 한번 헤아려 보세요. 법랍은 스님들만 먹는 나이가 아닙니다. 신도들도 마찬가지예요. 내가 부처님 법에 귀의해서 몇 해 동안 열심히 절에 다니고 있는데, 과연 내가 세운 원을 실제 행하면서 안거를 원만히 성취했는지 아닌지 스스로 헤아려 보세요. 해수만 채운다고 법의 나이가 쌓이는 것은 아닙니다. 인욕 정진忍辱精進, 참기 어려운 것을 참으면서 밤잠 안 자고 꾸준히 정진함으로써 안거를 원만히 성취하게 됩니다. 인욕 정진으로 안거가 원만히 성취될 때 비로소 법의 나이가 추가돼요.

·

옛 선사들이 즐겨 외운 게송이 있습니다. 한문으로 하면, 차신불향금생도此身不向今生度 갱대하생도차신更待何生度此身. 이 몸을 중생에 던지지 않으면 다시 어느 생을 기다려 던질 것인가. 현재 내 이 몸을 금생에 던지지 않으면 다시 어느 생을 기다려 던질 것인가. 부처님의 법을 만난 금생에 인과의 도리를 알고 세상 돌아가는 이치를 터득하게 된 가르침 속에 살면서 금생에 이 몸, 내 금생의 이 몸을 제도하지 않으면 다시 어느 생을 기다려 제도할 것인가, 이런 뜻입니다.

무엇이든지 다음으로 미루지 마십시오. 지금 당장 실행해야 됩니다. 이렇게 말하는 저도 근래 와서는 자꾸 미루게 돼요.

게으른 탓입니다. 그전에는 밤잠을 자다가도 생각나는 일이 있으면 벌떡 일어나서 해치웠는데, 이제는 육신의 나이가 들어서 그런지 게으름이 몸에 배어서 자꾸 미루게 돼요. 미루는 것은 끝이 없습니다. 내일 일을 누가 압니까? 마음 내킬 때 즉각 해야 됩니다.

•

7월 보름을 우란분이라고 그래요. 우란분은 옛날 인도 말인 우람바나ullambana를 중국식으로 옮긴 말입니다. 원뜻은 '거꾸로 달아매다'예요. 지옥地獄, 아귀餓鬼, 축생畜生을 삼악도라고 하지요. 악인이 죽어서 가는 고통스러운 세 가지 세계입니다. 아귀도에 떨어져서 거꾸로 매달리는 고통을 겪는 망자를 위해서 천도재薦度齋를 지내서 그 고통에서 벗어나게 하는 일을 우란분재盂蘭盆齋라고 합니다.

돌아가셨다고 해서 누구나 그렇게 거꾸로 매달리는 것은 아닙니다. 하지만 남한테 못할 일을 하고 살생을 많이 하고 욕심 많이 부리는 등 정상적인 사람으로서는 할 수 없는 그런 업을 많이 지은 사람들은 아귀가 된다고 하잖아요.

그러면 아귀는 어떤 고통을 겪는가? 항상 굶주림과 목마름의 고통을 겪어요. 우리말에 아귀다툼이라는 말이 있죠? 서로

헐뜯고 다투는 일. 일상에서 아귀다툼의 현장이 어디냐? 백화점 같은 데서 바겐세일 할 때 가 보세요. 그게 아귀다툼이에요. 물건 떨어지기 전에 사들이겠다고 눈에 불을 켜고 서로 다투잖아요. 이것을 아귀다툼이라고 그래요. 또 아귀병이라는 게 있습니다. 음식물을 삼킬 수 없어서 몸이 점점 여위어 가는 병을 아귀병이라고 해요. 늘 허기가 져서 음식을 탐하는 병도 아귀병이라고 그럽니다.

경전에 보면, 아귀는 몸이 산처럼 크대요. 그런데 목구멍은 바늘귀만 하대요. 그래서 음식물이 목에 걸리면 온몸에 불이 훨훨 일어나서 고통을 받는다고 합니다. 이런 묘사는 『목련경』이라든지 『우란분경』에 나옵니다. 큰 절에 가면 큰 방에서 대중공양大衆供養을 하는데, 그 큰 방 한가운데의 천정에 천수다라니千手陀羅尼를 써서 붙여 놓아요. 왜 여기에 천수다라니를 써서 붙여 놓았는가? 스님들이 대중공양하고 나면 천숫물로 바리와 수저를 씻잖아요. 이 물에 천수다라니가 비치면 그 공덕으로 이 물을 먹는 아귀들이 고통에서 벗어난다고 해서 천정에 천수다라니를 붙여 놓습니다. 스님들이 발우를 씻으면서 절수게를 읊어요. 절수게는 '내가 이 발우 씻은 물이 하늘의 감로수 맛이 되어서 아귀들에게 베푸느니 다들 배부르리라.'라는 뜻이에요. 이런 염원을 하면서 발우 씻은 물을 버립니다.

『우란분경』을 중국어로 번역하고 중국의 풍수에 맞도록 재편한 경전이 『목련경』이에요. 『우란분경』과 『목련경』에 이런 고사가 나옵니다. 부처님의 십대 제자 가운데 신통력이 가장 뛰어난 제자가 목련존자예요. 부처님의 제자인 목련존자가 자신의 어머니를 아귀도에서 구제하게 됩니다. 목련존자가 출가하기 전 부친이 세상을 떠나서 재산을 삼등분합니다. 하나는 자기 장사밑천으로 삼고, 하나는 집안에 두고, 나머지는 자기 아버지를 천도하라고 주었어요. 그런데 아들이 돈을 벌기 위해 외부로 나간 사이에 그의 어머니가 아들 뜻대로 하지 않고 못된 짓을 일삼아요. 살생을 많이 하고 귀신 푸닥거리를 하고 수행자들을 괴롭히는 등등의 일로 해서 죽고 난 뒤에 결국 무간지옥에 떨어져요. 그래서 아들이 어머니를 위해 기도한 공덕으로 망자가 무간지옥에 아귀지옥으로 올라와요. 그 이후에 망자가 해탈하는 과정이 『목련경』에 그려져 있어요. 그러니까 우란분재라는 것은 부처님의 제자인 목련존자가 자신의 어머니를 아귀도에서 구제하기 위해 치르는 모험이에요. 승가의 자자일에 스님들에게 공양을 올리는 것은 이런 고사에서 유래했습니다.

재齋라는 것은 점심때 대중이 함께 회식하는 것을 말합니다. 또 마음과 몸을 평온하고 정결하게 하는 일을 재라고 해요. 재계齋戒라고 그러지 않습니까? 집에서 제사를 지낼 때 모두 목욕하고 새 옷으로 갈아입는 것도 재계하는 거예요.

먼저 돌아가신 우리 부모님들이 그렇게 나쁜 세상에서 고통 받는 일은 거의 없을 겁니다. 하지만 만의 하나를 모르기 때문에 우리 불자들이 공통적으로 염원하는 것이 있습니다. 끝없는 중생을 다 건지겠다는 그런 공통적인 염원입니다. 사홍서원의 첫째, 중생무변서원도衆生無邊誓願度. '중생이 끝없지만 기어이 건지리다.'라는 이 염원이 있기 때문에 우리 부모형제가 지옥에서 고통을 받는다 하더라도 구제할 수 있는 겁니다. 그리고 이 험한 세상에서 고통을 받는 중생들을 위해서 우란분재를 지내는 겁니다.

·

진정한 재는 스님들에게 공양하는 일만을 뜻하는 것이 아닙니다. 스님에게 공양하면 공덕이 크다고 하는 이유는 수행자들이 가진 것이 없어서, 특히 인도 같은 데서는 수행자들이 거의 걸식을 하기 때문에 아무것도 없는 가난한 사람에게 베풀면 공덕이 된다는 뜻이에요. 그러니 스님들한테 공양을 해야 공덕이 되고 다른 어려운 사람한테 공양하면 공덕이 안 된다는 뜻이 아닙니다. 오해하지 마십시오. 굶주리는 이웃을 보살피는 일, 이것이 진정한 재입니다. 어려운 이웃을 보살피는 일이 재입니다.

그럼 어떤 것이 법다운 공양인가? 『화엄경행원품』에 보면 법다운 공양에 대해서 부처님께서는 이렇게 말씀하십니다. '부처님의 가르침대로 행하는 일, 중생을 이롭게 하는 일, 중생들을 거두어 주는 일, 중생들의 고통을 대신 받는 일, 보살의 할 일을 버리지 않는 것, 이것이 법다운 공양이다.' 여기서 말하는 중생은 우리의 이웃이에요.

　　부처님의 가르침대로 행하는 것이 곧 부처님을 이 자리에 오시게 하는 일입니다. 2,500년 전에 살아 계셨다가 열반하신 부처님으로만 생각하지 마십시오. 이 법계에 부처님이 가득하잖아요. 불자들이 법다운 공양을 하면 그것은 곧 부처님께 공양하는 거나 다름이 없습니다. 어려운 이웃을 위해서 법다운 공양을 하면 그것이 곧 부처님께 올리는 공양이나 조금도 다를 게 없습니다. 이게 부처님의 말씀입니다. 그러니까 불공의 진정한 가르침을 알고, 그때그때 만나는 이웃들에게 부처님께 하듯 공양하라는 그런 가르침입니다. 공양을 할 때 음식물만 생각하지 마십시오. 몸과 말과 생각, 이 청정한 삼업으로 공양을 하라는 것입니다.

　　공양이라는 것은 우리가 마음 가는 대로 따라가는 거예요. 마음은 내키지 않는데 마지못해서 주는 경우가 있지 않습니까? 그건 공양이 아닙니다. 아까워하면서 주는 것은 공양이 아니에

요. 마음이 선뜻 일면 몸이 따라가는 거지요. 이와 같은 일상적
인 행위가 곧 살아 있는 기도요, 정진입니다.

●

오늘 이 자리에 참례한 불자들은 법의 나이가 어떻게 쌓여
가는지, 또 어떻게 하는 것이 진정한 불공인지 거듭 새기기 바랍
니다.

『법구경』에 이런 부처님의 가르침이 있습니다. '머리카락이
희다고 해서 고참 불자가 되는 것은 아니다. 단지 나이만을 먹었
다는 그는 부질없이 늙어 버린 속 빈 늙은이다.' 부처님 말씀입
니다. 원 경전에는 '고참 불자' 대신 '장로長老'라고 되어 있어요.
머리카락이 희다는 것은 불교에 귀의한 지 오래됐다는 뜻이에
요. 절에 다닌 지 10년, 20년 되었다고 저절로 고참 불자가 되는
게 아닙니다. 그것은 단지 나이만을 먹었을 뿐입니다. 부질없이
늙어 버린 속 빈 늙은이입니다.

마음에 새기기 위해서 저를 따라 외웁시다.

머리카락이 희다고 해서 고참 불자가 되는 것은 아니다. 단
지 나이만을 먹었다면 그는 부질없이 늙어 버린 속 빈 늙은
이. 진실과 진리를 몸소 행하고, 산목숨을 해치지 않고, 절

제와 자제로서 더러운 때를 벗어 버린 사람, 그를 진정한 불 자라 한다.

여기서 더러운 때라는 것은 온갖 번뇌, 망상입니다. 끝으로 오늘 영가를 위해서 제가 한마디 하겠습니다.

오늘 우란분재를 맞이하여 이 도량에 오신 영가들은 부처님의 법문을 들은 이 공덕으로 마음이 활짝 열려 업력에 더 이상 끌리지 말고 크고 작은 얽힘에서 훌쩍 벗어나십시오. 이제 가족과 친지들이 지극한 정성으로 올리는 법다운 공양을 받으시고 부디 안락한 정토에서 평안을 누리십시오. 나무아미타불.

세상의 모든 행복은

남을 위하는
마음에서

온다

    법당의 빈 벽에 지장 탱화와 신중 탱화를 모셨습니다. 도량
이 하나하나 갖추어지고 있습니다. 이렇게 우리가 탱화를 모신
것은 단지 빈 공간을 메우기 위해서가 아니라, 이런 일을 통해서
지장보살의 정진과 정신이 어떤 것인지, 또 신장이 도량에서 어
떤 역할을 하는지 다시 한 번 되새기자는 그런 의미가 있습니다.
    지장보살은 머리를 깎은 스님 모습을 하고 있습니다. 지장
보살은 스스로 부처가 되겠다는 원을 세우지 않았어요. 이 세상
모든 중생이, 사람만이 아니라 일체중생 모두가 성불한 다음 맨

마지막에 그 대열에 끼겠다는 원을 세우신 분이에요.

　지장보살을 일명 비증보살이라고도 합니다. 보살에는 지증보살과 비증보살이 있습니다. 지증智增은 지혜 '지'와 더할 '증'을 써요. 비증悲增은 자비롭다의 '비'와 더할 '증'을 씁니다. 문수보살이라든가 보현보살과 같이 많은 보살들이 주로 지증보살이에요. 그런데 유달리 지장보살만은 비증보살이라고 그럽니다. 비증, 자비가 지극하다는 뜻입니다.

　비증보살은 이타행利他行을 근본으로 삼아 대비심大悲心으로 하루하루 살아가는 거예요. 중생들과 똑같이 생사윤회를 받습니다. 생사고해에서 중생과 같이 윤회하며 중생을 구제해요. 이런 보살이 지장보살이고, 비증보살입니다.

　어떤 경전에 보면 석가모니 부처님이 열반하신 뒤 미래의 부처인 미륵보살이 성도할 때까지 공백 기간이 있는데, 이 공백 기간에 부처님을 대신해 중생을 제도하라고 위촉받은 보살이 지장보살이라고 기록되어 있습니다. 석가모니 부처님이 돌아가신 뒤 미래의 부처인 미륵보살이 출현하기 전까지 지장보살이 중생 구제와 제도를 위임받았다는 그런 이야기입니다.

　대개 절에 와서 기도를 할 때면 자식이나 남편, 아내 등 살붙이들 잘되게 해 달라고 빕니다. 그건 당연한 거예요. 하지만 거기에 그친다면 올바른 신앙생활이 아닙니다. 올바른 발원이 아니에요. 이 시대에 함께 살고 있는 그 많은 중생들, 이름도 성도 모르는 많은 이웃들을 위해서도 빌 수 있어야 됩니다. 그러한 일은 굳이 지장보살이라고 이름 붙인 보살만 하는 일이 아닙니다.

우리 마음에는 나와 상관없어 보이는 중생들을 위하는 자비심이 있습니다. 그런데 마음이 활짝 열리지 않았기 때문에 내 일가친척밖에 모르고 사는 겁니다. 처음에는 누구나 그렇게 시작하지만, 그 시작이 전체에 도달할 수 있어야 돼요. 그래야 우리의 신앙생활이 조금씩 여물어 가는 겁니다. 한 층 한 층 쌓이는 거지요. 지장보살은 일체중생이 다 성불한 다음에 맨 마지막에 그 대열에 끼겠다는 원을 세웠습니다. 그래서 대원본존지장보살大願本尊地藏菩薩이라고 해요. 일체의 중생이 성불하기 전까지는 부처가 되지 않겠다는 대원大願을 세웠기에 그렇게 부르는 겁니다.

•

이타행이라는 것은 가끔 선한 행동을 하는 것이 아닙니다. 끊임없이 내 이웃이 행복해지라고 마음을 기울이고 관심을 쏟는 일이에요.

8세기의 큰 스님 가운데 샨티데바Santideva라는 분이 있어요.

한문으로는 적천寂天이라고 합니다. 이분 말씀 중에 이런 구절
이 나옵니다. '세상의 모든 행복은 남을 위하는 마음에서 오고,
세상의 모든 불행은 이기심에서 온다.' 세상의 모든 행복은 남을
위하는 마음에서 온대요. 또한 세상의 모든 불행은 자기밖에 모
르는 이기심에서 온다는 겁니다. 행복과 불행은 이렇게 달라요.
보통 우리가 생각하기에는 나 자신과 우리 집안이 잘되는 것을
행복이라고 아는데, 그렇지 않습니다. 세상의 모든 행복은 남을
위하는 마음에서 오고, 세상의 모든 불행은 이기심에서 오는 겁
니다.

세상의 모든 행복은 남을 위하는 마음에서 오고, 세상의 모
든 불행은 이기심에서 온다. 하지만 이런 말이 무슨 소용이
있는가? 어리석은 사람은 자기 이익에만 집착하고, 보살은
다른 사람의 이익에 헌신한다. 그대 스스로 그 차이를 살펴
보라.

우리가 하루하루 살아가면서 과연 내가 이렇게 마음먹고
이렇게 행동하는 것이 보살다운 행위인지, 거사다운 행위인지
스스로 물어야 돼요. 남을 위한 일이라면 행복에 이를 수 있는
길이고, 나 자신만을 위하는 일이라면 결코 행복에 이를 수 있는

길이 아니라는 것을 옛 스승들은 이렇게 얘기하고 있습니다.

지장보살을 일러서 유명교주幽冥敎柱라고도 합니다. 유명을 달리하다 할 때의 그 유명이에요. 저승을 뜻합니다. 지장보살은 고리가 여섯 개 달린 쇠로 된 주장자를 가지고 있는데, 이걸 가지고 모든 고통 받는 사람들의 굳게 닫힌 마음의 문을 활짝 열게 합니다. 지옥문을 열게 한다는 거예요. 또 손에는 당상명주라는 밝은 구슬이 있어요. 이것 역시 중생을 구제하기 위한 하나의 보배입니다.

또 지장보살을 남방화주南方化主라고도 합니다. 남방은 이세상을 뜻합니다. 화주는 교화주로, 중생을 교화하는 주인이라는 뜻입니다. 유명교주, 남방화주, 대원본존지장보살 등의 표현에서 지장보살의 큰 원을 알 수 있습니다.

•

이제 길상사 도량에 지장보살 탱화를 모셨습니다. 또 가람을 수호하는 신중 탱화를 모셨습니다. 신중단에 스님들이 절을 하지 않는 것은 신중(신장)이 삼보 중의 하나가 아니기 때문입니다. 신장은 부처님의 정법을 옹호하는 성중聖衆들이에요. 때문에 당신들도 그렇게 성법聖法을 옹호하느라고 고생만 할 것이 아니라, 스스로 밝히면서 깨달음을 이루라는 뜻에서 부처님의 경전인 『반야심경』을 신중단을 향해 교송하는 것입니다. 단, 삼보 외에는 외경하지 않기에 스님들이 예불을 드리지는 않는 겁니다.

사람마다 그 사람의 발자취를 따르는 존재가 있어요. 좋은 데로 발자취가 옮겨 가면 우리를 따르는 신장이 그렇게 좋아하고, 엉뚱하게 그릇된 길로 들어서면 그렇게 슬퍼하고 화를 낸대요. 허튼소리로 듣지 말고 명심하십시오. 우리가 이 몸을 가지고 이 세상을 살아갈 때 나 혼자 사는 것이 아닙니다. 어려서부터 부모형제가 우리를 기르면서 얼마나 많은 공을 들였습니까? 또 눈에 보이지는 않지만, 우리를 옹호하고 보살피는 존재들이 무수히 많습니다. 그 대표적인 경우가 신장들이에요. 우리 마음이 기쁘면 신장도 기뻐하고, 우리 마음이 언짢으면 신장도 언짢아 한다는 사실을 명심하십시오. 우리가 내딛는 발걸음, 마음이 나 자신만의 문제가 아니라 내 이웃에게, 나를 옹호하는 그 존재들에게도 영향을 미친다는 점을 명심하기 바랍니다.

•

오늘은 동안거 결제일입니다. 원래 인도 부처님 당시에는 여름 결제밖에 없었습니다. 우기가 닥치면 어디 다닐 수가 없어요. 다니다가 새로 태어난 벌레들을 밟아 죽일 수 있으니까요.

그런데 중국이라든가 우리나라, 일본 같은 데는 추운 겨울이 있으니까 겨울철에도 안거를 하게 된 겁니다. 여름은 덥고 습하기 때문에 집중이 안 돼요. 그래서 대개 안거 중에 크게 성취한 분들도 동안거 때 공부를 많이 합니다. 그래서 승가에서는 동안거를 아주 중요하게 여깁니다.

우리가 살아간다는 것이 삶의 종착점에서 보면 한 순간 한 순간이 죽음으로 자리를 옮겨 가는 거예요. 서양 사람들은 '시간은 돈이다'라고 해서 시간을 물리적인 가치로 따집니다. 그런데 불교 입장에서는 시간을 돈으로 치지 않습니다. 그것은 생명이에요. 순간순간 자기에게 주어진 생명의 양이 소멸되어 가는 겁니다. 그렇기 때문에 아무렇게나 살 수 없는 거지요. 결제 기간만이라도, 이 90일 동안만이라도 원을 세워서 후회되지 않게 살 수 있어야 됩니다.

우리는 많은 관계 속에서 살아가고 있습니다. 가정을 이루는 가장이 되어야 하고, 주부가 되어야 하고, 며느리가 되어야 하고, 또 직장에서는 일꾼이 되어야 합니다. 숱한 관계 속에서 살고 있지만, 적어도 안거 기간에 정진하는 동안에는 그런 관계를 떠나서 순수한 자연인으로 자기 자신을 닦는 시간을 가져야 됩니다.

정진한다는 것은 여러 가지입니다. 참선하는 것도 정진이고, 염불하는 것도 정진이고, 기도하는 것도 정진이에요. 무엇이든지 자기 형편에 맞는 한 가지를 선택해서 간절하게 꾸준히 정진해 나가면 반드시 좋은 열매를 거두게 됩니다.

길상사는 시내에 있는 절이지만 선원이 있어요. 보살님들과 거사님들 60여 명이 거기서 정진을 합니다. 이렇게 열심히 정진하는 불자들이 있기 때문에 이 도량이 빛나고 살아 움직이는 겁니다. 법당에서 예불하고 기도하는 일에 그치지 않고 안으로 묵묵히 좌선하고 정진하는 이런 대중이 있기 때문에 도량이 안팎으로 빛을 발하게 되는 겁니다.

정진하시는 분들은 각자 각오가 있겠지만, 본래청정을 믿어야 돼요. 우리는 원래 청정합니다. 다른 말로 하면, 본래성불, 원래 부처를 이루었다는 말이에요. 그렇다면 본래 청정한데 왜 다시 닦아야 하는가? 닦을 것이 없어야 되는데, 왜 닦는가? 닦지 않으면 때가 묻는 게 우리 심성이에요. 거울 보세요. 가만히 놔두면 저절로 때가 끼잖아요. 우리 마음도 그런 거예요. 닦지 않으면 본래 바탕이 청정하더라도 오염되기 마련입니다. 왜냐하면 복잡 미묘한 관계 속에서 우리가 살아가기 때문에 그런 관계의 먼지와 때가 묻지 않을 수 없는 거예요.

실제로 우리가 하루하루 살아가는 동안 중생 놀음 하는 경우가 얼마나 많습니까? 바탕은 본래 청정하지만 수시로 닦고 맑혀야 되는데, 정진을 하지 않으면 그대로 중생 놀음을 하는 겁니다. 절에 다니고 선방에 다니고 기도하러 다닌다고 하면서도 마음 쓰는 것을 보면 오히려 절에 안 다니는 사람보다 더 옹졸하고 콕 막힌 사람이 얼마나 많습니까?

정진한다는 것이 무엇입니까? 마음을 활짝 여는 일입니다. 시시콜콜한 세속의 이해관계에서 떠나서 어떤 것이 본질적인 삶인지, 우리가 인생을 살아가면서 어떤 게 가장 값나가는 일인지, 어떤 것이 보람 있는 일인지 살펴보고 추구하는 일이 정진이에요. 우리가 늘 그렇게 살 수는 없기 때문에 하루 24시간 중에 단 1시간만이라도 혹은 30분만이라도 간절하게 기도하고 좌선하고 염불하고 독경하는, 이런 정진을 해야 됩니다. 그렇지 않으면 이 풍진 세상, 시끄러운 세상에 휩쓸리고 말아요. 모처럼 우리가 불교를 만나 절에 다니면서도 안으로 정진하는 일이 없으면, 처음 절에 나왔을 때나 10년, 20년, 30년 절에 다니나 달라지는 것이 없습니다. 정진하는 사람은 수시로 달라져야 돼요.

정진하는 사람은 과거에 집착하지 않습니다. 순간순간 새롭게 자기의 삶이 꽃피어나기 때문에 과거에 붙들리지 않아요.

미래를 걱정할 것도 없습니다. 왜냐하면 순간을 살기 때문에, 늘 지금이기 때문에.

•

본래청정을 굳게 믿고 정진하시기 바랍니다. 이러한 이치를 다른 말로 본증묘수本證妙修라고 해요. 우리가 새삼스럽게 부처가 되기 위해서 정진을 하는 것이 아니라, 본래 부처와 본래의 청정을 드러내기 위해서 정진하는 겁니다. 표현을 달리했을 뿐 역대 조사들은 한결같이 본래성불, 본래청정의 입장에서 이야기하고 있습니다.

거듭 말씀드립니다. 우리가 정진하는 것은 새삼스럽게 깨닫기 위해서가 아니라 본래의 깨달음을 드러내기 위해서 하는 것입니다. 그러니까 한 시간 좌선하면 한 시간 동안 내가 부처가 되는 거예요. 한 시간 동안 내가 간절히 기도하면 또 한 시간 동안 내가 진정한 불자가 되는 겁니다. 그렇게 순간순간 자기 자신을 형성해 나가는 겁니다. 이건 누가 어떻게 해 줄 수 없는 거예요. 목이 마르면 스스로 물을 찾아 마셔야 갈증이 해소되는 것이지, 시원한 음료수에 대한 말만 듣고는 갈증이 해소되지 않습니다.

절에 다니는 분들은 말이 없어야 돼요. 말 많은 사람들은 엉터리예요. 중이 되었건 신도가 되었건 말없이 안으로 묵묵히 정진하세요. 자기 자신을 들여다보세요. 그렇게 하면 엉뚱한 데 정신이 팔리지 않습니다. 자기 자신을 늘 안으로 들여다보면 스스로 자기 삶을 지켜보기 때문에 그릇된 길로 빠지지 않습니다.

오늘 원들을 세우십시오. 90일 동안 어떤 원을 세우고 그 원이 이루어지도록 꾸준히 정진해 나간다면 90일 후에는 달라져요. 삶의 밀도가 달라집니다.

『법구경』에 이런 법문이 나와요. '물 대는 사람은 물 끌어들이고, 활 만드는 사람은 화살을 곧게 한다. 목수는 재목을 다듬고, 어진 사람은 자기 자신을 다듬는다.'

이번 결제 기간에 아무 장애 없이 원만히 정진을 해서 소원을 이루시기 바랍니다.

당신이

바로

관세음보살
입니다

    오늘이 아주 좋은 날인 모양입니다. 성북동 화장실에까지 좋은 향기가 나서 꽃향기인 줄 알았더니, 여기 이 자리에서도 그 전에는 풍기지 않던 좋은 향기가 풍깁니다.

    점안식은 부처님 눈동자에 점을 찍는 의식을 말합니다. 전통 의식에서는 법사 스님들이 붓을 가지고 부처님 눈동자에 점을 찍는 시늉을 합니다. 조금 전에 법사 스님들이 한 것은 전통적인 의식이고, 저는 오늘 여러분과 같이 진짜 점안식을 하려고 합니다. 저를 따라 해 주십시오.

먼저 관세음보살 눈을 똑바로 보세요. 앉은 자리에서 합장하시고 제가 외우는 대로 따라 하십시오.

나무관세음보살 (나무관세음보살)
나무관세음보살 (나무관세음보살)
나무관세음보살 (나무관세음보살)

손 내리십시오. 이제 되었습니다.

이게 진짜 점안식이에요. 여기 오신 분들께서 관세음보살과 눈을 맞추었습니다. '눈 맞는다'는 말이 있잖아요? 자기 짝을 찾을 때 눈을 맞추잖아요. 영국의 한 시인은 '술은 입으로 오고 사랑은 눈으로 온다.'고 읊었어요. 이처럼 눈으로 사랑이 시작됩니다.

여기 있는 관세음보살상의 눈을 통해서 여기 이 자리에 참석하신 분들 각자의 눈에 점안이 되었습니다. 이 말은 여기 오신 분들이 오늘 이 시간부터 관세음보살이 되었다는 뜻입니다. 관세음보살은 특정인을 지칭하는 고유명사가 아닙니다. 누구나 관세음보살이 될 수 있어요.

대자대비 구고구난大慈大悲 救苦救難

대자대비. 자비라는 것이 무엇입니까? 기쁨을 베풀고 고통을 덜어 주는 것이 대자대비예요. 자비에는 '기쁨을 주다'와 '고통을 덜어 주다'라는 두 가지 뜻이 있습니다.

원래 자비라는 말은 카루나karuna라는 범어에서 왔습니다. 카루나는 여성 명사예요. 하지만 보살은 성이 없습니다. 여성도 될 수 있고, 남성도 될 수 있습니다. 그런데 대자대비한 자비의 화신을 상징하기 때문에 보살을 어머니상으로 나타내는 겁니다.

여기 성북동에 수녀원이 많습니다. 얼마 전에 수녀님들이 여기 와서 관세음보살상을 보고는 "아이구, 성모 마리아상이네?"라고 했대요. 제 눈에는 백제 유물인 미륵반가사유상의 큰 모습으로 보여요. 좋은 상의 의미가 여기에 있습니다. 보는 사람에 따라서 관세음보살상이 될 수 있고 성모 마리아상이 될 수도 있는 거예요. 관세음보살과 성모 마리아는 같은 뜻이에요. 문화적 배경에 따라서 표현만 다를 뿐이지 둘 다 대지의 어머니를 뜻합니다. 이 땅의 모든 고통과 재난을 덜어 주고 구제해 주는 대지의 어머니예요.

『법화경』「관세음보살보문품」을 일명 '관음경'이라고도 하는데,『관음경』에 보면 중생의 소원에 따라 관세음보살이 여러 가지 몸으로 나타나고 있습니다. 관세음보살의 자비는 남자한테는 남자 몸으로, 여자한테는 여자 몸으로, 각자 기량대로, 자기 소원대로, 자기가 간절히 원하는 대로 소원을 들어 줍니다.

구고구난. 관세음보살은 이 세상 모든 고통과 재난을 구제해 주는 그런 분이에요. 관세음보살상을 보면 머리에 관이 있습니다. 연꽃으로 만든 화관이에요. 이 화관은 보살의 덕을 꽃으로 상징하는 겁니다. 또 왼손에는 항아리 같은 것을 들고 계시죠? 이게 감로수를 담은 병인데, 정병淨甁이라고 합니다. 그런데 서울 시민이 천만이나 되니까 조그만 병으로는 안 되어서 항아리를 이렇게 안고 있는 거예요. 또 오른손을 펼쳐 보이는 것은 여러분의 소원을 들어준다는 뜻입니다. 이런 상징들을 띠고 있기 때문에 관세음보살을 보는 이마다 염원을 하게 됩니다.

오늘 관세음보살과 눈을 맞추었기 때문에 여러분은 이제 관세음보살의 화신이 되었어요. 각자의 원을 스스로 이루도록 정진하십시오. 그저 관념적으로 이루어지는 것이 아닙니다. 나 자신이 관세음보살이라는 생각으로 원이 이루어진다는 사실을 확신하십시오. 또 관세음보살로서 어떻게 살아야 되는가, 생각하십시오. 대자대비하고 구고구난한 관세음보살이기에 나 자신이 그렇게 살아야 되는 겁니다. 어머니, 아버지, 직장인 할 것 없이 일상 사람들이 모두 관세음보살의 화신입니다.

오늘이 관음재일입니다. 관음재일은 관세음보살의 생일이

아닙니다. 오늘을 즈음해서 관세음보살을 기리고 공양하는 것이에요. 오늘 우리가 관세음보살을 모시고 이 앞에서 공양을 올렸잖아요? 깨끗한 마음으로 꽃을 올렸고, 우리의 마음도 올렸습니다. 성북동 일대에 희한한 향기가 이렇게 감도는 것이 우리 자신이 관세음보살의 화신이 되었기 때문인가 봅니다.

이제 집에 가셔서 식구들이 좀 귀찮게 하더라도 내가 관세음보살인데 이만한 일로 화를 내거나 짜증을 내서야 되겠는가, 또 아버지들도 어머니들이 뭘 좀 해 달라고 보채도 오늘부터 내가 관세음보살이 되었는데 이런 것 가지고 인색해서야 되겠느냐, 이렇게 마음먹으십시오. 이런 것이 정진입니다. 이런 마음을 돌이키게 되면 내 안에서 보살의 화관이 생기고 감로수 병이 생기고 남의 원을 들어주려는, 헌신하려는 그런 능력이 개발됩니다. 허튼소리가 아닙니다. 누구나 대자대비하고 구고구난하면 관세음보살이 될 수 있는 거예요.

이 마당에 관세음보살상을 세운 이유가 그것입니다. 이 세상이 거칠고 범죄가 일어나는 것은 우리에게 사랑이 없기 때문이에요. 사랑을 받지 못했기 때문에 사랑을 베풀 줄 모르는 거예요. 때문에 대자대비한 성상을 모심으로써 새로운 기운을 펼치고자 이곳에 이렇게 관음보살상을 모신 겁니다.

네, 여러분은 오늘 관세음보살이 되었습니다.

길상사 그리고

맑고 향기롭게

청정한 마음이
머무는

그곳이

곧
청정한 도량

가난한

절

시절인연을 만나 오늘 이곳이 길하고 상서로운 절로서 그 면모가 바뀌게 되었습니다. 이곳이 절이 되기까지는 시주인 김영한 님의 한결같은 소원과 몇몇 불자들의 지극한 발원이 한데 어우러져 그 열매를 맺게 된 것입니다. 이 일에는 자신의 소유물을 조건 없이 기꺼이 내놓은 시주의 마음이나 무심히 받아들인 저희들의 마음이나 묵묵히 따라 준 이 터와 집들이 함께 그 어디에도 집착하거나 매인 데 없이, 이름 그대로 세 가지[三輪]가 청정하고 공적空寂한 보시와 공양이 되었습니다. 새삼스럽지만 오늘 이 자리를 빌려 시주의 착하고 장한 뜻에 진심으로 감사드립니다.

저는 이 길상사가 가난한 절이 되었으면 좋겠다고 생각합니다. 요즘은 어떤 절이나 교회 물을 것 없이 신앙인의 분수를 망각한 채 호사스럽게 치장하고 흥청거리는 것이 이 시대의 유행처럼 되고 있는 현실입니다.

절은 더 말할 것도 없이 안으로 수행하고 밖으로 교화하는 청정한 도량입니다. 진정한 수행과 교화는 호사스러움과 흥청거림에서는 결코 이루어질 수 없습니다. 어떤 종교 단체를 막론하고 시대와 후세에 모범이 된 신앙인들은 하나같이 가난과 어려움 속에서 신앙의 꽃을 피우고 열매를 맺었습니다. 주어진 가난은 우리가 이겨 내야 할 과제이지만, 선택된 맑은 가난, 즉 청빈은 삶의 미덕입니다. 풍요 속에서는 사람이 병들기 쉽지만, 맑은 가난은 우리에게 마음의 평화를 이루게 하고 올바른 정신을 지니게 합니다. 오늘과 같은 경제난국은 물질적인 풍요에만 눈멀었던 우리에게 분수를 헤아리게 하고 맑은 가난의 의미를 되돌아보게 하는 그런 계기이기도 합니다.

이 길상사는 가난한 절이면서도 맑고 향기로운 도량이 되었으면 합니다. 불자들만이 아니라 누구나 부담 없이 드나들면서 마음의 평안과 삶의 지혜를 나눌 수 있었으면 합니다.

이 길상사가 맑고 향기로운 도량이 되려면 이 절에 몸담아 사는 스님들이나 신자들뿐 아니라, 오늘 이 자리에 오셔서 길상吉祥스러운 인연을 맺으신 여러분들의 아낌없는 격려와 꾸짖음이 뒤따라 주어야 할 것입니다. 끊임없는 관심을 가지시고 지켜보고 일깨워 주면서 함께 맑고 향기로운 도량을 만들어 나가도록 하십시다. 감사합니다.

누군가를,

무엇인가를

보살핀다는
것

이 세상에 처음부터 절이 있었던 것은 아닙니다. 수행이 있은 뒤에 절이 생겨났습니다. 불교 교단에서 가장 먼저 세워진 죽림정사라는 절도 그랬습니다. 수행이 있고 나서 절이 생겨난 것이지, 절이 생기고 나서 수행이 생겨난 것이 아닙니다. 수행이 있고 나서 절이 생겼다는 사실은 수행이 없는 절은 절이 아니라는 뜻입니다. 여기저기 법당, 요사채가 있고 스님들이 살고 신도들이 드나든다고 해서 절이 될 수는 없습니다. 법다운 수행으로 주추가 놓인 그 자리에 비로소 절이 세워진다는 소식을 명심하시길 바랍니다.

　1년 전 이 자리에서 저는 길상사가 가난한 절이면서도 맑고 향기로운 도량이 되었으면 좋겠다는 말씀을 드렸습니다. 그리고 불자들만이 아니라 누구든지 부담 없이 드나들면서 마음의 평안과 삶의 지혜를 나눌 수 있는 그런 절이 되기를 소원했습니다. 지난 1년 동안 이전에 요정으로 쓰던 집들을 개조하고 우리가 살기 전에 영업하던 사람들의 묵은 세금을 갚는 일에 온 정력을 기울였습니다. 경제적으로 아주 어려울 때 전임 주지 스님이 빚을 내면서까지 절을 만드는 데 애를 많이 쓰셨습니다. 이 자리를 빌려서 주지 스님의 노고를 치하합니다. 여기 계신 분들도 기억해 주시길 바랍니다.

　절은 눈에 보이는 외형적인 건물만으로 이루어지는 것이 아닙니다. 법당, 요사채, 식당, 화장실 이런 것이 갖추어진 건물의 집합체가 절은 아닙니다. 그 안에서 청정한 수행과 자비로운 교화가 이루어질 때 비로소 도량의 구실을 합니다. 지난 1년은 이와 같은 도량을 이루기 위한 준비 기간이었습니다. 이제부터는 당초 절을 세울 때의 발언대로 내실을 다지면서 수행과 교화가 행해져야 할 그런 단계에 이르렀습니다. 이와 같은 일을 이루기 위해서는 이 절에 몸담아 사는 스님들이 말보다는 실천으로, 일상적인 정진으로 모범을 보여야 합니다.

다행히 길상사에는 좋은 스님들이 모여 있습니다. 각자 한 몫을 해낼 수 있는 기량을 지닌 스님들입니다. 좋은 스님들이 있는 곳에는 좋은 신도들이 따르기 마련입니다. 저 자신도 보다 적극적으로 길상스러운 도량을 만들기 위해 뒷바라지할 각오입니다.

잠깐 사적인 이야기를 올리겠습니다. 저는 원래 복잡한 일을 싫어해서 이 절을 만드는 데 교량 역할을 하는 것으로 제 소임을 마치려고 했습니다. 그런데 한 1년 동안 경과된 과정을 보니까, 제가 그저 뒤에서 모른 체할 수 없고 절이 자리 잡힐 때까지는 뒷바라지를 적극적으로 해야겠다는 생각을 하게 되었습니다. 그래서 저 자신도 그렇고 우리 도반들도 그렇고 피차 잔소리를 싫어하지만 부득이 이 도량이 자리 잡힐 때까지는 제가 감 놔라 배 놔라 잔소리를 해야겠다는 각오를 새삼스럽게 했습니다.

그리고 이 절을 통해 많은 것을 배웠습니다. 인간관계, 사회의 관계, 돈, 중의 촌수 등등 그 전에는 알아차리지 못했던 것을 많이 깨우쳤습니다. 이 자리에 참여하신 많은 신도님들도 저희가 하는 일을 꾸준히 지켜봐 주시길 바랍니다. 따뜻한 관심과 격려를 아끼지 말아 주십시오. 잘한 일은 함께 기뻐해 주시고, 잘못한 일이 있으면 주저 말고 그때그때 일깨워 주고 충고해 주시기를 바랍니다.

청정한 도량은 출가한 스님들의 수행과 정진력만으로 이루어지는 것이 아닙니다. 여기에는 반드시 재가 불자님들의 신심과 보살핌이 함께해야 제 기능을 다할 수 있습니다. 이미 이루어진 도량은 어디에도 없습니다. 해인사나 통도사, 송광사 같은 큰 절이라고 해도 이미 이루어진 도량이 아니고 완성된 도량이 아닙니다. 거기 사는 대중들이, 신도들이 하루하루 열과 성을 다해서 도량을 만들어 가고 있는 것입니다. 현재 진행되고 있는 것이지 도량이 완성된 것은 결코 아닙니다.

그렇다면 어디가 진정한 도량일까요? 참 도량은 어느 곳에 있습니까? 곧은 마음, 바른 마음이 도량입니다. 곧은 마음에는 거짓이 없습니다. 바른 마음에는 허세가 없습니다. 순수한 믿음과 간절한 원을 지니고 부지런히 수행하고 교화하는 것이 바로 청정한 도량입니다.

거듭 말씀드리지만, 저는 이 길상사가 가난한 절이 되기를 소원합니다. 가난해야 거기에 맑은 정신이 깃들 수 있습니다. 흥청거리는 절은 수행자가 살 곳이 못 됩니다. 가난한 절에는 다툼이 없습니다. 보십시오. 어제오늘 일이 아니지만, 중들이 싸우는 곳에는 늘 재정 문제가 따릅니다. 돈과 명예가 따릅니다. 만약 길상사가 흥청거리는 부자 절이 된다면 서로 주지를 하려고 피투성이가 될 때까지 싸울 것입니다.

길상사의 후임 주지를 물색하려고 여기저기 알아봤습니다. 곁에서 추천한 분들도 있고 제가 아는 도반들도 있어서 만나 보고 이야기를 나누었어요. 처음에는 솔깃해하다가도 절에 빚이 6억 가까이 있다고 하니까 다들 안 하려고 해요.

동서고금을 통해서 그 시대와 후세에까지 모범이 된 수행자들은 하나같이 가난과 어려움 속에서 믿음과 서원의 꽃을 피우고 그 열매를 맺었습니다. 만약 이 절이 부유해진다면 그때는 뜻있는 스님들과 신도들이 발길을 끊게 될 것입니다. 이 절에 사는 스님들이 굶지 않고 요사채에 비바람 들이치지 않을 정도면 도량을 만들기에 손색이 없습니다. 도량이란 곧은 마음, 바른 마음에 있다는 것을 거듭 새겨 두시길 바랍니다.

지금 온 세상이 경제적으로 어려워서 스스로 목숨을 끊는 사람들이 한두 사람이 아닙니다. 직장을 잃고 살던 집을 비워 주고 거리를 헤매는 이웃들 또한 부지기수입니다. 이런 상황인데 절만 어려움을 모르고 편하게 지낸다면 그것은 이 시대의 도량이 될 수 없습니다. 이 시대의 귀처貴處가 될 수 없습니다. 이 절에 사는 스님들과 신도들은 이 점을 깊이 명심하시길 바랍니다. 수행이 있고 나서 그 터전에 절이 이루어졌다는 사실을 잊지 마시길 바랍니다.

곁들일 말씀이 있습니다. 마음을 닫지 말고 활짝 열고 살아야 합니다. 우리가 불행한 것은 경제적인 결핍, 신체의 질병과 장애 때문만이 아닙니다. 물론 거기에도 요인이 있지만 경제적인 결핍과 신체적인 장애는 얼마든지 극복할 수 있습니다. 우리가 불행한 것은 따뜻한 가슴을 잃어 가는 현실 때문입니다.

사람이 지녀야 할 따뜻한 가슴을 우리는 잃어 가고 있습니다. 따뜻한 가슴을 지니려면 마음을 활짝 열어야 합니다. 사실 마음이란 본래부터 활짝 열린 상태입니다. 우리 마음은 열려 있어요. 그런데 우리가 하는 생각이 겹겹으로 막혀 있어서 자기 마음을 가지고도 어떻게 할 도리가 없습니다. 마음이 열리려면 누구에겐가 혹은 무엇에겐가 이야기를 해야 해요. 말을 걸어야 합니다. 사람이 아니면 나무나 화분의 화초에게도 말을 걸어 보세요.

저는 이번 가을에 고구마를 캤는데, 올해는 아주 흉작이었어요. 작년에는 고구마가 아주 잘되어서 난로에서 구워 먹기도 하고 그랬는데, 올해는 비가 잦아서 고구마가 잘 안 되었어요. 또 제가 농사일이 서투르기도 합니다. 작년에 고구마가 잘된 것을 보고 욕심을 내어 올해는 비료를 잔뜩 주었더니 넝쿨만 무성하게 자라고 열매는 안 열렸어요. 메마른 땅에서 고구마가 잘된

대요.

고구마를 캐고 나서 하나를 그냥 두었더니 거기에서 움이 텄어요. 물 컵에 담았더니 싹이 나고 잎이 났어요. 오늘 새벽에 나오면서 보니까 잎이 서른 개나 피었어요. 그걸 창가에 놓고 말을 걸어요. 두런두런 그놈에게 말을 겁니다. 내가 말을 할 때마다 묵묵히 듣고 있어요. 그런데 살아 있는 생물한테 말을 걸면 내 마음이 열려요. 꼭 식물만이 아닙니다. 내가 몰고 다니는 차도 수백 리 길을 오가며 수고하잖아요. 고생했다고 말을 걸면서 핸들을 만져 주어요. 그러면 저쪽에서 메아리가 있건 없건 내 마음이 열립니다. 무엇에게든 말을 걸면 겹겹이 닫혔던 마음이 한 꺼풀 한 꺼풀 열립니다. 조금씩 빗장이 풀리면서 마음이 열려요. 가슴이 따뜻해지는 겁니다.

정신적인 사랑도, 육체적인 사랑도 아닌 그저 지켜보고 보살피는 일, 따뜻한 가슴을 나누는 일이 필요해요. 고구마에서 나온 싹을 보고 정신적인 사랑과 육체적인 사랑을 논의할 게 무엇이 있어요? 그저 늘 지켜보고 보살피고 두런두런 말을 걸고 따뜻한 가슴을 나누면 그만입니다. 이런 일을 통해서 사람의 둘레에 온기 같은 것이, 따뜻한 기운이 감돕니다. 그래서 누구라도 보살펴야 돼요. 또 무엇인가를 보살펴야 합니다. 사람이란 홀로 살지 않습니다. 무수한 관계 속에서 살아요. 잘사는 인생은 관계

가 바람직하고, 예금 잔고가 아무리 두둑하더라도 관계가 바람직하지 못하면 잘못 산 인생입니다.

누군가를 보살필 수 있어야 돼요. 보살피는 행위를 통해서 가슴이 따뜻해지고 마음이 조금씩 열립니다. 그 대상을 먼 데서 찾으려 하지 마세요. 멀리 찾아 나설 것이 아니라, 바로 우리 집 안에서, 친구 사이에서, 이웃에서 찾아봐야 합니다. 한 가족을 이룬다는 것은 몇 생을 쌓은 인연으로 만난 건데, 서로 마음을 닫고 산다면 그것은 가정이 아닙니다. 내가 내 삶을 보다 풍요롭게 가꾸기 위해서라도 한 생각 돌이켜서 마음을 열어야 합니다. 그래야 비로소 사람답게 살 수 있습니다.

우리 각자에게 주어진 상황은 이 세상을 살아가는 삶의 숙제예요. 저마다 자기에게 주어진 짐이 있어요. 그것이 인생의 무게이고 숙제입니다. 그것을 벗어 버리려고 해서는 안 됩니다. 그 숙제를 통해서 인생이 조금씩 여물어 갑니다. 사람은 성숙할수록 젊어진다는 말이 있습니다. 숙제를 회피하지 말고 그 숙제를 통해서 내 인생을 새롭게 꽃피우려는 의지를 가지고 산다면, 우리가 지금 겪고 있는 경제적인 어려움과 질병, 그 밖의 여러 가지 갈등이 조금씩 해소되고 겹겹이 닫혔던 마음의 문이 활짝 열릴 수 있습니다.

끝으로 시 한 편을 소개하겠습니다.

종은 누가 그걸 울리기 전에는 종이 아니다.

노래는 누가 그걸 부르기 전에는 노래가 아니다.

그러니 당신의 마음속에 있는 사랑도 한쪽에 묵혀 두어서는

안 된다.

마음을 활짝 열어 나누기 전에 그것은 사랑이 아니니까.

그래요. 저렇게 걸려 있는 종을 누가 울리기 전에 그것은 단순한 쇠붙이입니다. 아무도 부르지 않고 연주하지 않으면 그것은 음악이 될 수 없는 거예요. 그리고 나눔으로써 우리 삶은 새로워질 수 있고 생기가 돌게 됩니다. 우리 안에 무한한 자비심과 지혜가 있다 하더라도 나누지 않으면 창고에 묵혀 두는 것과 같습니다.

연말이 가까워집니다. 한 해 동안 내가 내 인생을 어떻게 살아왔는지 스스로 돌아보게 됩니다. 며칠 남지 않은 날짜지만, 한 해를 마감하는 뜻에서라도 이웃에게 빚진 일들, 이웃에게 은혜 입은 일들을 돌아보고, 이 세모에 나누어 갖는 일을 통해서 겹겹이 닫혔던 마음의 문을 열며, 또 차디차게 식어 가는 우리 가슴을 따뜻하게 데울 수 있어야 합니다. 누군가를 보살필 때 우리는 한 걸음 한 걸음 일어서게 됩니다. 인간적으로 성숙하게 됩니다.

길상화
보살

49재에

달력이 바뀐 새해 첫날에 이렇게 예정에 없이 만나게 되었습니다. 오늘 이 자리는 길상화 보살님이 우리를 초대해서 마련된 것입니다. 인연 치고는 아주 미묘한 인연이라고 여겨집니다.

해가 바뀌면 노인들은 한 살이 줄어들고 젊은이들은 한 살이 늘어납니다. 한번 돌이켜 보십시오. 줄어드는 쪽인지, 늘어나는 쪽인지 스스로 물어보세요. 영가靈駕 길상화吉祥華 보살님은 어느 쪽일까요? 줄어드는 쪽입니까, 늘어나는 쪽입니까?

해가 바뀌어도 나이가 줄어들거나 늘어나지 않는 사람이

있습니다. 그런 사람이 누구이겠습니까? 오늘 이 자리에 모인 불자들은 해가 바뀌어도 나이가 줄어들거나 늘어나는 데 상관이 없는 그런 사람이 되어야 합니다. 그러기 위해서는 나의 자리를, 지금 그 자리를 낱낱이 살피면서 늘 깨어 있어야 합니다. 옛 스승들은 말합니다. 생종하처래 사향하처거生從何處來 死向何處去. 이 세상에 태어날 때는 어디서 왔고, 죽어서는 어디로 가는가. 태어남이란 허공중에 한 조각 구름이 일어나는 것과 같고, 죽음이란 그 한 조각 구름이 사라짐이라 했습니다.

　구름 자체는 실체가 없습니다. 우리가 나고 죽는 일 또한 이런 것입니다. 그러나 홀로 그 무엇이 있어서 항상 뚜렷하고 밝습니다. 그것은 지극히 고요하고 잠잠해서 나고 죽음의 생사를 따르지 않습니다. 이 몸속에 영혼이 깃들어 있다고 생각하지 마십시오. 영혼이 이 몸을 거느리고 있는 것입니다. 사람이 집을 지은 것이지, 집이 사람을 만든 것이 아닙니다. 그렇기 때문에 죽음이란 이 몸이 기능을 다했을 때 낡은 옷을 벗어 버리듯 한쪽에 벗어 놓는 것과 같습니다.

　죽음은 삶의 또 다른 모습입니다. 거부하지 말고 자연스럽게 받아들일 수 있어야 됩니다. 죽음은 끝이 아니라 새로운 시작이라고 생각하십시오. 무량겁을 두고 되풀이해 온 중생의 살림살이입니다. 잎이 지고 나면 그 자리에 반드시 새 움이 돋아납니다. 이것이 우주의 율동이고 생명의 질서입니다. 오늘 49재를 맞이한 길상화 영가께서는 이런 도리를 분명히 아십시오. 이런 도리를 알게 되면 나고 죽는 일에 초연하게 될 것입니다. 마치 과일에 씨앗이 박혀 있듯 죽음 안에 새 삶이 있고 살아 있는 그 속에 죽음이 들어 있다는 사실을 명심해야 합니다.

우리가 한 생애를 두고 사는 법을 배워 가듯이 죽음도 배워야 합니다. 오늘 이 자리에 모인 우리는 길상화 영가를 통해서 삶의 의미와 죽음이 무엇인지를 다시 배우게 됩니다. 길상화 영가를 천도하기 위한 49재의 인연을 통해서 우리의 삶 자체를, 생과 사를 새롭게 음미할 수 있어야 합니다. 거듭 명심하시길 바랍니다. 죽음이란 끝이 아니라 새로운 삶의 시작이라는 사실을 잊지 마십시오. 그래야 죽음의 두려움으로부터 벗어나서 생과 사 어디에도 얽매이지 않게 됩니다.

여기 해가 바뀌어도 나이가 줄어들거나 늘어나지 않는 그 소식이 있습니다. 49일 동안 이 도량에서 스님들과 신도들과 친지들이 정성스럽게 재를 지내 왔습니다. 이 재를 지내면서 길상화 영가는 평소에 듣지 못하던 부처님의 법문을 들을 만큼 들어서 깨우친 바가 많았을 줄 믿습니다. 그리고 이 절을 세워서 많은 사람들이 의지하고 귀의하고 환희심을 일으킨 그 공덕으로 길상화 영가는 업장이 소멸되어 훨훨 떨치고 정토에 왕생하리라 믿습니다. 이 절이 존속하는 한 그 공덕은 두고두고 많은 사람들 기억 속에서 칭송될 줄 믿습니다.

　자비하신 부처님의 위력을 입어서 영가는 이생에서 얽힌 인연을 다 거두시고 근심 걱정 다 놓으시고 정토의 안락을 누리십시오. 편히 왕생하십시오.

순간의

한 마음이

세세생생을
좌우한다

　이런 자리에서 만나 뵙게 된 시절인연에 감사드립니다. 조금 전 경과보고를 들으니, 제가 10여 년 전에 처음 유럽 여행에 나섰더군요. 인도를 여행한 뒤 청학 스님과 함께 여행길에 올랐습니다. 현지 불자들을 만나 집회도 갖고 이야기도 나누고 했는데, 절이 필요하다는 말씀들이 많아서, 그러면 파리에 절을 하나 세워 볼까 하는 생각을 하게 되었습니다. 현지를 다니면서 그런 생각을 했습니다.

　그러니까 사건 사고도 그렇지만 모든 일은 한 생각에서 일어납니다. 한 생각에서 모든 일이 시작됩니다. 좋은 일은 반드시 울림과 메아리가 있습니다. 절을 세우려 할 때도 파리에 와 계신 화가들과 국내의 뜻있는 분들이 기꺼이 동참해 주셔서 이 자리에 현재와 같은 절을 지을 수 있었습니다. 우리가 한 마음을 어떻게 내느냐에 따라 상황이 달라지게 되는 것입니다.

세상을 살아간다는 것은 순간순간 보고 듣고 말하고 생각하고 행동하는 일입니다. 보고 듣고 말하고 생각하고 행동하는 것이 우리 자신을 이루어 갑니다. 순간순간 무엇을 보고 듣고 어떻게 말하고 무슨 생각을 하며 어떤 행동을 하는가가 바로 그 사람의 실체입니다. 이를 불교에서는 업業이라고 합니다. 원어는 카르마karma입니다.

신앙생활을 하는 것은 청정한 본래의 마음을 지니기 위해 업을 맑히는 일입니다. '나쁜 일 하지 말고 착한 일 두루 행해서 그 마음을 맑히라.' 이것이 부처님의 가르침입니다. 부처님의 가르침은 간단명료합니다.

한 고사가 있습니다. 중국의 관료가 노스님을 찾아가 "어떻게 살아야 부처님의 가르침대로 사는 것입니까?"라고 물었습니다. 이때 노스님은 "나쁜 일 하지 말고 착한 일 두루 행해서 그 마음을 맑히라. 이것이 부처님의 가르침입니다."라고 대답합니다. 관료는 그런 것쯤이야 어린아이들도 아는 일 아니냐며 말했습니다. 그러자 노스님은 누구나 잘 알지만 팔십 먹은 노인도 행하기는 어렵다고 법문을 했습니다.

우리는 언제 어디서나 지금 이 순간을 살고 있습니다. 어제도, 내일도 없습니다. 늘 오늘이고 이 순간입니다. 그러기에 지나간 일을 후회하지 말아야 합니다. 이미 지나간 과거사입니다. 우리가 불행한 이유 중 하나가 과거의 일에 연연하고 오지도 않은 미래에 대한 걱정과 근심을 앞당기기 때문입니다.

지나간 과거와 다가올 미래를 걱정하면 현재의 삶이 소멸되고 맙니다. 거듭 말합니다. 언제 어디서나 그 순간을 소홀해서는 안 됩니다. 이 순간이 삶의 갈림길입니다. 한순간 잘못 생각하여 돌이킬 수 없는 허물을 지을 수 있습니다.

1970년대의 가전제품 선전 문구에 '순간의 선택이 10년을 좌우한다.'라는 것이 있었습니다. 사실 인생의 전 과정에서 보면 순간의 선택이 평생을 좌우합니다. 평생만이 아니라 윤회 사상에서 보자면 순간의 선택이 세세생생을 좌우하게 됩니다. 그런 한 순간 한 순간 정신을 차려야 합니다. 원래부터 살인자가 어디 있습니까? 순간 잘못 생각해서 살인자가 된 것입니다. 한 순간 한 순간이 갈림길입니다. 여러분은 착한 사람의 길이 나의 갈 길이라고 생각하시기 바랍니다. 이것이 착한 길이라고 생각하고 실천하기에 착한 사람이 된 것입니다. 나쁜 순간의 고비를 넘어

일어선 것입니다.

　그렇기 때문에 바로 이 순간 무엇을 보고, 무엇을 듣고, 어떻게 말하며, 무슨 생각을 하고, 어떻게 행동하는가가 중요합니다. 여기에 늘 마음을 기울여야 합니다. 달마 스님 어록에 보면 '마음을 살피는 이 한 가지 일이 모든 행위를 조절한다.'라는 말이 있습니다. 마음을 살피는 일이 업을 조절한다는 것입니다. 무슨 일을 할 때는 스스로 자신의 마음을 살펴야 합니다.

　그리고 마음을 잔잔히 갖는 훈련을 해야 합니다. 마음을 호수에 비치듯이 마음을 조절하는 훈련을 일상적으로 해야 합니다. 선뜻 마음에 내키면 좋은 일입니다. 해야 할 일이 있는데 내키지 않으면 하지 않아야 합니다. 거듭 강조하자면 항상 마음을 고요히 살피는 훈련을 해야 합니다.

　우리의 마음이란 얼마나 추상적입니까? 유행가 가사에 보면 '내 마음 나도 몰라.'라는 내용이 있어요. 자기 마음을 자기가 모르면 누가 압니까? 그런데 마음이란 그런 것입니다. 달마 스님은 일찍이 이렇게 표현했습니다. '마음, 마음이여, 알 수 없구나. 너그러울 때는 온 세상을 다 받아들이다가도 한 생각 옹졸해지면 바늘 하나 꽂을 자리 없네.' 이것이 우리 마음입니다.

　잔뜩 골이 나면 전혀 여유가 없게 됩니다. 활짝 마음이 열리면 모든 것을 받아들이게 됩니다. 활짝 열린 마음이 우리의 본

마음입니다. 겹겹으로 닫힌 마음은 본마음이 아닙니다. 번뇌요, 망상이며, 악마의 마음입니다. 빨리 돌려야 합니다. 명심하세요. 마음을 활짝 열고 살아야 합니다. 어디에도 열리지 않는 마음을 버려야 합니다. 거기에 복잡한 인간관계까지 엮이면 업의 그물에 얽혀 자유롭지 못하게 됩니다. 제일 먼저 마음을 활짝 열어야 합니다. 돌이켜야 합니다.

본래 사람은 아무것도 가진 것이 없습니다. '이 세상에 나왔을 때 아무것도 가지고 오지 않았기에, 살 만큼 살다가 이 세상을 하직할 때 나는 아무것도 가지고 가지 않겠다.'라고 극단적으로 생각하면 됩니다. 명예, 돈, 지위는 세상에 나와서 잠깐 내가 관리하는 것일 뿐입니다. 본래 내 것은 없다고 생각하십시오. 본래 내 것이 없다고 생각하면 마음의 상처도 없습니다. 소유에 대한 생각 때문에 마음의 상처를 입습니다.

마음을 활짝 열고 살길 바랍니다. 마음의 빗장을 열고 사세요. 혹시 사소한 일로 친구나 가족 간에 마음 문을 닫고 살아왔다면, 오늘 저를 만난 인연으로 마음의 문을 활짝 열고 당당하게 살아가시길 바랍니다. 왜 마음의 문을 닫고 삽니까? 내일 일을 누가 압니까? 당당하게 살아야 합니다. 『금강경』에도 있듯이 '어디에도 머물지 않는, 어디에도 매이지 않는, 어디에도 거리낌 없이' 당당하게 살아야 합니다. 구애 받지 말고 당당하게 살아야 합니다.

파리는 서울 면적의 4분의 1이고, 고정 인구도 200만 명밖에 안 됩니다. 서울은 1,200만 명에 이릅니다. 하지만 파리가 서울보다 크게 느껴지는 사람이 저뿐만은 아닐 것입니다. 서울이 파리보다 큰데 파리가 서울보다 크게 느껴지는 이유는, 크고 작은 것의 가치가 외형이 아니라 내실에 있기 때문입니다. 파리와 서울의 관계뿐만이 아닙니다. 크고 작은 것은 외형에 따르는 것이 아니라 내실에 따릅니다.

크다는 것은 그 그릇이 크다는 것을 의미합니다. 큰 사람이 되기 위해서는 넉넉한 마음, 모든 것을 다 받아들일 수 있는 너그러운 마음을 가져야 합니다. 각자에게 물어보십시오. 내 그릇은 얼마나 되는지. 사람은 그릇을 키워야 합니다. 그릇이란 사람의 덕을 말합니다. 덕은 마음을 활짝 열어 내 이웃을 보살피고 이웃의 어려움을 거드는 일을 통해 쌓입니다.

파리에 와서 공부하고 직장 다니느라 서울에서 살 때보다 힘들 것입니다. 하지만 이런 기회에 세상에서 가장 아름다운 도시에 살면서 스스로 그릇을 키우십시오. 세상에서 가장 아름다운 도시에 살면서 아름답고 큰 인생을 살겠다고 다짐한다면, 날마다 새로운 날을 맞이할 것입니다.

길상사를 세우고 나서 절 지킬 스님이 없었습니다. 뜨내기 스님들이 왔다 갔다 해서 잘될 것 같지가 않았습니다. 그래서 걱정이었습니다. 그런데 주지 스님인 무이 스님이 오신 이후로 제가 비로소 마음을 놓았습니다.

무이 스님 법명은 없을 무無, 두 이二입니다. 여러 불자들이 스님을 잘 모셔서 스님 이름처럼 두 마음을 내지 않도록 해 주십시오. 스님이 두 마음을 내지 않도록 잘해 주셔야 합니다. 여기에 오래 계시도록 잘해 주시길 바랍니다. 그러면 이름 그대로 길吉하고 상祥서로운 길상사가 될 것입니다.

이 자리를 빌려 무이 스님께 감사드리면서 이만 마치겠습니다. 감사합니다.

맑고 향기롭게

10년을

돌아보며

세월은 오는 것이 아니라 가는 것이라는 말을 실감합니다. 맑고 향기롭게 살아가기 모임이 어느새 10년이 되었습니다. 지난 10년 동안 세상이 많이 바뀌었습니다.

21세기 들어 세상은 산업 사회에서 정보화 사회로 어지럽게 변하고 있습니다. 거리가 단축되고 시간이 팽창되어 앉은 자리에서 세상의 움직임을 한눈에 훤히 들여다볼 수 있게 되었습니다. 그러나 사람의 자리는 나날이 위태로워져 갑니다. 경제와 개발 논리에 짓눌려 생물의 터전인 생태계가 말할 수 없이 파괴

383

되고 있습니다.

한 해에 수백 종의 생물이 지구상에서 사라져 갑니다. 봄이 와도 철새인 제비가 이 땅에 찾아오지 않는 그런 환경이 되었습니다. 다른 생물에게 일어난 일은 곧 우리 인간에게도 영향을 미칩니다. 살아 있는 것들은 서로 이어져 있기 때문입니다.

날로 혼탁하고 삭막하고 살벌해져 가는 이런 현실에서 어떻게 하면 인간의 본래 청정한 심성을 지켜나갈 수 있을까 하는 자각에서 맑고 향기롭게 살아가기 모임이 싹텄습니다. 맑음은 개인의 청정을 뜻하고 향기로움은 그 청정의 사회적 메아리입니다.

베푼다는 말에 저는 저항을 느낍니다. 베푼다는 말에는 수직적인 주종 관계가 끼어듭니다. 시혜자와 수혜자, 곧 은혜를 베푸는 사람과 그 은혜를 받는 사람이 설정됩니다. 진정한 은혜는 수직적이지 않고 수평적이어야 합니다.

자기 것이 있어야 베풀 수 있는데, 본질적으로 자기 것이 어디 있습니까? 이 세상에 올 때 우리는 빈손으로 왔습니다. 갈 때 또한 빈손으로 갑니다. 다만 평소에 익히고 쌓은 업業만 그림자처럼 우리를 따릅니다. 현재의 소유는 한때 맡아서 관리하는 것뿐입니다.

그러므로 베푼다는 말은 당치 않습니다. 베푸는 것이 아니라 나누는 것입니다. 세상에 있는 것을 필요로 하는 이웃과 나누는 것입니다. 베풂은 수직적이지만, 나눔은 수평적입니다.

나눔으로써 관계가 이루어집니다. 사실 개인의 존재는 특별한 것이 아닙니다. 개인은 어떤 환경과 상황에 한정된 국지적인 존재입니다. 이와 같은 개인이 나눔을 통해서 그 존재 의미가 확산됩니다. 이웃과 나눔으로써 자신을 보다 깊고 넓은 세계로 이끌어 갑니다. 자신을 심화시키고 확장시키는 이 과정을 거치면서 인간으로서 성숙해집니다.

나무와 돌, 흙과 시멘트, 유리와 쇠붙이 같은 것들은 한낱 자재에 불과합니다. 그러나 그 자재가 어떤 건축물에 쓰일 때 새로운 생명력을 얻습니다. 개인의 존재도 이와 마찬가지입니다. 기쁜 일이나 어려운 일을 이웃과 함께 나누어 가짐으로써 보다 성숙한 인간이 됩니다. 국지적인 개인이 전체적인 인간으로 바뀝니다.

맑고 향기롭게 살아가기. 이 일에는 낱낱이 그 이름을 들 수 없을 만큼 많은 사람들의 맑고 향기로운 뜻이 결집되어 있습니다. 어려운 여건 아래에서도 거르지 않고 꼬박꼬박 다달이 성금을 보내 주시는 분들, 결식 이웃을 위해 집안일을 제쳐 두고 매주 밑반찬을 마련해 주시는 자원봉사 회원들, 그리고 각 지역에서 사재를 들여 가며 어려운 이웃을 꾸준히 보살펴 오시는 분들, 이 밖에도 드러나지 않게 도움을 전하는 자비의 손길들…….

사실 지금의 길상사가 생기게 된 것도 맑고 향기롭게 덕이라고 할 수 있습니다. 저는 귀찮은 일에 얽히기 싫어 절을 만들자는 시주의 뜻을 몇 해를 두고 사양해 왔습니다. 전에는 종로에 사무실을 빌려서 일을 해 왔는데, 이 일이 지속적으로 이루어지려면 구체적인 도량이 있어야 되겠기에 주위의 권유를 받아들여 절을 만들게 된 것입니다. 이 일에는 길상사 초대 주지를 지낸 청학 스님과 길상회 회원들, 사단법인 맑고 향기롭게의 이사와 감사 여러분들의 숨은 공이 들어 있습니다.

저는 맑고 향기롭게 살아가기 모임의 일을 뒷바라지하면서 문득문득 '나 자신은 과연 맑고 향기롭게 살아가고 있는가?' 하고 스스로 묻습니다. 이 물음을 화두처럼 여기고 있습니다.

맑고 향기롭게 살아가기 이 일에 동참한 분들이 저마다 맑고 향기로운 나날을 이루게 하소서. 그리고 이 일을 추진하는 사람들과 자원봉사자들이 한마음 한뜻이 되어 하는 일마다 장애 없이 맑고 향기롭게 회향하게 하소서.

이 글을 읽으실 여러분들은 맑고 향기롭게 살아가기를 통해 만난 이 시대의 인연 있는 가까운 이웃입니다. 열 돌을 맞는 이 시점에서 새롭게 뜻을 다져 우리 마음과 세상과 자연이 보다 맑고 향기롭게 되도록 우리 함께 꾸준히 정진하십시다. 진심으로 감사드립니다. 좋은 봄 맞이하십시오.

[법문 출전]

가끔은 고독 속에 나를 버려두라
본래의 나로 돌아가는 길

사랑하지 않으면 사랑할 수 없습니다
1994년 12월 26일 호암아트홀, 제1회 맑고 향기로운 음악회 강연

사람의 얼굴은 어떻게 만들어지는가?
1998년 10월 2일 정기 법회

침묵하라, 그리고 말하라
1999년 7월 19일 여름 수련회 법문

날마다 피어나는 꽃처럼 새롭게 시작되는 삶
1998년 12월 3일 《샘터》 200호 기념 강좌

계행과 선정과 지혜의 옷을 입으라
1999년 6월 20일 정기 법회

사람은 성숙할수록 젊어진다
2000년 2월 20일 정기 법회

지혜의 길과 자비의 길
1994년 3월 26일 구룡사, 맑고 향기롭게 발족 강연회

당신의 참다운 나이는 몇 살인가?
1999년 8월 25일 하안거 해제 법문

세상의 모든 행복은 남을 위하는 마음에서 온다
1999년 11월 22일 동안거 결제 법문 _ 지장 신중 탱화 봉안식

당신이 바로 관세음보살입니다
2000년 4월 28일 관음보살상 봉안식 법문

청정한 마음이 머무는 그곳이 곧 청정한 도량
길상사 그리고 맑고 향기롭게

가난한 절
1997년 12월 14일 길상사 창건 법회

누군가를, 무엇인가를 보살핀다는 것
1998년 12월 14일 길상사 창건 1주년 기념 법회

길상화 보살 49재에
2000년 1월 1일 길상화 보살 49재 막재

순간의 한 마음이 세세생생을 좌우한다
2003년 파리 길상사 개원 10주년 법회

맑고 향기롭게 10년을 돌아보며
2003년 4월 맑고 향기롭게 발족 10주년 기념 법회

좋은 말씀

초판 1쇄 발행일 2020년 4월 30일
초판 14쇄 발행일 2023년 9월 27일

지은이 법정
엮은이 맑고 향기롭게

발행인 윤호권
사업총괄 정유한

발행처 ㈜시공사 **주소** 서울시 성동구 상원1길 22, 6-8층(우편번호 04779)
대표전화 02-3486-6877 **팩스(주문)** 02-585-1755
홈페이지 www.sigongsa.com / www.sigongjunior.com

ISBN 978-89-527-8600-5 03810